Layla Hagen
Flowers of Passion – Flammende Lilien

PIPER

Zu diesem Buch

Valentina hat schon früh gelernt, was es heißt, stark zu sein und Verantwortung zu übernehmen. Nach dem tragischen Tod ihrer Eltern sorgte sie für ihre jüngeren Geschwister und baute nebenbei ihr eigenes Unternehmen auf. Ihre verletzliche Seite hält die Powerfrau verborgen – bis sie den Anwalt Carter kennenlernt. Der Fünfunddreißigjährige ist attraktiv, charmant und witzig. Außerdem kümmert er sich liebevoll um seine beiden Nichten, deren Vormund er ist. Valentina beginnt, sich ihm zu öffnen. Doch wenn sie eine Zukunft mit Carter haben will, muss sie der Stimme ihres Herzens folgen und ihm ihre Gefühle offenbaren. Wird sie das Abenteuer namens Liebe wagen?

Layla Hagen ist das Pseudonym einer USA-Today-Bestsellerautorin. Sie lebt in Österreich, spricht fließend Englisch, Deutsch und Spanisch, und schreibt am liebsten prickelnde Liebesromane.

Layla Hagen

FLOWERS OF PASSION

FLAMMENDE LILIEN

Roman

Aus dem Amerikanischen
von Vanessa Lamatsch

PIPER

Mehr über unsere Autoren und Bücher:
www.piper.de

Von Layla Hagen liegen im Piper Verlag vor:
Diamonds For Love:
Band 1: Diamonds For Love – Voller Hingabe
Band 2: Diamonds For Love – Verlockende Nähe
Band 3: Diamonds For Love – Entflammte Sehnsucht
Band 4: Diamonds For Love – Verhängnisvolle Liebe
Band 5: Diamonds For Love – Verbotene Wünsche
Band 6: Diamonds For Love – Betörende Blicke
Band 7: Diamonds For Love – Heißes Herzklopfen
Band 8: Diamonds For Love – Vertraute Gefühle
Band 9: Diamonds For Love – Glühende Leidenschaft

Flowers of Passion:
Band 1: Flowers of Passion – Verführerische Rosen
Band 2: Flowers of Passion – Wilde Orchideen
Band 3: Flowers of Passion – Zärtliche Magnolien
Band 4: Flowers of Passion – Flammende Lilien

FSC
www.fsc.org
MIX
Papier aus verantwortungsvollen Quellen
FSC® C083411

Deutsche Erstausgabe
ISBN 978-3-492-31674-3
Dezember 2020

Titel der amerikanischen Originalausgabe:
»Only with You«, Verlag, Independently Published 2019

Redaktion: Anita Hirtreiter
Umschlaggestaltung: zero-media.net, München
Umschlagabbildung: Getty Images/James A. Guilliam
Satz: Uhl + Massopust, Aalen
Gesetzt aus der Stempel Schneidler
Druck und Bindung: CPI books GmbH, Leck
Printed in the EU

Carter

1

»Carter, du machst das falsch. Schleifen, keine Knoten«, informierte mich meine fünfjährige Nichte.

Mit baumelnden Beinen saß Peyton am Esstisch und warf mir einen bösen Blick zu, während ich die Schleifen an den Ärmeln ihres Kleides band.

»Leute, kommt schon. Ich will nicht gleich am ersten Tag zu spät kommen. Schließlich bin ich neu auf der Schule. Da muss ich doch einen guten Eindruck machen«, rief April aus dem Flur.

»Ich werde April bitten, mir Schleifen zu binden«, verkündete Peyton ungeduldig.

»Okay. Dann mal los.«

Ich drückte ihr noch einen Kuss auf den Scheitel, bevor ich ihr vom Stuhl half, und dann hüpfte sie auf ihre ältere Schwester zu. Bei dem Anblick meiner beiden Nichten lächelte ich, auch wenn April die Augen verdrehte. Sie war fast fünfzehn. In diesem Alter verdrehten Mädchen ständig die Augen. Für Peyton dagegen war ich in der Regel der große Held – außer ich konnte sie nicht so stylen, wie sie es sich wünschte … was ständig der Fall war.

Sobald die beiden fertig waren, gingen wir in die Tiefgarage des Gebäudes.

»Was hat es mit diesem selbstgefälligen Lächeln auf sich?«, fragte ich April, als wir losfuhren.

»Ich liebe dieses Auto. Die Leute werden es bemerken und glauben, ich hätte einen coolen Onkel.«

Heute Morgen hatte ich den schwarzen Porsche genommen, aber ich war auch der stolze Besitzer zweier weiterer Wagen. Was sollte ich sagen? Ich hatte eben eine Schwäche für Autos.

»April, ich bin cool.« Ich bemühte mich wirklich, ernst zu klingen.

»Ähm … auf der *Forbes*-Liste der besten … irgendwas zu stehen heißt, dass du reich und erfolgreich bist, nicht cool. Außerdem liest keiner meiner Freunde dieses Magazin. Wenn du auf *TMZ* oder *Hollywood Reporter* auftauchen würdest …«

Forbes hatte zum dritten Jahr in Folge meine Anwaltskanzlei auf die Liste der besten Kanzleien in L. A. und Umgebung gesetzt. Das Geschäft brummte, weswegen wir diese Woche auch in neue Büroräume umzogen.

Heute würde ich die Schlüssel erhalten. Es war eine aufregende Woche voller Neuerungen für uns alle.

»*TMZ* und *Hollywood Reporter* interessieren sich nicht für Rechtsanwälte.«

»Na ja, stimmt. Aber du könntest mit einer Schauspielerin ausgehen. Oder einem Model. Jemandem, der cool ist. Du siehst auf jeden Fall gut aus. Moms starren dich ständig an. Ich verstehe einfach nicht, wieso du solo bist. Solo sein ist beschissen.«

»Achte auf deine Ausdrucksweise, April.«

Ich warf einen Blick nach hinten zu Peyton. Sie summte glücklich vor sich hin, ohne auf unser Gespräch zu achten.

Zufrieden unterdrückte ich ein Lächeln und konzentrierte mich auf die Straße. Ich mochte es, die Mädchen im Unklaren darüber zu lassen, wie oft ich tatsächlich mit Frauen ausging.

Doch dann spielte ich Aprils Äußerung noch einmal in meinem Kopf ab und blieb an einem Detail hängen. Solo sein ist beschissen, hatte sie gesagt. Aber woher wollte sie das wissen? Sie hatte bisher keine Jungs mit nach Hause gebracht. April war ein tolles Kind, ich hatte allerdings so eine Ahnung, dass mein lockerer Erziehungsstil ohne große Verbote in ihren Teenagerjahren nicht mehr so gut funktionieren würde, wie es in den letzten fünf Jahren der Fall gewesen war.

»Hast du einen Freund?«, fragte ich beiläufig, wobei ich mich bemühte, cool zu klingen und nicht streng. April war sehr hübsch. Beide Mädchen sahen meiner Schwester sehr ähnlich, doch für April galt das besonders. Sie hatte Hannahs dunkelbraunes Haar und die farblich passenden Augen geerbt. Peyton hatte dieselbe Haarfarbe, aber die Augen ihres Vaters.

»Ich denke darüber nach«, meinte April gelassen. »Ich kann es kaum erwarten, neue Leute in unsere Wohnung einzuladen. Sie werden total durchdrehen. Jeder liebt unsere schicke Bude.«

»Mit neuen Leuten meinst du neue Freundinnen, oder?«

April kniff die Augen zusammen und hob den Zeigefinger in meine Richtung, als wolle sie mich in die Brust piken. »O nein, du wirst mich nicht kontrollieren! Ich kann mit Mädchen und auch mit Jungs befreundet sein.«

»Sicher kannst du befreundet sein, mit wem du willst. Aber ich würde gerne wissen, wen du zu uns einlädst. Und wenn auch Jungs dabei sind, müssen wir ein paar Regeln aufstellen.«

Sie zog die Augenbrauen hoch. »Wirklich? Und du glaubst, ich höre auf dich, weil du ein schicker Anwalt bist?«

»April, du weißt, dass ich dich nicht gerne kontrolliere. Aber ich bin der Erwachsene hier. Und obwohl du alt genug bist, um eigene Entscheidungen zu treffen, bin ich doch für dich verantwortlich. Bei den Regeln geht es nicht darum, dich einzuschränken, sondern deine Sicherheit zu garantieren. Wir werden Kompromisse finden müssen.«

Das war eine sehr anwaltliche Art, auszudrücken, dass ich das Sagen hatte. Es gab gewisse Dinge, bei denen ich ein Machtwort sprechen wollte. April wollte ein kurzes Kleid in der Schule tragen? Nein. Sich Piercings und Tätowierungen stechen lassen? Nein und nein. Nach zehn Uhr abends noch unterwegs sein? Nein, verdammt. Aber ich musste einen cleveren Weg finden, ihr meine Regeln zu verkaufen. Ich gehörte zu den besten Rechtsanwälten in L. A. Gegnerische Anwälte hatten schon Fälle niedergelegt, als sie erfahren hatten, dass sie es mit mir zu tun bekommen würden. Doch ich wollte bei der Erziehung der Mädchen kein Tyrann sein.

April seufzte. »Carter, du wirst mit jeder Minute uncooler. Ich dachte, das sollte ich dich wissen lassen.«

Ich war mir sicher, dass Hannah uns von oben aus dem Himmel beobachtete und sich totlachte. Bevor sie und mein Schwager gestorben waren, hatte ich nichts anderes getan, als alle elterlichen Regeln zu untergraben und mich ständig auf Aprils Seite zu schlagen. Wann immer ich Hannah besucht hatte, war ich mit April shoppen gegangen und hatte ihr alles gekauft, was ihre Eltern ihr verweigert hatten. Meine Schwester war seit fünf Jahren tot, und ich vermisste sie nach wie vor jeden Tag.

Ich fuhr auf den Parkplatz vor der Schule ein, dann drehte ich mich zu den Mädchen um und grinste.

»Bereit zum Aufbruch?«, fragte ich.

April erwiderte mein Grinsen, und Peyton quietschte auf dem Rücksitz. Es war ein großer Tag für meine Mädchen. Ich hatte vor, ihnen heute Abend eine Freude zu machen und sie ein wenig zu verwöhnen.

Eine Stunde später hielt ich die Schlüssel zu den neuen Büroräumen von Sloane & Partner in der Hand. Die Verwalterin, Kate, hatte mich herumgeführt. Als die Tour dem Ende zuging, sagte sie: »Ich veranstalte übrigens ein Charity-Event für taube und schwerhörige Kinder. Möchten Sie gerne daran teilnehmen? Es findet in einem Monat statt.«

»Mailen Sie mir doch bitte alle Infos diesbezüglich. Falls ich schon etwas vorhaben sollte und nicht kommen kann, schicke ich Ihnen einen Scheck.«

»Gerne. Aber ich würde mich freuen, Sie dort zu sehen. Ich verwalte ein paar Gebäude in dieser Gegend, und all meine Kunden sind dabei. Sogar mein lukrativster Kontakt, die Besitzerin von Valentinas Duftateliers. Das ist das riesige graue Gebäude um die Ecke. Großer Name in der Kosmetik- und Parfümindustrie.«

Mir sagte der Name nichts, aber da ich mit diesem Wirtschaftszweig kaum etwas zu tun hatte, wunderte mich das nicht.

»Sie hat ein paar ihrer Hollywood-Bekanntschaften eingeladen, also werden eine Menge Berühmtheiten anwesend sein. Könnte gut fürs Geschäft sein«, meinte Kate.

»Wie ich schon sagte: Mailen Sie mir alle Infos.«

»Mache ich. Okay. Das wäre es dann von meiner Seite. Wenn Sie etwas brauchen, rufen Sie einfach an. Wann bringt Ihr Umzugsunternehmen die Möbel?«

»Heute im Verlauf des Tages. Wir sind morgen wieder im Geschäft.«

»Wow, das geht ja schnell. Aber ich nehme an, einen Ruf wie Ihren erwirbt man sich nur, wenn man organisiert und clever ist.«

»Es ist notwendig. Unsere Klienten warten nicht gerne.«

»Dann lasse ich Sie mal Ihre Arbeit erledigen. Willkommen in Ihrem neuen Büro. Vielleicht bin ich voreingenommen, aber ich denke, es wird Ihnen hier gut gefallen.«

2 Val

Voller Dankbarkeit, dass dieses schreckliche Date vorbei war, rief ich meine Schwester Hailey an und winkte gleichzeitig ein Taxi heran.

»Hey, Schwesterherz! Wo seid ihr?«, fragte ich, als sie abhob. Ich wusste, dass sie mit unserer anderen Schwester, Lori, unterwegs war.

»Oh-oh. Ist die Verabredung schon vorbei?«

»Ja. Seid ihr beide noch unterwegs? Ich könnte mich euch anschließen.«

»Klar.« Hailey nannte mir eine Adresse, gerade als das Taxi vor mir hielt. Glücklicherweise war die Bar nicht weit entfernt. Der Verkehr in L. A. war irrsinnig. Ich versuchte mein schreckliches Date zu verdrängen, während der Taxifahrer durch die Stadt navigierte.

Eine halbe Stunde später betrat ich eine der vielen Strandbars in Santa Monica, damit beschäftigt, mein hüftlanges dunkles Haar im Nacken zu einem Dutt zu binden.

Meine Schwestern saßen an einem hohen Tisch in einer Ecke der Terrasse. Hailey winkte fröhlich. Als ich näher kam, bemerkte ich drei Cocktailgläser auf dem Tisch.

»Was ist das?« Ich deutete auf das dritte Glas.

»Du klangst, als könntest du es brauchen«, erklärte Hailey.

»Also dachten wir, wir treffen Vorbereitungen«, fügte Lori hinzu.

Ich kletterte auf meinen Stuhl und nahm einen Schluck aus dem Glas. Hmmm, köstlich.

»Und jetzt erzähl uns alles«, sagte Hailey. »Das Geheimnis, eine furchtbare Verabredung abzuhaken, liegt darin, sie in allen Details zu schildern, damit wir dich ordentlich bemitleiden können.«

»Chad wirkte wie ein netter Kerl«, setzte ich an. »Ihr wisst schon, in der Theorie. Anständiger Job, passables Aussehen. Kein Sinn für Humor, aber hey, man kann nicht alles kriegen, oder?«

»Doch, kann man«, verkündete Lori mit einem verträumten Lächeln. Sie war mit einem tollen Mann verheiratet.

»Was ist passiert?«, fragte Hailey.

»Er hat sich als Arsch entpuppt. Hat direkt vor mir die Kellnerin abgecheckt.«

Hailey rümpfte die Nase. »Mann, du hast aber wirklich Pech, Schwesterherz.«

In den letzten zwei Monaten war ich mit einem Mann ausgegangen – Ethan –, nur um vor zwei Wochen herauszufinden, dass ich nicht die einzige Frau war, mit der er sich traf. Das nervte mich immer noch. Die Verabredung mit Chad heute Abend war eigentlich dazu gedacht gewesen, das alles hinter mir zu lassen. Dumm gelaufen.

»Was, wenn es nicht einfach nur Pech ist? Ich glaube, ich sende die falschen Signale aus.«

Im Grunde war ich selbstbewusst und optimistisch, doch die Erfahrungen der letzten Zeit hatten Spuren hinterlassen.

»Valentina Connor«, sagte Hailey vorsichtig, »du bist eine der klügsten und freundlichsten Frauen, die ich kenne, und du hast einen tollen Sinn für Mode. Zweifle nicht an dir selbst.«

Sie deutete auf mein Outfit – ein dunkelgrünes Sommerkleid, das mir bis auf die Knie fiel und das Grün meiner Augen betonte. Ich hatte es mit schwarzen Ballerinas kombiniert, nachdem ich schon ohne Absätze groß genug war. Hailey dagegen trug meistens unglaublich hohe Absätze.

Ich nahm noch einen Schluck von meinem Cocktail. »Du musst das sagen. Wir sind verwandt. Du darfst nicht gemein zu mir sein.«

Hailey lachte leise. »Da hast du recht, aber ich würde dich auch nicht anlügen. Das würde keiner von uns.«

Okay, das stimmte. In meiner Familie nahm man kein Blatt vor den Mund. Ich konnte mich darauf verlassen, dass meine Geschwister ehrlich waren. Ich musterte meine Schwestern voller Wärme, froh, den Rest des Abends mit ihnen verbringen zu können. Andere brauchten nach einem blöden Date ein Eis; ich brauchte Hailey und Lori. Sie waren nicht einfach nur meine Schwestern, sondern auch meine besten Freundinnen. Wir waren ein Team, egal, ob es um einen Shoppingtrip ging oder darum, unsere Brüder bei unserem wöchentlichen Abendessen am Freitag gnadenlos aufzuziehen. Ja, unsere Familiendynamik brachte viele Leute dazu, sich zu fragen, ob wir eigentlich jemals erwachsen geworden waren … aber für uns funktionierte es.

»Val, was ist los?«, fragte Lori und fuhr sich mit der Hand durch die blonde Mähne. »Sonst bist du viel optimistischer. Liegt es an dieser Sache mit Beauty SkinEssence?«

Mein Magen verkrampfte sich. Ich hatte mich auch auf diese Verabredung mit Chad eingelassen, weil ich mich dringend von diesem Thema ablenken wollte.

Ich nickte. »Morgen habe ich ein Treffen mit einem Mediator.«

»Val, du musst dir keine Sorgen machen.« Hailey legte mir beruhigend die Hand auf die Schulter.

Mir gehörte eine Kosmetik- und Parfümfirma, Valentinas Duftateliers. Mein Team hatte eine Formel für eine Anti-Aging-Creme entwickelt – und jetzt behauptete ein multinationaler Konzern, er hätte das zuerst getan. Es gab kein Patent, und er hatte nirgendwo Werbung dafür gemacht. Allein ein französisches Handelsblatt hatte das Produkt vor drei Monaten einmal erwähnt, doch wir hatten zu diesem Zeitpunkt bereits neun Monate an unserer Formel gearbeitet. Ich war mir ziemlich sicher, dass Beauty SkinEssence von mir verlangen würde, das Produkt fallen zu lassen, weil der Profit für beide Seiten sinken würde, wenn wir ähnliche Cremes zur selben Zeit herausbrachten.

Die Firma war mein Baby. Es hatte mich zwölf Jahre gekostet, sie zu dem erfolgreichen Unternehmen zu machen, das es heute war. Ich würde niemandem erlauben, mein Werk zu bedrohen oder die harte Arbeit meines Teams zu beleidigen, indem man uns als Trittbrettfahrer hinstellte. Als ich von meinem Cocktail aufsah, bemerkte ich, dass meine Schwestern einen vielsagenden Blick wechselten. Ich musste ein Lächeln unterdrücken, da ich genau wusste, was gleich passieren würde.

»Sieht aus, als müssten wir eine Geheime-Connor-Intervention planen«, erklärte Hailey Lori und bestätigte damit meinen Verdacht.

Ich lachte herzlich. Gott, ich liebte diese Mädels wirklich. Interventionen kamen bei uns in der Familie häufig vor. Wann immer wir der Meinung waren, dass einer von uns mal wachgerüttelt werden musste, gab es eine GECOIN, wie wir es nannten. Wenn die Kacke richtig am Dampfen war, wurde ein Hinterhalt erforderlich.

Ich selbst hatte dieses Konzept bei uns eingeführt, als ich einundzwanzig war. Nachdem unsere Eltern bei einem Autounfall gestorben waren, hatte ich mich zusammen mit meinem Zwillingsbruder Landon um unsere jüngeren Geschwister gekümmert. In dieser schwierigen Zeit brauchten wir die Leichtigkeit und Albernheit, die mit den Geheimen-Connor-Interventionen einherging. Doch die Tradition hatte sich bis heute erhalten. Und mit sechsunddreißig liebte ich sie genauso sehr, wie es mit Anfang zwanzig der Fall gewesen war.

»Wie wäre es, wenn wir eine Abmachung treffen? Ihr wartet bis nach meinem Treffen mit dem Mediator. Sonst müsst ihr morgen gleich wieder eine GECOIN planen.«

»Das macht uns nichts aus«, versicherte mir Lori. Hailey unterstützte sie mit einem heftigen Nicken.

»Nö. Dafür fehlt uns gerade einfach die Zeit. Ich sollte aufbrechen. Ich muss morgen früh aufstehen. Das Treffen ist für acht Uhr angesetzt.«

Ich hatte darauf bestanden, dass der Mediator zu mir kam, damit wir dieses erste Gespräch in meinem Territorium führen konnten.

Obwohl ich nur einen Cocktail mit meinen Schwestern getrunken hatte, war es doch fast Mitternacht, als ich daheim ankam. Sobald ich mich allein in meinem Haus aufhielt, begann ich wieder, mir Sorgen um das Treffen am nächsten Tag zu machen. Meine Firma war für mich nicht einfach nur ein Weg, Geld zu verdienen. Sie war Teil meiner Identität.

Ich legte mir meine Klamotten für den nächsten Tag heraus, wie ich es immer tat, damit ich morgens etwas länger schlafen konnte. Diesmal hatte ich mich für einen feuerroten Bleistiftrock entschieden, zusammen mit einer locker geschnittenen schwarzen Bluse, die mir halb über die Schulter fiel. Das war zwar nicht gerade typische Bürokleidung, aber ich liebte diese Kombi, und es war ein passender Look für Mitte September. Außerdem war es mein Glücksoutfit, und ich war entschlossen, mein Glück zum Besseren zu wenden.

Am nächsten Morgen, gekleidet in mein Glücksoutfit, legte ich einen Stopp im *Walter's* ein, dem Coffeeshop gegenüber von meinem Bürogebäude. Er lag schön nah, und ich begann meinen Arbeitstag gerne damit, mir einen Kaffee zu kaufen, bevor ich mich hinter den Computer setzte.

Für gewöhnlich begegnete ich ein paar Kunden, die ich kannte – Leuten, die in den Firmen der Umgebung angestellt waren. Ich winkte der Leiterin der Personalabteilung eines Getränkeunternehmens zu, mit der ich ein paarmal zu Mittag gegessen hatte.

Dann sah ich mich um, ob ich noch jemanden entdeckte, den ich kannte. Mein Blick fiel auf den Fremden, der hinter mir anstand. Sofort richtete ich mich ein wenig auf und musterte ihn etwas genauer. Er war größer als ich (und das Glücksoutfit verlangte, dass ich hohe Schuhe trug). Sein Hemd bedeckte eine breite Brust und schmiegte sich an schmale Hüften. Seine starken Hände endeten in langen

Fingern, die fast aussahen, als spiele er Klavier. Ich konnte sogar einen kurzen Blick auf sein Gesicht erhaschen, als er sich umdrehte, um die Karte hinter dem Tresen zu studieren. Sein Haar war fast schwarz, doch seine Augen schienen braun zu sein, was einen schönen Kontrast ergab.

Mir war nicht einmal bewusst gewesen, dass ich den Mann anstarrte, bis er seinen Blick von der Tafel mit den Angeboten löste und sich zu mir umdrehte. Er war einfach atemberaubend. Ich hatte mich geirrt: Seine Augen waren nicht einfach braun, sondern es glänzten auch noch goldfarbene Sprenkel darin. Den Blickkontakt brach ich erst ab, als ich an der Reihe war. Ich bestellte das Übliche – einen Cappuccino mit Sahne und Karamell.

Während ich auf mein Getränk wartete, musste ich feststellen, dass mein Blick immer wieder zu dem Fremden huschte, um jedes Detail seines Aussehens in mich aufzunehmen. Er hatte sich mir im Wartebereich angeschlossen, wo er nahe genug neben mir stand, dass ich ihn nicht anstarren konnte, ohne dass es offensichtlich wurde. Doch, oh, ich konnte ihn riechen. Ich erkannte das Aftershave sofort. Es war keiner von meinen Düften, aber mir gefiel es trotzdem. Ich starrte in die Auslage mit den süßen Köstlichkeiten, und mir lief das Wasser im Mund zusammen, als ich Blaubeerpfannkuchen entdeckte. Nein. Ich würde heute stark bleiben. Keine Pfannkuchen.

Unsere Getränke wurden gleichzeitig auf dem Tresen abgestellt. Der Fremde griff zuerst nach seinem Becher, doch der Angestellte musste ihn zu nah am Rand abgestellt haben, weil der Kaffee sofort umfiel … und meinen Becher ebenfalls umstieß. Ich sprang nach hinten, als sich heiße Flüssigkeit in alle Richtungen ergoss.

»Tut mir leid«, sagte der Fremde. Ach, diese Stimme! Zum Niederknien. »Ich werde Ihnen einen neuen bestellen.«

»Das ist doch nicht nötig.«

»Ich bestehe darauf. Schließlich habe ich Ihren Kaffee umgeworfen.«

Ein Mann mit Manieren. Dass es so etwas noch gab.

»Nun, wenn Sie darauf bestehen, werde ich nicht Nein sagen.«

Wir gingen zurück zur Kasse.

»Einen Cappuccino mit Sahne und Karamell für die Dame. Und einen Blaubeerpfannkuchen«, sagte er.

Ich warf ihm einen fragenden Blick zu. »Wieso haben Sie den bestellt?«

Er schenkte mir ein schiefes Lächeln und zwinkerte. »Ich habe gesehen, wie Sie die Dinger gerade angestarrt haben.«

Ich lächelte überrascht, dabei war mir den ganzen Morgen über noch nicht zum Lächeln zumute gewesen. Voller Panik war ich aufgewacht, erfüllt von Ängsten. Ich hatte gehofft, dass meiner üblichen Morgenroutine zu folgen meine Nervosität angesichts eines möglichen Prozesses unter Kontrolle halten könnte. Doch bis dieser schöne Fremde mich zum Lächeln gebracht hatte, hatte ich trotzdem Bauchschmerzen gehabt.

»Nun, Sie haben mich erwischt. Und da Sie den Pfannkuchen jetzt schon extra für mich bestellt haben, kann ich ihn ja wohl nicht stehen lassen, oder?«

Der Fremde schenkte mir ein Lächeln. Dann nickte er in Richtung eines leeren Tisches am Fenster. »Sollen wir?«

Ich sah auf die Uhr auf meinem Smartphone. »Ich habe nur zwanzig Minuten Zeit.«

»Das reicht doch, damit Sie sich Ihren Pfannkuchen schmecken lassen und wir unseren Kaffee austrinken können. So, wie Sie die Dinger vorhin angestarrt haben, dürfte er in fünf Minuten verschwunden sein.«

Hatte er gerade meinen Appetit kommentiert? Ja. Ja, hatte er. Aber weil er damit vollkommen recht hatte, konnte ich ihm schlecht widersprechen. Das *Walter's* war ein netter Coffeeshop im Vintagestil mit gemütlichen Couchen. Wir setzten uns an den leeren Tisch am Fenster. Als er das Jackett seines marineblauen Anzugs über die Rückenlehne seines Stuhls hängte, konnte ich für einen Moment seinen Hintern bewundern. Wahnsinn! Das war ein Detail, das ich mir auf jeden Fall einprägen wollte.

»Arbeiten Sie in einem der Unternehmen hier in der Gegend? Oder sind Sie nur für ein Meeting hier?«, fragte ich.

»Meine Firma ist gerade hierher umgezogen. Und Sie?«

»Mein Büro liegt gleich um die Ecke.« Ich erwähnte nichts Genaueres, weil ich fürchtete, dass ich nach der Erwähnung des Firmennamens an nichts anderes denken könnte als das bevorstehende Meeting mit dem Mediator. »Ich hole mir hier jeden Morgen einen Kaffee.«

Er stemmte die Ellbogen auf den Tisch und lehnte sich leicht vor. »Und einen Pfannkuchen?«

»Gelegentlich.«

»Kommen Sie, Sie können ehrlich sein.« Er zwinkerte. Ich konnte einfach nicht anders, als zu lachen. Woher wusste er, dass ich mit »gelegentlich« jeden zweiten Tag meinte?

»Nun, könnte sein, dass ich öfter als nur gelegentlich sündige. Vielleicht.«

»Ich verstehe. Ist es noch zu früh für Geständnisse?« Er zog mich auf, was ich unglaublich genoss.

»Viel zu früh«, bestätigte ich, und jetzt war er es, der

lachte. Wir unterhielten uns über nichts Besonderes, während wir unsere Kaffees tranken. Er lieferte mir auch keine großartigen Informationen über sich selbst. Bisher hatten wir uns noch nicht einmal mit Namen vorgestellt.

Ich fragte mich, ob er wohl – wie ich – lieber nicht über den vor uns liegenden Tag nachdenken wollte. Für gewöhnlich gaben Leute gerne mit ihren Jobs an. Und seinem teuren Anzug und der ebenso wertvollen Uhr nach zu schließen, hatte er einen Job, mit dem er durchaus hätte angeben können. Aber mir gefiel die Anonymität unserer Unterhaltung. Es war ein befreiendes Gefühl. Dieser geheimnisvolle Fremde war zweifellos das Beste, was mir heute Morgen hatte passieren können.

Als es Zeit war aufzubrechen, stand ich auf, und er erhob sich ebenfalls sofort. Mir gefiel, dass er gute Manieren hatte. Unsere Arme berührten sich, als wir uns in Bewegung setzten. Nur ganz flüchtig, doch mein gesamter Körper reagierte darauf. Was stimmte nicht mit mir? Hungerte ich so sehr nach Zuneigung, dass die leichteste Berührung mich auf diese Weise beeinflussen konnte? Okay, es war die Berührung eines großen, attraktiven Mannes … aber trotzdem.

»Können Sie mir auch das eine oder andere Restaurant empfehlen, wo man gut zum Lunch gehen kann?«

»Ja, das *Mrs Seguin.*« Ich nannte den ersten Namen, der mir einfiel, weil ich vorhatte, heute dort in meiner Mittagspause hinzugehen. »Das Restaurant ist auch toll für Geschäftsessen geeignet. Sie haben eine große Auswahl.«

»Danke.«

»Ich muss mich beeilen«, meinte ich voller Bedauern. Ohne es vorzuhaben, nickte ich in Richtung meines Bürogebäudes auf der anderen Straßenseite.

»Sie arbeiten bei Valentinas Duftateliers?«

»Ja. Ich bin die Besitzerin, Valentina. Sie kennen die Firma?« Der Name stand neben dem Eingang, aber die Schrift war nicht groß genug, um von der anderen Straßenseite lesbar zu sein.

»Wir haben dieselbe Verwalterin. Sie hat mir von Ihnen erzählt.«

Kate war ein Schatz. Sie gab bei so gut wie jedem ihrer Kunden mit mir an.

»Ich bin Carter.«

Ah, ein schöner Name, der ausgezeichnet zu einem attraktiven Mann wie ihm passte.

»Ich würde gerne bleiben und mich noch ein wenig unterhalten, aber ich muss mich auf ein Meeting vorbereiten.«

»Ich wünsche dir einen schönen Tag, Valentina.«

Der Tag nahm eine unangenehme Wende, als mein Anwalt mich panisch anrief, um mir mitzuteilen, dass er auf dem Freeway in einen kleinen Auffahrunfall verwickelt worden war und es deshalb nicht rechtzeitig zu unserem Meeting schaffen würde.

»Wir sollten das Treffen verlegen«, schlug er sofort vor.

»Der Mediator wird in ein paar Minuten hier sein. Ich werde mich darum kümmern.«

Nach der Mühe, die es uns gekostet hat, uns auch nur auf eine Anwaltskanzlei für die Mediation zu einigen, wollte ich die ganze Angelegenheit so schnell wie möglich hinter mich bringen.

Die nächsten zehn Minuten verbrachte ich hinter meinem Schreibtisch und sah mir die Notizen noch einmal durch, die ich in Gesprächen mit meinem Anwalt gemacht hatte, um mir alles einzuprägen. Selbstverständlich hatte ich nicht vor, diese Unterlagen mit in das Meeting zu nehmen. Ich fühlte mich immer selbstbewusster, wenn ich frei sprach, und ich war entschlossen, stark und unbeeindruckt zu wirken – und nicht, als wolle ich mich den Forderungen der Gegenseite beugen.

Um fünf vor acht Uhr klopfte Anne, meine Assistentin, an die offene Tür. »Er ist da, Val. Ich habe ihn bereits ins Sitzungszimmer geführt.«

Sofort wurden meine Handflächen feucht, doch meine Stimme klang ruhig, als ich sagte: »Okay. Biete ihm was zu trinken an. Wasser oder Kaffee oder …«

»Gift?«, schlug Anne fröhlich vor.

»Wenn du das vorhast, darf ich nichts damit zu tun haben. Das ginge allein auf deine Kappe.« Ich grinste. »Sag ihm, dass ich in ein paar Minuten da sein werde.«

Sobald Anne verschwunden war, erhob ich mich aus meinem Stuhl, um den Raum mit großen, selbstbewussten Schritten zu verlassen. Ich würde mich von niemandem heruntermachen lassen und verhindern, dass jemand meinen Namen in den Schmutz zog – nicht, nachdem ich mehr als ein Jahrzehnt dafür gearbeitet hatte, meinen Traum zu verwirklichen.

Das Sitzungszimmer lag nur ein paar Schritte von meinem Büro entfernt. Als ich den Raum betrat, stellte sich der Mediator als Emerson Smith vor.

»Mein Anwalt hat es heute Morgen leider nicht geschafft«, erklärte ich ihm, nachdem ich ihn freundlich aufgefordert hatte, sich mir gegenüberzusetzen.

»Möchten Sie das Treffen verschieben?«

»Nein, das ist nicht nötig. Wir sollten es hinter uns bringen. Was fordert die Gegenseite?«

»Miss Connor, ich werde mich kurzfassen: Beauty Skin-Essence möchte genauso wenig einen Prozess riskieren wie Sie. Sie bitten Sie lediglich, Ihre Produktlinie nicht auf den Markt zu bringen.«

Gereizt richtete ich mich höher in meinem Stuhl auf. »Lediglich? Damit würde ich quasi zugeben, im Unrecht zu sein.« Ich verschränkte die Arme vor der Brust und starrte auf den Holztisch zwischen uns. »Sie haben weder ein Patent noch irgendwelche Beweise, die es Ihnen erlauben würden, mit dem Finger auf mich zu zeigen. Wir haben zur selben Zeit ein ähnliches Produkt entwickelt. In zwei Monaten werden sowieso unzählige andere Firmen auf den Zug aufspringen. Die Formel ist nicht patentierbar.«

»Wenn Sie darauf bestehen, Ihr Produkt auf den Markt zu bringen, wird die Gegenseite klagen. Sie wissen, dass es hier um Profite geht und um nichts anderes. Bis die Trittbrettfahrer ihre Produkte auf den Markt bringen können, gibt es eine Menge Geld zu verdienen. Aber wenn Sie Ihr Produkt zur selben Zeit einführen, halbiert das die Gewinne.«

»Ich kann mein Team nicht einfach auffordern, die ganze harte Arbeit in die Tonne zu treten. Wie ich schon sagte: Diesem Vorschlag zuzustimmen wäre gleichbedeutend damit, ein Fehlverhalten meinerseits anzuerkennen.« Ich leckte mir die Lippen, während ich versuchte, einen Weg zu finden, diesem Mann klarzumachen, dass es mir nicht nur ums Geld ging. »Das Produkt … ich weiß, dass Anti-Aging-Produkte für diesen Konzern bloß ein kleiner Geschäftszweig sind. Profitabel, aber trotzdem nur ein winziger Teil seines Portfolios. Für mich steht alles auf dem Spiel. Ich habe diese Firma aufgebaut.«

»Ich verstehe Ihre Sichtweise vollkommen. Wie möchten Sie das Problem lösen? Was soll ich der Gegenseite sagen?«

»Sagen Sie ihnen, dass ich keinen Grund sehe, warum wir unsere Produkte nicht gleichzeitig auf den Markt bringen sollten. Sicher, das würde geringere Einnahmen für jeden von uns bedeuten, aber so ist das Geschäft. Manchmal gewinnt man, manchmal verliert man.«

Emerson und ich unterhielten uns noch ein wenig, doch insgesamt war das Treffen erstaunlich schnell vorbei. Und am Ende war ich frustriert, weil wir keine Lösung gefunden hatten. Ich hatte gehofft, dieses Thema nach dem heutigen Meeting abschließen zu können, aber offensichtlich war ich zu optimistisch gewesen.

Es war nicht das erste Mal, dass einer der größeren Player im Markt versuchte, mich einzuschüchtern. Seit ich die erste Linie für Sephora entwickelt hatte, hatten die Haie angefangen, mir die Zähne zu zeigen. Sobald Valentinas Duftateliers groß genug geworden war, um bemerkt zu werden, hatten Konkurrenten versucht, mich aus dem Markt zu drängen. Ich verstand das. In den Drogerien gab es begrenzte Platzkapazitäten, und der Wettbewerb war hart. Allein die großen Firmen entwickelten jedes Jahr Tausende neue Düfte und Produkte. Doch bisher hatte keiner der Einschüchterungsversuche wirklich vor Gericht geendet. Und ich ging davon aus, dass es diesmal genauso laufen würde.

Den Rest des Vormittages war ich schwer beschäftigt. Meine Tür stand für meine Angestellten immer offen, was bedeutete, dass sich jeder jederzeit mit Fragen oder Problemen an mich wenden konnte. Gegen zehn Uhr begann mein Magen zu knurren, aber ich hielt bis zwölf Uhr durch, um dann regelrecht ins *Mrs Seguin* zu rennen.

Das Restaurant war schon gut besucht, als ich ankam. Doch ich fand noch einen Tisch und ließ meinen Blick ziellos über die Karte gleiten, obwohl ich bereits wusste, was ich bestellen würde. Gerade wollte ich einen Kellner heranwinken, als ich sah, wie ein bestimmter großer, unglaublich gut aussehender Mann das Restaurant betrat. Carter.

Er entdeckte mich sofort und kam lächelnd auf mich zu. Ich erwiderte sein Lächeln. Ich hatte so das Gefühl, dass ich doch noch einen schönen Tag haben würde.

»Valentina, so sieht man sich wieder.«

»Nenn mich Val. Das tut jeder.«

»Wartest du auf jemanden?«

Ich schüttelte den Kopf.

»Darf ich dich dann zum Mittagessen einladen?«

Ich lachte. »Wir können zusammen essen, aber du musst mich nicht einladen.«

»Ich bestehe darauf.« Heute Morgen hatte er mir dieselbe Antwort gegeben.

Ich kniff die Augen zusammen. »Du bist sehr hartnäckig, oder?«

Er leugnete es nicht.

Ich richtete mich auf meinem Stuhl ein wenig höher auf. »Nun, ich bestehe ebenfalls darauf. Du wirst mein Mittagessen nicht bezahlen.«

Er beobachtete mich amüsiert, aber auch entschlossen. Ich zog die Augenbrauen hoch und genoss unser schweigendes Duell. Irgendwann wurde Carter klar, dass ich nicht nachgeben würde, und er nickte ergeben, bevor er seinen Stuhl herauszog und sich setzte.

»Was kannst du empfehlen?«

»Die Pommes, die Guacamole, die Krabben. Ehrlich, eigentlich ist alles köstlich. Meistens bestelle ich das Tagesgericht.«

»Das hört sich gut an.«

Ein Kellner kam an den Tisch, und wir bestellten beide das Tagesgericht und Mineralwasser.

»Wie war dein Vormittag?«, fragte Carter, sobald wir wieder allein waren.

Ich verzog das Gesicht. »Ich will nicht einmal darüber nachdenken. Erzähl mir von deinem Tag. Wie kam es, dass du dich entschieden hast, mit deiner Firma in diese Gegend umzuziehen?«

»Meine Kanzlei ist zu groß geworden für unsere alten Räumlichkeiten. Und diese Gegend bekommt eine Menge Aufmerksamkeit.«

Meine Schultern sackten nach unten. Er war Anwalt? Es ernüchterte mich, dass mein attraktiver Fremder meinen Problemen näherstand als gedacht. War er skrupellos, wenn es um seine Arbeit ging? Vielleicht sogar herzlos? Welche Art von Fällen übernahm er? Gehörte er zu der Sorte Anwalt, die auch das Mandat eines internationalen Konzerns übernahm, der versuchte, einen kleinen Mitbewerber zu zerstören, um die Gewinne zu maximieren?

Dann ermahnte ich mich innerlich. Sicher, nach dem heutigen Tag war ich Anwälten gegenüber nicht besonders wohlwollend eingestellt, aber was ich gerade tat, war Carter gegenüber nicht fair. Ich lächelte höflich.

»Die Gegend wird immer beliebter. Ich bin schon vor Jahren hierher umgezogen, als das Viertel noch nicht so schick war. Ich liebe es. Hier gibt es noch ein Gemeinschaftsgefühl.«

»Wo wir gerade von Gemeinschaftsgefühl reden, Kate hat

mich zu dem Charity-Event eingeladen. Ich habe ein wenig recherchiert. Es dient einem wirklich guten Zweck.«

»Absolut. Wirst du kommen?«

»Ja. Ich habe mir den Abend freigehalten.«

Ich lächelte. Ein herzloser Mann würde sich ja wohl kaum für Wohltätigkeitsorganisationen interessieren. Stimmt doch, oder?

3 Carter

Unser Essen wurde gebracht, und wir aßen schweigend. Währenddessen nutzte ich die Gelegenheit, Val zu beobachten, wie ich es schon im Café getan hatte. Sie war mir sofort aufgefallen, als ich sie in der Reihe vor mir entdeckt hatte. Und ich hatte einen guten Blick auf sie gehabt. Sie war atemberaubend und dazu noch sehr unterhaltsam. Die Viertelstunde, die ich heute Morgen mit Val verbracht hatte, war der Höhepunkt meiner Woche gewesen.

Als ich gerade das Restaurant betreten hatte, hatte ich zuerst ihr Haar bemerkt – diese langen, dichten Locken, die ihr über den Rücken fielen.

Ich konnte mir nur vorstellen, wie es sich anfühlen würde, meine Hände darin zu vergraben, um sie an mich zu ziehen.

Selbst jetzt konnte ich den Blick kaum von ihr abwenden. Sie war wirklich schön, mit diesem schwarzen Top, das ihr über eine Schulter fiel. Ich war größer als sie, also hatte ich heute Morgen eine gute Sicht auf ihren Ausschnitt gehabt. Allein bei der Erinnerung wurde mir innerlich bereits ganz heiß.

Irgendwann während des Essens brummte mein Telefon mit einer ankommenden Nachricht.

»Tut mir leid, ich muss kurz schauen, ob es etwas Dringendes ist.«

> **April:** Ich gehe mit ein paar Leuten aus meinem Englischkurs ins Kino und werde erst spät nach Hause kommen.

Ich stöhnte, dann fiel mir wieder ein, dass ich nicht allein war. Val beobachtete mich neugierig.

»Ärger in der Arbeit?«

»Nein … es ist meine Nichte«, gab ich widerwillig zu. »Sie hat mir gerade eine Nachricht geschrieben, um mich wissen zu lassen, dass sie erst spät nach Hause kommen wird. Sie hat es mir mitgeteilt, mich nicht um Erlaubnis gefragt. Da wird ein negativer Präzedenzfall geschaffen. Sie wird bald fünfzehn.«

Ich hatte keine Ahnung, wieso ich ihr das alles erzählte.

Val stemmte die Ellbogen auf den Tisch und musterte mich aufmerksam. »Lass mich raten … du willst streng sein, aber natürlich nicht, dass sie dich hasst?«

»Ja, genau. Woher weißt du das?«

Sie schenkte mir ein leichtes Lächeln. Nein, Moment. Das war nicht nur ein Lächeln. Es wirkte eher, als müsste sie gegen ein Lachen ankämpfen. »Soll ich dir einen Rat geben?«

»Ja, bitte.«

Ich hatte meine Eltern gefragt, was sie an meiner Stelle tun würden, doch ich wollte eine dritte Meinung hören. Seitdem die Mädchen bei mir lebten, pendelte Mom zwischen L. A. und Montana. Meinem Vater gehörte immer noch die

Tannenbaumplantage, auf der ich aufgewachsen war. Nach Hannahs Tod hatte Mom sich mehr Kontakt zu ihren Enkelkindern gewünscht. Sie hatte ihren Job als Lehrerin aufgegeben und sich stattdessen als freie Lektorin selbstständig gemacht, um flexibler zu sein. Ich hatte eine kleine Wohnung für sie angemietet und ihr auch angeboten, dass sie beide hierherziehen konnten, weil ich mühelos für alle Kosten aufkommen konnte. Doch dafür war mein Dad einfach zu stolz. Die Plantage war sein Leben, auch wenn er inzwischen etwas langsamer machen musste. Er musste sich bald einer großen Hüftoperation unterziehen. Mom war eine Woche vor Schulbeginn zurück nach Montana geflogen, und dieses Mal würde sie ein paar Monate dort verbringen.

»Du musst streng sein. Sie wird dich eine Weile hassen, aber irgendwann kommt sie darüber hinweg. Du musst ihr unbedingt klarmachen, dass du sie nicht kontrollieren willst. Und was auch sehr wichtig ist: Stell klare Regeln auf.«

»In der Theorie ergibt das Sinn. Jetzt muss ich nur noch die richtigen Worte finden.«

Dieses Mal lachte Val wirklich. Und da ich heute Morgen bereits mit ihr gelacht hatte, konnte ich den Unterschied erkennen – diesmal lachte sie über mich.

»Du bist Anwalt. Ich bin mir sicher, dass du einen Weg finden wirst, deine Meinung zu vertreten«, meinte sie.

»Das ist was anderes, fürchte ich.«

»Ich verstehe.«

»Im Ernst?«

Für gewöhnlich sprach ich nicht über meine Nichten. Den meisten Leuten war es egal, aber Val wirkte ehrlich interessiert. Das gefiel mir sehr.

Ein Kellner kam vorbei und fragte, ob wir die Rechnung

haben wollten. Ich nickte, obwohl ich am liebsten noch sitzen geblieben wäre. Ich hatte bei Weitem noch nicht genug Zeit mit Val verbracht, doch ich hatte einen Termin am anderen Ende der Stadt.

Als die Rechnung gebracht wurde, griff ich instinktiv danach, aber Val legte die Hand ebenfalls darauf.

»Nein, Mister. Wir teilen die Rechnung. Darauf hatten wir uns geeinigt.«

»Ich habe nicht ausdrücklich zugestimmt.«

Ihr blieb der Mund offen stehen, und das Feuer in ihren grünen Augen brannte so hell, dass ich sie küssen wollte, bis sie diese langen Beine um meinen Körper schlang und um mehr bettelte.

»Das habe ich anders in Erinnerung. Du hast genickt.«

Ich hob kapitulierend die Hände. »Stimmt, stimmt. Ich bin ein Mann, der zu seinem Wort steht.«

»Hmmm. Ich bin mir nicht sicher, ob ich dir glauben soll.«

Sie beäugte mich misstrauisch, bis wir beide unser Geld auf den Teller gelegt hatten, und sagte dann: »Bevor ich es vergesse: Hast du Kate schon Bescheid gegeben, dass du zu dem Charity-Event kommst?«

»Noch nicht, aber ich werde ihr eine E-Mail schicken.«

»Ich habe Zugang zur Gästeliste, da ich ein paar der Gäste kenne. Ich werde dich draufsetzen lassen. Es wird sicher toll. Auch wenn es für mich ziemlich anstrengend werden dürfte. Ich muss mich unter die Leute mischen.«

Aber sicherlich nicht den gesamten Abend lang. Sobald alle ein paar Cocktails intus hatten, wären alle Versuche, Kontakte zu knüpfen, sowieso hinfällig, weil sich die Leute am nächsten Tag nicht mehr an das Gespräch erinnern konnten. An den Veranstaltungsort der Gala war ein großer Garten angeschlossen. Ich könnte einen schönen Spaziergang mit Val machen, wenn sie mit dem Netzwerken fertig war. Vielleicht könnten wir sogar zu zweit ein Glas Wein trinken, damit ich sie besser kennenlernen konnte. Und vielleicht sogar diese üppigen Lippen kosten.

Davon träumte ich bereits seit heute Morgen. Ich hatte ständig an sie denken müssen, was für mich etwas vollkommen Neues war. Ich war stets fähig gewesen, in der Arbeit einen kühlen Kopf zu bewahren. Doch heute war mir immer wieder ihr Dekolleté in den Sinn gekommen. Wenn ich an einer ihrer Brustwarzen saugte, würde sie mir dann ihre Hüften entgegendrängen? Wie leidenschaftlich würde sie auf meine Berührungen reagieren?

Val zog ein riesiges Handy aus der Tasche und legte es auf den Tisch.

»Lass uns mal sehen. Hier ist die Gästeliste.« Sie rief eine Tabelle mit vier Spalten auf. Name, Begleitung, E-Mail, Telefonnummer.

Meine Fantasie war außer Kontrolle geraten, nur um jetzt gegen eine Wand zu fahren, als ich neben Vals Namen in der Spalte »Begleitung« einen Männernamen entdeckte. Sie ging nicht allein zu der Gala. War das nur ein Bekannter, oder hatte sie einen festen Freund?

Ich kämpfte darum, klar zu denken, als Val fragte: »Bringst du jemanden mit?«

»Nein.«

»Wie heißt du denn mit Nachnamen? Und gibst du mir noch deine E-Mail und deine Telefonnummer?«

»Sloane.« Ich nannte ihr auch die anderen Informationen, immer noch damit beschäftigt, meine Enttäuschung zu verarbeiten.

»Fertig.«

Ich erhob mich von meinem Stuhl, dann zog ich ihren heraus. Sie sah überrascht auf.

»Ich nehme diese Sache mit den guten Manieren sehr ernst.«

»Offensichtlich.«

»Danke, dass du mir Gesellschaft geleistet hast, Val.«

Ich konnte einfach nicht anders – als sie aufstand, kam ich ihr näher, als es der Anstand gebot. Es war wunderbar, ihr leises, überraschtes Seufzen zu hören.

4 Val

Die freitäglichen Abendessen waren in der Connor-Familie eine heilige Tradition. Ich nannte es gerne die Zeit zum Krafttanken. Egal, wie schrecklich oder ermüdend eine Woche auch gewesen sein mochte, diese paar Stunden, die ich mit meinen Geschwistern verbrachte, luden meine Batterien immer wieder auf. Ich wollte wissen, was bei jedem gerade so los war.

Während ich kochte, rief Ethan an. Ich hatte ihn aus meiner Kontaktliste gelöscht, also hob ich ab, als eine unbekannte Nummer auf dem Display aufleuchtete, weil ich dachte, es könnte etwas mit der Wohltätigkeitsgala zu tun haben.

»Hey, Val.«

Ich zuckte zusammen, als hätte mir jemand einen Stromschlag verpasst. »Ethan, warum rufst du an?«

»Hör mal, ich weiß, dass wir so unsere Differenzen miteinander hatten …«

»Du hast mich betrogen«, fiel ich ihm vorwurfsvoll ins Wort und lehnte mich gegen die Arbeitsfläche.

»Es war nie die Rede davon, dass wir uns nicht mit anderen treffen.«

Ich blinzelte mehrfach, weil meine Eingeweide sich verkrampften. Das stimmte, wir hatten nie darüber gesprochen, niemand anderen zu daten. Aber ich war davon ausgegangen, dass das eine Selbstverständlichkeit war. Wie hatte ich so gutgläubig sein können? Gott, mir war echt nicht mehr zu helfen … ständig am Träumen und am Hoffen. Betrogen zu werden traf mich tief.

»Was willst du?«

»Lass uns noch mal neu anfangen.«

»Kein Interesse.«

»Nun sei doch nicht so. Wir könnten darüber reden. Weißt du, was? Wir können vor der Wohltätigkeitsgala essen gehen.«

»Auf der wirst du nicht sein.«

Sicher, ich hatte ihn als meine Begleitung angegeben, aber dachte er wirklich, die Einladung stünde noch?

»Val, komm schon. Du hast versprochen, mich diesem Producer vorzustellen.«

Hatte Ethan bloß deswegen angerufen? Weil er sich diesen geschäftlichen Kontakt erhoffte? Ich fühlte mich klein, so klein. Aber ich hatte nicht vor, irgendjemandem zu erlauben, mir dieses Gefühl zu vermitteln.

»Ethan, nur für den Fall, dass das bisher noch nicht klar gewesen sein sollte: Ich ziehe die Einladung zurück. Ruf mich nicht mehr an.«

Damit legte ich auf, bevor ich ein paarmal tief durchatmete. Ich fühlte mich verloren, doch ich musste mich zusammenreißen. Meine Geschwister würden bald zum Abendessen kommen. Wenn ich mit langer Miene herumlief, würden sie mir sofort auf die Schliche kommen … und ich wollte unser Abendessen nicht in ein Trauerspiel verwandeln.

Landon und ich sprachen kurz über meinen Ärger mit Beauty SkinEssence, als er ankam. Ich hatte nichts Neues zu berichten, denn seit dem Mediationstreffen vor drei Tagen hatte ich nichts mehr von der Gegenseite gehört. Mein Zwillingsbruder hatte die Firma mit mir gegründet, ehe er aufgebrochen war, um sein eigenes Ding durchzuziehen, und sich zu einem schwer erfolgreichen Geschäftsmann gemausert hatte.

Als Hailey ankam, bemühte ich mich, mir nichts anmerken zu lassen. Vergeblich.

Es dauerte genau sieben Minuten, bis sie mit dem Finger auf mich zeigte und sagte: »Einen Moment mal. Wieso siehst du aus, als bräuchtest du eine ganze Flasche Pinot Noir ganz für dich allein? Dein Lächeln erreicht nicht die Augen.«

»Was?«

»Wenn du lachst oder lächelst, wirken deine Augen trotzdem ein bisschen traurig.«

Mist, jetzt war die Katze aus dem Sack. Es zu leugnen hatte keinen Sinn. Ich gab nach und erzählte ihr von dem Telefonat mit Ethan.

»Zum Teufel mit diesem Idioten«, zischte Hailey. »Weißt du, was? Ich werde ihm die Meinung geigen.«

»Nein, das wirst du nicht tun. Das ist er doch gar nicht wert.«

»Sicher, aber wie soll er sonst seine Lektion lernen?«

»Lass uns das Thema wechseln, sonst kommen uns die Jungs auf die Schliche.«

Hailey und ich trugen das Essen auf, während meine Brüder den Tisch deckten, zusammen mit ihren besseren Hälften. Na ja, abgesehen von Jace. Mein Fußballstar-Bruder fiel aus der Reihe, weil er immer noch solo war. Mein Zwillingsbruder Landon war glücklich mit Maddie verheiratet, der genialen Landschaftsarchitektin, die die Gärten meines Hauses und den um mein Bürogebäude gestaltet hatte. Außerdem hatten sie eine Tochter, Willow. Will war mit Paige verlobt.

Lori, ihr Ehemann und ihr Sohn waren die Einzigen, die heute Abend fehlten. Eine Schande, weil ich mich darauf gefreut hatte, meinen Neffen Milo zu knuddeln.

Lori war sieben Jahre lang alleinerziehend gewesen, bevor sie sich in Graham verliebt hatte, daher war ich es gewöhnt, dass sie und Milo oft bei mir waren. Ich vermisste es, Zeit mit dem Jungen zu verbringen.

Hailey grinste. »Ich fände das nicht so schlimm. Sie würden sich bestimmt nicht zurückhalten lassen.«

Für alle Fälle öffnete ich noch eine Flasche Rotwein. Der saure Alkohol passte perfekt zu meiner angesäuerten Stimmung. Zu spät fiel mir auf, dass ich damit auch ein klares Signal aussandte. Unser Weinsystem war kein Geheimnis: Pinot Noir zum Trübsalblasen, Chardonnay zum Feiern.

Jace tauchte neben uns auf.

»Was hat es mit dem Pinot Noir auf sich?« Als Hailey nicht antwortete, richtete er den Blick auf mich.

»Nichts Ernstes.«

»Wenn es ernst genug für Pinot Noir ist, dann sollte ich davon wissen.«

Meine Gedanken überschlugen sich, als ich zwischen Jace und Hailey hin- und hersah. Wenn ich darauf bestand, meine Probleme für mich zu behalten, würde Jace Hailey alle Infos entlocken – die nie gelernt hatte, Familiengeheimnisse zu wahren. Hmmm … also wäre das beste Vorgehen, die Nachricht selbst zu enthüllen. Auf diese Weise konnte ich ein paar Details auslassen, damit meine Brüder nicht in den Beschützermodus schalteten.

»Ich habe den Kerl in die Wüste geschickt, mit dem ich ausgegangen bin. Ethan.«

»Was hat er getan?«, fragte Jace sofort.

»Es hat sich herausgestellt, dass er sich noch mit anderen Frauen getroffen hat«, informierte ihn Hailey. »Und gerade hat er angerufen, um zu fragen, ob er trotzdem mit Val zur Wohltätigkeitsgala gehen kann, weil er über sie irgendeinen Producer kennenlernen will.«

Ich stöhnte. So viel dazu, alle Einzelheiten für mich zu behalten.

»Was denn?«, fragte Hailey defensiv.

Jace kniff die Augen zusammen. »Wo wohnt dieser Kerl?«

Hatte ich wirklich geglaubt, ich könnte sie davon abhalten, in den Beschützermodus zu schalten? Üble Fehleinschätzung.

»Auf dem Mond, Jace. Vergiss ihn einfach. Ich habe das jedenfalls vor.«

Doch Jace starrte mich weiter aus zusammengekniffenen Augen an. »Ich kann das herausfinden, selbst wenn du mir nichts erzählst.« Er sah kurz zu Hailey, doch ich war unbesorgt. Hailey wusste nicht, wo Ethan wohnte.

Aber dann winkte Jace Will heran, der sich sofort zu uns gesellte.

»Dieser Ethan hat unsere Schwester beschissen. Sie will mir nicht sagen, wo er wohnt.« Jace nahm auf jeden Fall mal kein Blatt vor den Mund. Wills Blick wurde mordlüstern. Mist. Jetzt machte ich mir echt Sorgen.

»Das kann ich herausfinden«, versicherte Will unserem Bruder. Er war Detective gewesen. Ich war mir sicher, dass er immer noch genügend Kontakte bei der Polizei hatte, um im Zweifelsfall alles herauszufinden. Ich verlor diesen Kampf gerade. Ehrlich, ich wusste eigentlich nicht mal, wie ich mich in einer solchen Situation wehren sollte. Plus: Ein kleiner Teil von mir hoffte fast, dass meine Brüder Ethan einmal zufällig begegnen würden. Sie hatten allerdings keine Ahnung, wie er aussah, weil ich ihn meiner Familie nie vorgestellt hatte … aber ein Mädchen durfte wohl noch träumen.

War ich nicht eine schreckliche Person?

Jace wandte sich an mich und fragte sanft: »Schwesterherz, geht's dir gut?«

Ich nickte voller Überzeugung. »Wir sind nicht allzu lange miteinander ausgegangen.«

»Sicher, aber ich kenne dich. Du nimmst dir alles immer viel zu sehr zu Herzen.«

»Ich glaube, langsam werde ich doch noch etwas schlauer.« Die Sorge meines Bruders wärmte mich von innen heraus. Obwohl ich meine Geschwister ständig aufzog, war ich unglaublich dankbar dafür, dass meine Familie sich um mich scharte, egal, ob es um einen drohenden Prozess oder ein schlechtes Date ging.

Daher konnte ich mich kaum über die Einmischung beschweren.

Ich steckte meine Nase ständig in ihre Angelegenheiten und bot meine Hilfe an, egal, ob sie erwünscht war oder nicht. Ich bemühte mich, meine Instinkte zu zügeln, aber wem wollte ich etwas erzählen? Diese Neugier gehörte einfach zu mir.

Diese Instinkte hatten sich teilweise gebildet, nachdem meine Eltern gestorben waren und Landon und ich gezwungen gewesen waren, das Ruder in die Hand zu nehmen. Doch die Neugier war immer Teil meiner Persönlichkeit gewesen. Das hatte mich bereits ein paar Beziehungen gekostet, weil meine Partner erklärt hatten, ich würde mich ständig in alles einmischen.

»Brauchst du eine Begleitung für die Wohltätigkeitsgala? Ich kann mitkommen«, bot Will an.

Jace grinste. »Ich biete mich ebenfalls als möglichen Begleiter an, Schwesterherz. Du kannst es dir aussuchen.«

»Ich brauche keine moralische Unterstützung. Ich kann allein hingehen.«

Eine Schande, dass Hailey nicht kommen konnte – sie arbeitete bei einer PR-Agentur in Hollywood, und sie hatte die Kontakte zu all den Promis hergestellt, die ich eingeladen hatte.

Plötzlich fiel mir ein, dass Carter da sein würde, woraufhin meine Laune sich erheblich verbesserte. Ich hatte sofort Sympathie für ihn empfunden, als er von seiner Nichte erzählt hatte. Offensichtlich stand er seiner Familie ebenfalls nahe. Ich neigte ständig dazu, in allen nur das Beste zu sehen, doch bei Carter hatte ich das Gefühl, damit richtigzuliegen.

Natürlich könnte es sein, dass seine wunderschönen goldgesprenkelten braunen Augen und sein Wahnsinnskörper mein Urteilsvermögen trübten.

Ich lächelte, als wir uns an den Tisch setzten, bereit, es uns schmecken zu lassen. Mein einstöckiges Haus vermittelte mir oft das Gefühl, zu groß zu sein – außer am Freitagabend.

Als ich das Land gekauft und das Haus gebaut hatte, hatte ich mein Liebesleben mit zu viel Optimismus betrachtet.

Und genau dieser Optimismus hatte mein Herz so oft in Schwierigkeiten gebracht.

Ich wollte die Hoffnung auf Liebe nicht aufgeben, aber ich hatte fest vor, es ruhiger angehen zu lassen. Viel ruhiger.

5 Carter

»Komm schon, Mann. Es ist Freitagabend«, sagte Anthony. »Bleib noch auf einen Drink.«

»Genau. Die nächste Runde geht auf mich«, fügte Zachary hinzu.

Die beiden waren meine Partner bei Sloane & Partner. Wir hatten unser gesamtes zwölfköpfiges Team auf eine Runde eingeladen, um den Umzug in die neuen Büroräume zu feiern.

»Ich wünsche euch viel Spaß. Ich muss nach Hause zu den Mädchen.«

Einige buhten, doch ich schüttelte nur lächelnd den Kopf.

»Du solltest sie mitbringen«, meinte irgendwer.

»In eine Bar?«

»Wir können die Feier in ein Restaurant verlegen.«

»Ich habe versprochen, einen Film mit ihnen zu schauen.«

»Ooooh … das ist so goldig.« Das war Ashley, eine unserer Praktikantinnen.

Zachary schüttelte sich. »Ashley, sag so was nicht in der Öffentlichkeit! Stell dir vor, es käme heraus, dass die Angestellten des großen Carter Sloane ihn als goldig bezeichnen.

Das könnte seinen Ruf ruinieren. Unsere gesamte Kanzlei würde zusammenbrechen.«

Unsere Klienten kamen in Scharen zu uns, weil wir eine fantastische Erfolgsbilanz vorzuweisen hatten. Sie vertrauten meinen Fähigkeiten und meiner Arbeitsethik und wussten meine sachliche Art zu schätzen.

»Hey, wer weiß? Das könnte ein Alleinstellungsmerkmal sein. Die meisten Leute glauben, Anwälte wären total steif«, konterte Ashley.

»Das könnte sogar stimmen«, meinte ich.

»Nö, Boss. Das nimmt dir keiner ab«, sagte Ashley.

Ich bildete mir gerne ein, dass ich die Art von Chef war, die jeder schätzte. Ich konnte unbarmherzig sein, wenn es nötig war, doch ich mochte die lockere Atmosphäre in unserer Kanzlei. Die Juristerei war grundsätzlich schon anstrengend genug. Wir brauchten zusätzlich nicht auch noch Stress im Büro.

Als ich allen am Tisch zum Abschied zuwinkte, bemerkte ich, dass Zachary Ashley anzüglich musterte. Ich zog die Augenbrauen hoch, dann bedeutete ich ihm, mir zu folgen. Sobald wir uns weit genug von der Gruppe entfernt hatten, kam ich sofort zum Punkt.

»Keine Beziehungen am Arbeitsplatz.«

Zachary biss die Zähne zusammen. »Ich kenne die Regeln.«

»Du hast Ashley nicht angesehen, als hättest du vor, dich an die Regeln zu halten. Angestellte sind tabu.« Mein Tonfall war harsch, weil ich diesen Punkt ein für alle Mal klarstellen wollte. Auch wenn wir beide seit dem College befreundet waren, Regeln blieben Regeln.

»Kapiert.«

»Gut. Viel Spaß noch.«

Zachary wirkte nicht allzu glücklich, als ich ging, doch dagegen konnte ich nichts tun. Büroaffären waren in größeren Firmen nichts Ungewöhnliches. Und ich verstand das durchaus. Die Leute arbeiteten viel und waren ständig angespannt. Sex war einfach ein Weg, ein wenig Druck abzulassen. Aber in kleineren Unternehmen wie unserem war das einfach zu riskant, zu schwierig.

Und die traurige Wahrheit war, dass der Anteil von Singles oder Geschiedenen in unserem Business alarmierend hoch war. Die langen Arbeitszeiten waren nicht gerade familien- oder beziehungsfreundlich. Doch Zachary konnte sich kaum beschweren. Er schleppte eine Menge Frauen ab und hielt das auch nicht geheim.

Ich hatte ebenfalls regelmäßig Dates, mich allerdings schon seit einer Weile nicht mehr richtig auf jemanden eingelassen. Nichts gegen Beziehungen, aber nachdem die Mädchen bei mir eingezogen waren, hatte sich alles verändert. Manche Frauen zogen sich zurück, wenn sie herausfanden, dass ich Anhang hatte … oder nachdem ich sie meinen Nichten vorgestellt hatte. Nach ein paar missglückten Versuchen hatte ich es aufgegeben. Das war besser für die Mädchen – und für mich auch.

Letztendlich schauten die Mädchen und ich bis spät in die Nacht Filme und verschliefen dann einen Großteil des Samstags. Am Sonntag spendierte ich uns allen Eis und erkundigte mich nach ihrer Woche, um abzuschätzen, ob sie die neue Schule mochten und sich gut einlebten. Wie immer verging das Wochenende viel zu schnell.

Am Montagmorgen brach ich früher auf als sonst, weil ich

erst noch in dem Café vorbeischauen wollte. Dieser Kaffee war verdammt gut, und dasselbe galt für die Sandwiches. Aber hey? Vielleicht würde ich dabei auch Valentina begegnen. *Sie ist vergeben,* erinnerte ich mich selbst, doch dann meldete sich eine andere Stimme in meinem Kopf zu Wort, um meine Schuldgefühle zu beruhigen. Wir konnten einfach die Gesellschaft des anderen genießen oder befreundet sein.

Sicher… bloß dass die Bilder, die mir jedes Mal in den Kopf kamen, wenn ich an Val dachte, nichts mit reiner Freundschaft zu tun hatten. Ich wollte sie kosten. Und zwar nicht nur ihre Lippen, sondern ihren gesamten Körper.

Ich betrat das Café und ließ meinen Blick durch den Innenraum gleiten, um Val an einem der Ecktische zu entdecken. Sobald ich meine Bestellung erhalten hatte, ging ich zu ihr. Sie bemerkte mich erst, als ich schon direkt vor ihr stand.

»Ich sehe, du wirst bald Stammgast hier im *Walter's*«, meinte sie.

»Es ist ein schöner Ort, um in den Tag zu starten.«

»Finde ich auch.«

»Macht es dir etwas aus, wenn ich dir Gesellschaft leiste?« Ich deutete auf den Stuhl neben ihr.

»Bitte.«

In ihrer Nähe war es mir unmöglich, meine Gedanken unter Kontrolle zu halten. Ich wollte sie nicht einfach nur küssen, ich wollte die Hände in ihrem dichten, glänzenden Haar vergraben, meine Nasenspitze über ihren Hals gleiten lassen und dann mit der Zunge denselben Weg nachzeichnen.

»Du hast da etwas im Haar. Ich glaube, es ist eine… Plastikblume?«, meinte Val amüsiert.

»Was?« Ich fuhr mir mit der Hand durchs Haar. Und tatsächlich entdeckte ich eine kleine Blume. Sehr männlich.

»Sieht aus, als hätte sich das von Peytons Kleid gelöst, als ich sie heute Morgen umarmt habe.« Das war relativ harmlos ausgedrückt. Sie war regelrecht in meine Arme gesprungen und hatte erklärt, sie würde mich erst loslassen, wenn ich versprach, heute Abend mit ihr Eis essen zu gehen. Natürlich hatte ich nachgegeben.

»Deine vierzehnjährige Nichte?«

»Nein, das ist April. Peyton ist fünf.« Auf ihren fragenden Blick hin fügte ich hinzu: »Sie leben bei mir, ich bin ihr Vormund. Meine Schwester und ihr Ehemann sind vor ein paar Jahren gestorben.«

»Oh. Mein Beileid.« Ich erkannte Mitgefühl in ihren wunderschönen grünen Augen, als sie hinzufügte: »Sie halten dich auf Trab, hm?«

»Könnte man so ausdrücken. Meine Eltern helfen, so gut sie können, aber die beiden leben in Montana. Sie haben dort eine Tannenbaumplantage.«

»Wie kam es, dass du nun deine eigene Kanzlei in L. A. hast?«

»Ich habe mein Grundstudium an der UCLA absolviert und mochte die Stadt. Und falls du wissen willst, warum ich mich entschlossen habe, Anwalt zu werden … ich hatte schon immer für alles Argumente. Konnte mich aus allem herausreden.«

»Oh, das kann ich mir vorstellen.«

Mein Dad, der den ganzen Tag im Freien arbeitete, hatte mich ständig damit aufgezogen, dass ich ganz anders war als er, nur um dann am Abend ins Fitnessstudio zu gehen.

»Jetzt musst du den Schweiß anderer riechen, bloß um

auszugleichen, dass du den ganzen Tag auf dem Hintern gesessen hast«, hatte er fröhlich geschnaubt. Ich hatte jedes Mal gelacht. Das stimmte, auch wenn das Work-out mir half, den Kopf freizubekommen. Die Endorphine verbesserten meine Konzentrationsfähigkeit. Ich mochte meinen Beruf, und er brachte mir eine Menge Geld ein. Ich konnte dafür sorgen, dass April und Peyton auf die besten Schulen gingen und später, wenn sie mal aufs College gingen, nicht ständig arbeiten mussten, wie es bei mir der Fall gewesen war.

»Wie kam es dazu, dass du deine eigene Kosmetik- und Parfümfirma gegründet hast? Das würde mich wirklich interessieren.«

»Du hast mich gegoogelt.« Sie starrte mich mit offenem Mund an, als wäre ihr unbegreiflich, wieso ich das getan hatte.

»Habe ich tatsächlich.«

»Nun, dafür war sehr viel mehr nötig, als auf der Webseite steht.«

»Erzähl mir davon.«

»Tut mir leid, kann ich gerade nicht. Ich muss los. Ich habe noch tausend Dinge zu erledigen.«

»Freust du dich auf die Wohltätigkeitsgala?«

»Na klar.«

»Ist dein Begleiter auch in der Kosmetikindustrie? Oder ist er in der Filmbranche?«

Sie senkte den Blick auf ihre Kaffeetasse. »Er ist in der Filmbranche. Aber ich werde allein kommen.«

»Muss er arbeiten?«

»Nein, wir gehen nicht mehr miteinander aus.«

Ich hätte mich über ihre offensichtliche Enttäuschung nicht freuen sollen, doch ich konnte nichts gegen den Triumph tun, der in mir aufstieg. Ich wollte diese Frau unbedingt besser kennenlernen.

»Was ist passiert?«

Sie zuckte mit den Achseln, als spiele das keine Rolle, aber ich konnte sehen, dass das so nicht stimmte. Ich hakte allerdings nicht weiter nach. Val fühlte sich mit dem Thema allem Anschein nach nicht wohl. Und wieso sollte sie mir überhaupt etwas so Persönliches erzählen? Wir kannten uns kaum. Also versuchte ich stattdessen, sie abzulenken, während ich mich gleichzeitig bemühte, nicht ständig darüber nachzudenken, dass sie nicht mehr vergeben war.

»Kein Pfannkuchen heute Morgen?«, fragte ich.

»Nö.«

Ich lehnte mich vor und ließ meine Finger leicht über ihren Unterarm gleiten, weil ich mich nach einer Berührung verzehrte. Val senkte den Blick auf meine Hand und leckte sich die Lippen.

»Wie wäre es, wenn ich dir einen kaufe? Zählt das dann?«

»Aber klar.«

»Aber dein Gewissen wäre rein.«

»Du bist sogar noch besser darin, Schlupflöcher und Ausreden zu finden, als ich.« Sie lächelte mich an.

»Was, wenn ich zwei Pfannkuchen für mich bestelle und dann nach dem ersten feststelle, dass es mir zu viel wird? Wäre doch eine Schande, den zweiten verkommen zu lassen.«

»Dir gehen niemals die Argumente aus, oder?«

»Nicht, wenn ich es auf etwas abgesehen habe«, gab ich zu.

»Und momentan hast du es darauf abgesehen, dass ich einen Pfannkuchen esse?«

Ich dachte für einen Moment darüber nach, meine Karten auf den Tisch zu legen und ihr genau zu sagen, worauf ich es abgesehen hatte … aber so direkt konnte ich nicht sein. Noch nicht.

»Ich will dir doch nur eine Freude machen und dich auf andere Gedanken bringen. Dieser Idiot ist es doch gar nicht wert.«

Ich hielt ihren Blick eine Sekunde lang, dann noch eine. Ich konnte erkennen, dass sie nicht als Erstes wegschauen wollte, aber schließlich tat sie es mit einem Kopfschütteln und einem leisen Lachen.

»Setzt du immer so gefährliche Strategien ein, um anderer Leute Laune zu heben?«

»Für mich fällt das in die Kategorie mutig, aber ich zeige dir gerne auch meine gefährliche Seite.«

Val schluckte. »Nun, ich wüsste gerne, wie du ›mutig‹ von ›gefährlich‹ abgrenzt. Ich habe so die Vermutung, dass unsere Definitionen sich erheblich unterscheiden. Aber die Pflicht ruft. Ich muss auch noch ein paar Dinge für die Wohltätigkeitsgala erledigen. Wenn es so weitergeht, wird der Abend eher Arbeit als Vergnügen.«

»Wir werden uns auch amüsieren.«

»Definiere amüsieren«, forderte sie mich mit einem Lächeln heraus, bevor sie ihr Haar zu einem Pferdeschwanz band. Die Bewegung sorgte dafür, dass ihre Brust sich hob und ihr Hals entblößt wurde. Die Haut flehte förmlich nach Küssen, nach Berührungen. Ich verspürte den Drang, eine Ausrede – irgendeine Ausrede – zu finden, um Val zu berühren. Ich starrte ihren Mund lange genug an, dass sie es bemerkte. Sie riss die Augen auf. Bestimmt spürte sie ebenfalls, dass die Chemie zwischen uns stimmte.

»Und die ganze gespannte Vorfreude zerstören? Ich werde es dir einfach zeigen, wenn wir dort sind.«

Ich stand gleichzeitig mit ihr auf.

»Ich habe genug von solchen Events besucht, um zu wissen, dass sie nicht meine Art von Unterhaltung bieten.«

»Aber dabei war ich nicht an deiner Seite.«

Ihre Lippen öffneten sich leicht. Danach kniff sie die Augen zusammen.

»Nun, dann… ich könnte ein wenig Spaß gebrauchen. Ich freue mich schon darauf, dich in Aktion zu sehen, also werde ich dich beim Wort nehmen.«

»Dafür werde ich sorgen.«

6 Val

Leicht benommen ließ ich mich hinter meinen Schreibtisch sinken, dann öffnete ich als Erstes meinen Laptop, um Carter zu googeln. Ich war total aufgeregt, als täte ich etwas Verbotenes. Seine Anwaltskanzlei gab es erst seit drei Jahren, doch selbst das war beeindruckend, wenn man bedachte, dass er fünfunddreißig war. Alle Anwälte mit eigener Kanzlei, die ich kannte, hatten sie viel später gegründet.

Ich klickte mich durch ein paar Google-Links, wobei schnell offensichtlich wurde, dass er ein sehr erfolgreicher Zivilanwalt war.

Ich verzehrte mich danach, mehr über ihn herauszufinden, aber ich wandte mich trotzdem der To-do-Liste zu, die ich gestern geschrieben hatte, und glich die Punkte mit ein paar der dringenden Mails in meinem Posteingang ab. Für gewöhnlich hatte ich vormittags keine Probleme, mich zu konzentrieren, doch heute erwischte ich mich mehrfach dabei, wie meine Gedanken abschweiften. Ich musste mich anstrengen, bei der Sache zu bleiben. Als das Display meines Handys aufleuchtete und eine neue Nachricht sichtbar machte, griff ich danach, obwohl ich normalerweise während der Arbeit keine Nachrichten beantwortete. Das lenkte mich einfach zu sehr ab.

Carter: Wollen wir uns zum Lunch treffen?
Hast du Zeit?

Bei unserem ersten Mittagessen hatte ich ihm meine Handynummer gegeben, kurz bevor wir unserer Wege gegangen waren.

Val: Leider nicht. Ich habe ein paar Deadlines
und werde daher im Büro essen.

Carter: Kannst du mir ein Restaurant empfehlen?

Lächelnd tippte ich ein paar Restaurantnamen ein.

Für den Rest des Tages versuchte ich, Carter aus meinen Gedanken zu vertreiben, doch das stellte mich vor echte Herausforderungen. Dieses umwerfende Lächeln und diese wunderschönen Augen ließen mich nicht los.

Am Nachmittag schrieb er mir wieder.

Carter: Wollen wir einen Kaffee trinken gehen?

Val: Arbeitest du jemals wirklich?

Carter: ☺ Zwischen den Pausen.

Carter: Kann ich dich mit einem Kaffee in
Versuchung führen?

Mein Herzschlag beschleunigte sich, aber ich versuchte, das zu ignorieren.

Val: Geht einfach nicht. Außerdem kannst du mich nicht ständig bei der Arbeit stören. Ich habe mir selbst verboten, während der Arbeitszeit Nachrichten zu beantworten, und kontrolliere mein Handy nur während kurzer Pausen (die ich hier verbringe).

Carter: Wann genau machst du Pausen?

Val: Vormittags um elf und nachmittags um vier.

Es war gerade 13:09 Uhr. Ich hatte nicht damit gerechnet, dass Carter aufhören würde, mir Nachrichten zu schreiben, doch mit seiner Antwort hatte ich auch nicht gerechnet.

Carter: Perfekt. Ich freue mich schon darauf, dich in deinen Pausen zu stören.

Ich lachte. Und jetzt fiel es mir noch schwerer, mich zu konzentrieren, und ich zählte die Minuten bis vier Uhr, weil ich mich fragte, ob er seine Störkampagne heute oder morgen starten würde.

Mit einem Kopfschütteln richtete ich meine Aufmerksamkeit wieder auf die E-Mail, die ich gerade entwarf. Ich wollte drei Fokusgruppen für die bevorstehende Goddess-Kampagne zusammenstellen, eine unserer Duftlinien. Wir hatten die Düfte schon von einer Gruppe testen lassen, aber daran war ich nicht beteiligt gewesen. Es hatte sich herausgestellt, dass ich diese Aufgabe lieber nicht delegiert hätte.

Der Moderator hatte nicht alle Facetten ausgeleuchtet und nicht die richtigen Fragen gestellt. Ich konnte es besser machen und wollte das auch tun. Es war nicht leicht, Fokusgruppenversuche für Düfte durchzuführen. Parfüms waren Luxusartikel – jeder wollte sie, aber da sie keinen bestimmten Zweck verfolgten wie zum Beispiel Anti-Aging-Cremes, fiel es schwer, ein Alleinstellungsmerkmal zu finden. Deswegen verließ sich ein Großteil der Branche auf sinnliche, sexy Werbespots, um ihre Düfte zu verkaufen.

Doch für mich ging es bei Parfüms um mehr als lediglich darum, mich begehrenswert zu fühlen. Sie waren Erinnerungen in Fläschchen, manchmal auch Träume. Aus irgendwelchen Gründen musste ich persönlich anwesend sein, um dies den Fokusgruppen zu vermitteln.

Nachdem ich meine Anweisungen an meinen Marketingleiter losgeschickt hatte, entdeckte ich eine E-Mail von Hailey. Meine Schwester respektierte meine Keine-Nachrichten-Regel … aber nur, weil sie das E-Mail-Schlupfloch entdeckt hatte.

Ich grinste. Hailey und Carter waren sich in dieser Hinsicht offensichtlich sehr ähnlich.

Betreff: Dringend

Habe entdeckt, dass der Bruder einer Kollegin
ein echter Fang ist. Hätte vielleicht das Potenzial,
»der Eine« zu sein.
Soll ich dich ihm vorstellen?

Seufzend schüttelte ich den Kopf. Das war dringend? Ich hätte Hailey mit Schweigen bestrafen können, doch wie ich meine Schwester kannte, würde sie dann einfach alles organisieren, ohne meine Antwort abzuwarten.

Val: Nein. Halt dich zurück.

Der Eine. Damit feuerte sie eine meiner Lieblingsformulierungen auf mich zurück. Manchmal fühlte ich mich dumm, weil ich diesen Ausdruck benutzte. Ich war über die Jahre viel ausgegangen und hatte auch ein paar Beziehungen geführt. Manche hatten länger gehalten, andere waren von Anfang an bloß auf Spaß ausgerichtet gewesen – besonders, nachdem Jace und Hailey von zu Hause ausgezogen waren. Aber ich neigte dazu, Beziehungen zu romantisieren. Ich konnte es nicht leugnen. Das war einer meiner Fehler.

Kopfschüttelnd las ich Haileys E-Mail noch mal. Ich war entschlossen, mich an meinen Vorsatz zu halten, die Sache langsam angehen zu lassen.

Ich schaltete den Computerbildschirm ab und kritzelte meine Notizen stattdessen auf Papier.

Sorglose, glückliche Kindheitserinnerungen.

Dasselbe für Urlaube. Nach genauen Details (besonders in Bezug auf Orte) und damit verbundenen Düften fragen.

Sich nur nach Gerüchen zu erkundigen funktionierte meistens nicht, weil die Leute keine genauen Duftnuancen identifizieren konnten. Für einen Außenstehenden ergaben meine Notizen wahrscheinlich nicht viel Sinn, aber für mich funktionierte es so. Ich begann mit Stichwörtern und Halbsätzen, und daraus entwickelten sich irgendwann echte Fragen.

Carter hatte ich fast vergessen, doch Punkt vier Uhr brummte mein Handy. Ich zuckte zusammen, und jeder Gedanke an die Fokusgruppen verflüchtigte sich aus meinem Hirn.

Carter: Erzähl mir etwas über dich.

Blinzelnd starrte ich auf das Display. Obwohl ich den Grund der Frage nicht verstand, trommelte ich aufgeregt mit den Fingern auf die Rückseite des Handys, bevor ich antwortete.

Val: Was zum Beispiel?

Carter: Was immer du willst. Etwas nicht zu Offensichtliches.

Val: Ich singe gerne, wenn ich allein bin.

Erst nachdem ich die Nachricht losgeschickt hatte, fiel mir auf, dass das ein seltsames Eingeständnis war.

Carter: Singst du auch unter der Dusche?

Genau. Darauf würde ich nicht antworten.

Val: Du bist dran.

Carter: Wie kommst du auf diese Idee?

Val: Jeder darf mal abwechselnd eine Frage stellen?

Carter: Nö, die Fragen hier stelle ich.

Ich schüttelte meine Schuhe ab und zog die Beine auf dem riesigen Ledersessel unter meinen Körper.

Val: Und was habe ich davon?

Carter: Deine Pausen werden viel angenehmer.

Ich lachte, dann ließ ich mir ein paar Sekunden Zeit, um meine Gedanken zu sortieren.

Val: Geh nicht davon aus, dass sie bisher nicht angenehm waren. Du weißt, was man über Leute sagt, die Informationen als gegeben voraussetzen. Wir stellen uns abwechselnd Fragen, das ist mein letztes Angebot.

Seine Antwort kam nicht sofort, doch als mein Handy endlich brummte, sammelte sich Hitze zwischen meinen Schenkeln.

Carter: Stets zu deinen Diensten.

Es erschienen die kleinen Punkte, die darauf hinwiesen, dass er noch eine Nachricht schrieb. Ich wartete mit angehaltenem Atem.

Carter: In diesem Fall werden wir mehr brauchen als ein paar Minuten pro Pause.

Ich ließ den Kopf in den Nacken sinken und lächelte zur Decke auf. Verhandelte er? Nun, dann konnte er sich auf eine Überraschung gefasst machen, weil das eine meiner größten Stärken war.

Val: Auf keinen Fall. Zehn Minuten, mehr kann ich dir nicht anbieten.

Er ließ nichts mehr von sich hören, also sah ich auf die Uhr. 16:11. Verdammt. Er wollte mich einfach hängen lassen? Als ich zwei Minuten später immer noch keine Antwort bekommen hatte, schüttelte ich den Kopf und wandte mich wieder meinen Notizen zu, auch wenn mein Blick ständig zu meinem Handy huschte.

In den nächsten zwei Wochen schrieb Carter mir jeweils pünktlich um elf Uhr vormittags und um vier Uhr nachmittags. Ich hatte meinen Willen durchgesetzt und hakte unbarmherzig nach, wann immer er Schummelversuche startete (was jedes Mal der Fall war). Ich erkundigte mich sogar nach seiner professionellen Meinung zu meinem Streit mit Beauty SkinEssence. Seine Antwort ließ mich verwirrt zurück. Als Rechtsanwalt riet er mir, einem Prozess aus dem Weg zu gehen. Als Privatperson meinte er, er würde ebenfalls für das kämpfen, was er für richtig hielt.

Trotzdem freute ich mich mehr auf seine Nachrichten, als ich zugeben wollte. Ich redete mir ein, dass es einfach eine lustige Art war, mir meine Pausen zu vertreiben. Wir waren zwei Erwachsene mit anstrengenden Jobs, die mal Dampf ablassen mussten. Andere Leute spielten oder taten noch Schlimmeres. Im Vergleich dazu wirkten unterhaltsame, flirtende Nachrichten ziemlich unschuldig. Doch als ich Carter eines Morgens im Café begegnete, konnte ich nichts gegen das Kribbeln tun, das von mir Besitz ergriff, als er mich mit seiner tiefen Stimme begrüßte. Unser Flirten war keineswegs unschuldig.

»Guten Morgen.«

»Hey!«

»Ich hatte gehofft, dich hier zu treffen.«

»Ach wirklich? Warum?«

Wir standen in der Schlange direkt hintereinander, und ich konnte nicht anders, als mich ein wenig näher zu ihm zu lehnen. Er roch einfach toll. Carter bildete insgesamt ein tolles Gesamtpaket, wenn ich ehrlich sein sollte. Er war ein attraktiver Mann mit unglaublichen Augen und Lippen und einem Körper, der eigentlich das Cover eines Magazins hätte schmücken müssen. Bevor ich wusste, wie mir geschah, berührten sich unsere Wangen fast. Er hatte sich ebenfalls vorgelehnt.

»Wann fängst du an zu arbeiten? Und wann machst du Schluss?«, fragte er.

»Ich arbeite von acht bis sechs.« Ich hatte keine Ahnung, wieso er das wissen wollte, aber seine Lippen verzogen sich zu einem wissenden Lächeln.

»Warum?«

»Ich habe dir doch gesagt, dass ich mehr brauche als zehn Minuten. Und da du in Bezug auf die Pausenzeiten nicht nachgibst, habe ich Alternativen gefunden.«

Seine Nähe ließ meine Verhandlungsfähigkeiten in sich zusammenfallen. Dieser Mann war einfach zu verlockend.

»Du setzt schon wieder Dinge voraus.«

»Tue ich das?« Er beugte sich noch näher zu mir, bis ich

kaum dem Drang widerstehen konnte, diese frisch rasierte Wange zu berühren. Ich nickte, um mich dann dankbar dem Tresen zuzuwenden, als ich an die Reihe kam. Ich bestellte und bat den Kassierer, alles zum Mitnehmen einzupacken.

»Es ist erst halb acht, Val«, flüsterte Carter mir ins Ohr. »Du hast genug Zeit, um mit mir zu frühstücken.«

»Ich muss noch mal meine Notizen für ein Meeting durchgehen.«

Er drängte nicht weiter, was mich fast überraschte.

Ich hatte ihm die Wahrheit gesagt, doch das war nicht der einzige Grund, warum ich nicht im Café blieb. Carter war gerade erst mit seiner Kanzlei in die Gegend gezogen. Wenn diese Flirterei schiefging, dann könnte das unangenehm werden.

Doch andererseits machte es einfach zu viel Spaß, um damit aufzuhören.

Als Carter mir also Punkt elf Uhr eine Nachricht schrieb, antwortete ich sofort.

»Oh, das ist wunderschön.«

Ich suchte nach einem Outfit für die Wohltätigkeitsgala. Und wie es typisch für mich war, hatte ich zu viele Favoriten, um eine endgültige Entscheidung zu treffen. Ich wirbelte im Kreis, um mir das hellblaue Kleid von allen Seiten anzusehen. Auf meinem Auswahlstapel lagen noch drei weitere Kleider. Gerade wollte ich die Verkäuferin bitten, mir auch noch Schuhe zu bringen, als mein Handy brummte. Carter. Nach der Begegnung im Café gestern schlug mein Herz jedes Mal wie wild, wenn ich seinen Namen sah.

Carter: Danke für den Rat bezüglich April. Ich habe endlich mit ihr geredet, und sie hat (ein paar) meiner Bedingungen zugestimmt, ohne mich als ihren Onkel zu kündigen.

Val: Noch nicht. Unterschätz sie nicht.

Carter: Lass mich meinen Sieg noch eine Weile auskosten.

Val: Ich möchte nicht, dass du zu selbstzufrieden wirst.

Oh, Carter. Er war ein faszinierender Mann, das stand fest. Besonders seine tiefe Stimme konnte ich einfach nicht vergessen. Wann immer er etwas sagte, fühlte es sich für mich wie eine Liebkosung an intimen Stellen an. Schon die Erinnerung an seine Stimme reichte aus, damit ich mich so fühlte. Aber ich fühlte mich auch schwach, weil ich seiner magnetischen Anziehungskraft nicht widerstehen konnte.

Ich musterte erneut das hellblaue Kleid. Die Teilnahme an solchen Galas verlangte, dass man sich schick anzog. Das war eine gute Ausrede, mir ein fantastisches neues Designerkleid zu gönnen. Aber mein Handy lenkte mich immer wieder ab. Ich hatte eine neue Nachricht.

Carter: Bereit für morgen?

Mein Magen machte einen Sprung.

Val: Ich kaufe gerade dafür ein. Gönne mir etwas Neues. Dress to impress.

Carter: Ich werde vor dem Eingang auf dich warten. Ich bin der Mann im Smoking. ☺

Ich grinste. Jeder Mann dort würde einen Smoking tragen. Ich probierte noch mal jedes Kleidungsstück an und entschloss mich schließlich für ein sonnengelbes Kleid mit einem schmalen Gürtel aus schwarzem Samt. Der Saum fiel mir gerade bis auf die Knie, und das Oberteil war ärmellos, mit breiten Riemen über den Schultern. Es erinnerte eher an ein Korsett, sodass meine Brüste nach oben gedrückt wurden. Sexy, allerdings nicht auf übertriebene Art. Genau, was ich brauchte. Ich warf einen Blick auf das Preisschild und beschloss, keine Schuldgefühle zu empfinden. Es war ein gutes Stück teurer als das Preislimit, das ich mir gesetzt hatte, aber zum Teufel damit. Ich arbeitete hart, also hatte ich es verdient, mir mal etwas Schickes zu gönnen. Diesen inneren Kampf focht ich jedes Mal aus, wenn ich mir etwas Luxus leistete. Ich nahm an, dass diese Schuldgefühle noch aus der Zeit stammten, als wir jeden Penny zweimal hatten umdrehen müssen, nachdem wir Dads Pub übernommen hatten.

Ich schoss ein Bild von mir selbst in dem sonnengelben Kleid und schickte es an Hailey. Für gewöhnlich gingen wir gemeinsam einkaufen, weil es einfach mehr Spaß machte, wenn man Outfits kommentieren und die Erfahrung mit jemandem teilen konnte, doch diesmal hatte sie einfach keine Zeit gehabt.

Carter: Ich bin beeindruckt.

O Gott. Nein. Warum?

Wie hatte ich das Bild bloß an die falsche Nummer schicken können? Meine Pose darauf war gleichzeitig albern und sexy. Das Kleid hatte einen langen Schlitz an der Seite, der nur sichtbar wurde, wenn ich ein Bein vorstellte. Was ich natürlich getan hatte. Außerdem drückte ich auf dem Foto mit der Hand eine meiner Brüste nach oben und zwinkerte übertrieben. Es war ein Bild, das ich niemals jemand anderem geschickt hätte als meinen Schwestern.

Val: Dieses Foto war für meine Schwester gedacht.
Damit sie ihren Favoriten wählen kann.

Carter: Ich habe die anderen Varianten nicht gesehen,
aber … ja, das ist es!

Also, das war echt peinlich. Ich überlegte, eine Antwort zu tippen, doch letztendlich entschied ich mich, einfach so zu tun, als wäre das alles nie passiert.

Am nächsten Abend waren meine Hände ein wenig feucht, als ich vor dem Veranstaltungsort aus dem Taxi stieg. Ich konnte mit den unterschiedlichsten Menschen gut umgehen, von Verkäufern bis zu Wissenschaftlern. Die Letztgenannten mochte ich sogar am liebsten, nachdem ich meinen Abschluss in Chemie gemacht hatte. Doch dank Hailey würden auch eine Menge Stars anwesend sein … und die Hollywood-Leute waren etwas ganz anderes. Nur deswegen – zumindest redete ich mir das ein – freute ich mich so, als ich Carter am Fuß der Treppe entdeckte, die in die Villa führte. Mein Herz machte einen Sprung, als wolle es die Goldmedaille bei den Olympischen Spielen gewinnen. Er wartete wie versprochen auf mich und trug einen Smoking.

In seinen Augenwinkeln bildeten sich kleine Fältchen, als er mich anlächelte. Ich wusste gar nicht, wo ich zuerst hinsehen sollte. Ob ich lieber in diesen hypnotisierenden Augen versinken wollte oder mir genauer ansehen, wie wunderbar sein Körper diesen Smoking füllte.

»Genauso atemberaubend wie in meiner Erinnerung.« Carter musterte mich von Kopf bis Fuß, bevor wir die Treppe nach oben stiegen. »Gelb steht dir.«

Ich errötete, weil mir der Fehler in meinem Plan bewusst wurde. Ich konnte nicht vorgeben, es hätte den Foto-Vorfall nie gegeben, wenn Carter nicht mitspielte.

»Könnten wir dieses Bild einfach vergessen?«

Seine Mundwinkel zuckten. O Mann. Er würde nicht lockerlassen.

»Nur, wenn du mir versprichst, dass ich auch noch die anderen zu sehen bekomme.«

Erst nach einem Moment verstand ich, dass er von den Fotos der anderen Kleider sprach, die ich anprobiert hatte.

»Auf keinen Fall«, erklärte ich hitzig, als wir die Villa betraten.

»Warum? Waren sie noch aufreizender? Sag es mir.« Er senkte den Kopf, um mir die letzten Worte ins Ohr zu flüstern. Ich schob ihn an einer Schulter nach hinten und deutete dann drohend mit dem Finger auf ihn.

»Ich hatte nicht mal vor, dir dieses erste Bild zu schicken.«

Er legte den Kopf schräg und grinste noch breiter. »Nun, die Auswirkungen haben jedenfalls länger angehalten, auch wenn sie … unbeabsichtigt waren.«

Darauf fiel mir einfach keine Antwort an, also gab ich

vor, meine Umgebung zu studieren. Ich sah gerade in die andere Richtung, als ich fühlte, wie Carter sich näher an mich heranschob.

»Du bist heute Abend die schönste Frau hier, Valentina.«

Ich machte bloß eine wegwerfende Handbewegung. Auf solche Sprüche fiel ich nicht mehr rein – besonders, seitdem mich mein letztes furchtbares Date daran erinnert hatte, dass L. A. die Stadt war, in die massenweise schöne Frauen strömten, um ihr Glück in der Film-, Musik- oder Modelbranche zu versuchen. Doch als ich mich umdrehte, um Carter anzusehen, verriet mir etwas in seinem Blick, dass das für ihn nicht nur ein lahmer Spruch war.

Oder ich war einfach zu naiv.

Eine der Organisatorinnen der Gala bemerkte mich und bedeutete mir, dass sie mit mir reden wollte. Carter sah es ebenfalls.

»Ich werde schauen, was sie braucht«, erklärte ich ihm. »Dann ziehe ich meine Runden durch den Saal. Ich habe eine Liste von ungefähr zwanzig Leuten, mit denen ich reden muss.«

»Mach nur. Wir können uns später noch in Ruhe unterhalten.«

Die Gala verlief genauso, wie ich es erwartet hatte. Nach drei Stunden waren die Unterhaltungen um mich herum fast zu einem Hintergrundgeräusch verblasst. Ich war bereits an einige der Prominenten herangetreten, die ich für meine Frühjahrskampagne gewinnen wollte.

Nach einem besonders produktiven Gespräch mit einem jungen, aufstrebenden Popstar sah ich mich nach einer Bank oder einem Stuhl um. Ich war mir sicher, dass die Schmerzen in meinen Ballen nachlassen würden, sobald ich ihnen fünf Minuten Ruhe gegönnt hatte. Ich hatte keine Probleme damit, in hohen Schuhen herumzulaufen, auch wenn mir Haileys Ausdauer fehlte. Aber länger darin stehen war ein Problem.

Ich konnte allerdings keine leeren Stühle entdecken. Gerade als ich in einen der kleineren Nebenräume gehen wollte, um nachzusehen, ob alle Couchen besetzt waren, trieb mich ein Berg von einem Mann in eine Ecke.

»Hey, du«, sagte er.

»Hi, Gus!«

Wir hatten uns früher am Abend unterhalten. Er gehörte zu den Models, die ich für unsere Marketingkampagne gewinnen wollte. Seine Popularität war im letzten Jahr gestiegen, und ich wusste, dass er einiges erreichen konnte, weswegen ich ihn mir sichern wollte, bevor er zu teuer wurde.

»Willst du etwas trinken?«, fragte er.

»Danke, aber ich muss meine Runde beenden.«

»Ach, komm schon. Sei keine Spielverderberin.«

Gus schien bereits einiges getrunken zu haben, weil er leicht schwankte. Er sah mich an, als wäre ich ein leckeres Stück Fleisch … was mir gar nicht gefiel. Für gewöhnlich konnte ich mich aus solchen Situationen befreien, indem ich die Miene aufsetzte, die Hailey als mein »Gruselgesicht« bezeichnete, dieser Kerl reagierte jedoch nicht darauf.

»Ich bin keine Spielverderberin, aber die Pflicht ruft.«

Der Kerl zog die Augenbrauen hoch, dann trat er näher an mich heran, statt sich zurückzuziehen. Zum Teufel, nein. Ich wollte keine Szene machen, wenn dieser Kerl allerdings kein Nein akzeptierte, blieb mir keine andere Wahl.

In diesem Moment erregte eine Bewegung hinter Gus

meine Aufmerksamkeit. Carter stand bloß ein paar Schritte entfernt und beobachtete uns genau. Als ich seinen Blick auffing, formte er mit den Lippen die Worte: »Belästigt er dich?« Ich nickte fast unmerklich, und sofort kam Carter zu uns. Ich hatte damit gerechnet, dass er einfach erklären würde, er müsse mit mir reden, doch noch bevor er auch nur den Mund aufmachte, schlang er den Arm um meine Taille und zog mich so eng an sich, dass sich mein Busen gegen seine Brust presste.

»Da bist du ja. Ich dachte schon, ich hätte dich verloren.« Er hielt Gus die freie Hand entgegen. »Carter Sloane.«

Gus schüttelte seine Finger fast widerwillig, was dafür sorgte, dass Carter mich noch enger an sich zog. Meine Nase berührte beinahe seinen Kiefer. Die glatte Haut seiner Wange und der leise Geruch von Aftershave verrieten mir, dass er sich direkt vor der Gala rasiert hatte.

Gus sah zwischen uns hin und her, dann verschwand er wortlos. Trotzdem gab Carter mich nicht frei. Mein Körper kribbelte überall, wo wir uns streiften – wo sein Arm an meinem Rücken lag, meine Brust sich an seine drückte –, als würde unsere nackte Haut sich dort berühren. Sein Halt an mir war fast besitzergreifend. Und ich fand das wunderbar.

»Geht es dir gut?«, fragte er.

»Ja. Ich habe gerade überlegt, wie ich ihn loswerden soll, als du aufgetaucht bist. Gut, dass du mich entdeckt hast.«

»Ich konnte den Blick den gesamten Abend über nicht von dir abwenden.« Er gab mich frei, als wäre ihm erst jetzt aufgefallen, dass es keinen Grund mehr gab, mich festzuhalten. Sofort wünschte ich mir, er hätte es nicht getan.

»Musst du noch deine Runden drehen?«

»Ja. Ich muss noch ein paar Leute erwischen. Unterhältst du dich gut?«

»Ich habe schon ein paar Kontakte geknüpft. Es ist eine tolle Gala.« Carter hielt den Blick unverwandt auf mein Gesicht gerichtet. Tatsächlich starrte er so angestrengt in mein Gesicht, dass ich mich fragte, ob es ihn wohl Mühe kostete, den Blick nicht zu senken. Aber vielleicht war hier auch nur der Wunsch Vater des Gedankens. »Wir treffen uns später wieder, okay?«

Ich nickte, dann trennten wir uns, und ich tauchte erneut in die Menge ein, um die verbleibenden Personen auf meiner Liste zu suchen. Zwei der folgenden Gespräche waren reine Zeitverschwendung, zwei nur halb produktiv.

Ich freute mich bereits auf den unterhaltsamen Teil des Abends. Was genau hatte Carter geplant?

Sobald ich fertig war, ging ich zur Bar und gönnte mir das erste alkoholische Getränk des Abends. Ein Glas Chardonnay würde mir guttun. Bisher hatte ich nur Wasser getrunken, weil ich konzentriert bleiben musste.

Die Bar war in der Ecke eines Raums aufgebaut, von dem aus man direkt auf die hintere Terrasse treten konnte. Es herrschte ein ziemliches Gedränge, aber ich schob mich zwischen zwei Männer und wartete darauf, dass der Barkeeper mich bemerkte. Hinter der Bar hing ein großer Spiegel, über den ich die Bewegungen im Raum beobachten konnte. Ich begann mich zu entspannen, nachdem ich jetzt mit allen gesprochen hatte.

Doch dann entdeckte ich ein vertrautes Gesicht in der Menge, und sofort spannte mein Körper sich wieder an. Carter kam auf mich zu. Unsere Blicke trafen sich im Spiegel.

Er hielt direkt hinter mir an und flüsterte mir ins Ohr: »Bereit, hier zu verschwinden?«

Wir sahen uns immer noch über den Spiegel an. Er legte eine Hand an mein Kreuz und ließ sie dort ruhen, als wäre dadurch, dass er mich einmal berührt hatte, eine Hürde genommen.

»Ich muss bis zum Ende bleiben, bis zur Verlosung.« Alle Anwesenden hatten auf verschiedene Preise geboten, von Kunstwerken bis zu Weltreisen, und die Gewinner würden am Ende der Gala verkündet werden.

Carter ließ seine Hand leicht über meinen Rücken gleiten. Ich konnte die Fassung wahren, solange er nur mein Kleid berührte, doch als ich drei raue Finger auf meinem nackten Schulterblatt spürte, schaffte ich es nicht, das elektrisierende Kribbeln zu ignorieren, das sich in mir ausbreitete.

»Du glaubst, du könntest nicht darauf vertrauen, dass ich dich rechtzeitig zurückbringe?« Seine Stimme klang neckend und verschwörerisch, doch seine Augen funkelten gefährlich.

Ich schluckte schwer, bevor ich mir die Lippen leckte. Irgendwann in den letzten Sekunden war Carter so nah an mich herangetreten, dass mein Arm sich gegen seine Brust drückte. Zumindest war es diesmal nicht meine Brust. Wir standen mitten in einer gedrängten Menge. War er mir so nahe, weil er das wollte, oder nur, weil er keine andere Wahl hatte?

»Wir werden einfach für ein paar Stunden verschwinden und uns eine wohlverdiente Atempause gönnen.«

»Du hast versprochen, dass wir uns auch amüsieren werden, schon vergessen? Eine Atempause klingt… langweilig.«

Das Lächeln, das auf seinem Gesicht erschien, war fast … raubtierhaft. »Ich habe nicht behauptet, dass wir bloß atmen werden. Also? Vertraust du mir?«

Ich nickte und drehte mich um, sodass ich ihn nicht mehr über den Spiegel ansah, sondern ihm ins Gesicht schauen konnte.

»Was willst du trinken?«

»Chardonnay.«

»Eine Flasche Chardonnay und zwei Gläser, bitte«, bestellte Carter.

»Wir brauchen keine ganze Flasche«, flüsterte ich ihm zu.

»Ich weiß, aber sie ist einfacher zu tragen als zwei volle Gläser.«

Während wir warteten, drängten immer mehr Leute an die Bar, sodass wir enger aneinandergedrückt wurden. Carter stand direkt hinter mir, und ich musste mich wirklich anstrengen, um meinen Hintern nicht an seinen Schritt zu pressen.

»Du riechst toll«, murmelte er an meiner Haut. Als ich seine Nasenspitze leicht über meinen Hals gleiten fühlte, durchfuhr mich ein glühend heißer Stich, der jeden Nerv in meinem Körper zum Kribbeln brachte. O Gott … wie konnte mich eine so kleine Berührung so beeinflussen?

Als der Barkeeper endlich unsere Bestellung auf die Bar stellte, schnappte ich mir die Gläser, während Carter den Eiskübel mit der Weinflasche darin ergriff. Dann packte er meine freie Hand und führte mich durch die Menge. Er verschränkte die Finger mit meinen, als gehörte ich zu ihm. Mein Puls raste in meinen Ohren, während wir uns den Weg durch den vollen Raum bahnten und im Anschluss auf die Terrasse traten. Wir stiegen die Marmorstufen nach unten und gingen in den Garten. Je weiter wir uns vom Gebäude entfernten, desto weniger Menschen waren unterwegs.

»Dieser Garten ist riesig«, meinte ich.

»Du warst noch nie hier?«

»Nein. Du?«

»Mehrmals.«

Jetzt, wo wir der Menge entkommen waren, verlangsamten wir unsere Schritte. Carter gab meine Hand frei und deutete auf einen schmalen Weg zwischen immergrünen Hecken.

»Da entlang.«

Ich ging neben ihm her und genoss die plötzliche Ruhe. Hier im Garten war die Luft auch kühler. Wir gingen, bis wir eine Öffnung in der Heckenreihe erreichten.

»Wow.« Wir betraten einen kleineren, abgeschlossenen Gartenbereich mit einem Springbrunnen in der Mitte. Der Brunnen war atemberaubend schön mit den vier großen Blumentöpfen voller Lilien in den unterschiedlichsten Rottönen, die ihn umstanden. Von den flammenden Blüten ging ein betörender Duft aus. Schon immer waren das meine Lieblingsblumen gewesen, nicht nur weil sie wunderschön waren, sondern auch, weil sie für mich die pure Sinnlichkeit darstellten. Der steinerne Brunnenrand war breit genug, um darauf zu sitzen.

»Können wir uns hier hinsetzen?«

»Sicher.«

»Oh. Ich sehne mich schon den ganzen Abend nach ein paar Minuten, die ich sitzend verbringen darf.«

»Nach dir.« Er schmunzelte, als er mich mit einer Hand am Kreuz zum Brunnen führte. Jetzt, wo wir allein waren, vermittelte die Berührung ein vollkommen anderes Gefühl. Sie wirkte intimer.

Wir setzten uns auf den Brunnenrand, dann öffnete Carter die Flasche und goss uns beiden Wein ein. Danach stießen wir mit unseren Gläsern an.

»Woher weißt du überhaupt von diesem Ort?«

»Tagsüber gibt es Führungen in dieser Villa. Ich war letztes Jahr mit April und Peyton hier, und dabei wurden wir auch durch die Gärten geführt. Und wann immer ich bei einem Event hier bin und eine Pause brauche, gehe ich ein wenig spazieren.«

Allein?, wollte ich fragen. Oder schleppte Carter bei jedem Event eine Frau ab? Eilig verdrängte ich diesen Gedanken. Er war so attraktiv. Sein dunkles Haar war ein wenig verwuschelt, als wäre er mehrfach mit den Händen hindurchgefahren. Dieser unordentliche Look stand ihm gut, besonders weil er in solchem Kontrast zu dem festlichen Smoking stand. Carter hatte irgendwann sein Jackett ausgezogen und trug nur noch das Hemd. Ein strahlend weißes Hemd, das über seiner Brust spannte und jeden seiner atemberaubenden Muskeln betonte.

»Wo sind die Mädchen heute Abend?«

»Zu Hause. Ich habe eine Nanny, die nachmittags auf sie aufpasst und auch wenn ich abends Verpflichtungen habe. April hat mich quasi angebettelt, sie mitzunehmen. Ich glaube, ich habe einige Coolness-Punkte gewonnen, weil ich in denselben Kreisen verkehre wie irgendwelche Promis. Nur um ein paar dieser Punkte gleich wieder zu verlieren, als ich ihr mitgeteilt habe, dass sie nicht mitkommen darf. Aber ich kenne solche Galas zur Genüge und weiß, dass sie nichts für eine Vierzehnjährige sind … besonders, da ich heute Abend kaum auf sie hätte aufpassen können.«

Das war süß.

»Danke, dass du mich vorhin gerettet hast, als dieser Kerl mich in die Enge getrieben hat. Ich hätte dich gar nicht für einen edlen Ritter gehalten.«

»Warum nicht?«

»Du strahlst einfach nicht die richtigen Schwingungen aus.« Die ehrliche Antwort hätte gelautet, dass er eher Schwingungen in Richtung »groß, dunkelhaarig, gut aussehend« ausstrahlte, aber das konnte ich nicht einfach so gestehen. Carter beobachtete mich allerdings, als wüsste er genau, was ich dachte.

7 Carter

Ständig war ich zwischen dem Wunsch, mich mit dieser Frau zu unterhalten, um mehr über sie zu erfahren, und sie leidenschaftlich zu küssen, hin- und hergerissen. Sie nippte an ihrem Glas und stieß dabei ein leichtes genießerisches Geräusch aus. Ich war zu sehr von Val eingenommen, um etwas zu trinken. Als sie den Blick hob und bemerkte, dass ich sie beobachtete, leckte sie sich die Lippen, bevor sie den Kopf abwandte. Die Bewegung trieb einen Hauch ihres Parfüms in meine Richtung.

»Erzähl mir von deinem Parfüm. Das riecht unglaublich gut.«

Sofort strahlte sie. »Freesien und Lavendel. Eine von Moms Lieblingskombinationen. Sie hat mich mit ihrer Begeisterung für Düfte angesteckt. Als ich klein war, haben wir Seifen und Parfüms gemacht.«

Das stand nicht auf der Webseite ihrer Firma oder in den PR-Artikeln, die ich bei meiner Onlinesuche gefunden hatte. Val vertraute mir etwas Persönliches an, wobei sie fast wehmütig wirkte.

»Sie muss sehr stolz auf dich sein.«

»Ich glaube, das wäre sie. Sie … wir haben unsere Eltern vor mehr als fünfzehn Jahren verloren.« Ihre Stimme brach kurz. Ich drückte ihre Hand.

Im Kopf überschlug ich kurz die Zahlen, und plötzlich wusste ich, warum sie mir so gute Ratschläge in Bezug auf April geben konnte. Schon seit unserem ersten gemeinsamen Kaffee hatte ich mich unglaublich von Val angezogen gefühlt … und jetzt fragte ich mich, ob das ein Teil der Erklärung war. Ich fühlte mich ihr auf eine Weise verbunden, die mich vollkommen überraschte.

»Und du hast deine Geschwister aufgezogen?«

»Ja. Zusammen mit meinem Zwillingsbruder Landon.«

»Du hast noch vier andere Geschwister, stimmt's?« Ich meinte mich daran zu erinnern, dass ich das irgendwo gelesen hatte.

»Genau. Es war nicht immer einfach, aber sie sind alle zu verantwortungsvollen, erfolgreichen Erwachsenen herangewachsen. Jace spielt Fußball bei den L. A. Lords. Will war früher bei der Polizei, aber jetzt leitet er mit seiner Verlobten eine Stiftung. Hailey arbeitet in einer PR-Agentur. Lori ist Hochzeitsplanerin. Ich bin so stolz auf sie alle.«

»Dazu hast du auch allen Grund.«

»Danke.«

Ich mochte Valentinas Mischung aus Stärke und Sinnlichkeit. Und ich liebte auch die Seite von ihr, die sie mir aus Versehen durch dieses Foto enthüllt hatte. Ein Bild sagte mehr als tausend Worte – und dieses eine Bild konnte meinen Niedergang bedeuten. Tatsächlich war das bereits geschehen. Nach dem Chat war ich damals unter die Dusche gesprungen. Ich hatte unter dem warmen Wasserstrahl an nichts anderes denken können als daran, wie es sich anfühlen würde, ihr dieses Kleid auszuziehen, um jede noch so kleine Stelle ihres wunderbaren Körpers zu enthüllen. Letztendlich hatte ich zu dieser Fantasie onaniert und ihren Namen gestöhnt, als ich kam. Allein bei der Erinnerung daran regte sich etwas in meinem Schritt.

»Sieht aus, als hätten wir doch die ganze Flasche gebraucht«, kommentierte ich, als ich unsere Gläser zum dritten Mal nachfüllte.

Val kicherte. »Aber es war eine kleine Flasche.«

Ich fragte mich, wieso eine Frau wie sie alleinstehend war. Als ich sie heute Abend mit diesem Kerl gesehen hatte, hatte sich mir der Magen verkrampft. Sie waren sich so nahe gewesen, dass ich erst dachte, er wäre ihr Freund – oder zumindest auf dem Weg dorthin –, nur um rotzusehen, als ich ihre unangenehm berührte Miene bemerkte. Ich war wirklich stolz auf mich, dass ich den Kerl nicht mit Gewalt aus ihrer Nähe entfernt hatte.

»Mein Rücken tut weh, weil ich so lange auf den Beinen war.«

»Drück die Daumen auf den quadratischen Lendenmuskel. Das baut die Spannung ein wenig ab.«

»Auf den was?«

Ohne nachzudenken, legte ich die Hand auf ihren Rücken und drückte mit drei Fingern auf den besagten Muskel. Val richtete sich höher auf und lehnte sich dann in meine Berührung.

»Genau da.«

Sobald ich die Hand zurückgezogen hatte, drückte sie ihre eigenen Daumen auf beide Seiten ihrer Wirbelsäule.

»Ah, das tut unglaublich gut… von wem hast du das gelernt?«

»Von meinem Fitnesstrainer.«

»Das passt«, murmelte sie, mehr zu sich selbst.

»Was passt?«

»Dass du gerne trainierst.« Sie deutete auf meine Brust, nur um die Hand eilig wieder sinken zu lassen, als wäre ihr zu spät bewusst geworden, was sie da tat.

Ich lächelte träge. »Ach ja? Gefällt dir … das Gesamtpaket, Val?«

»Ich muss erst entscheiden, ob dir eine ehrliche Antwort zu Kopf steigen könnte.«

Ich lachte, und Val schlug mir spielerisch auf die Schulter.

»Nun, du besitzt wahrscheinlich einen Spiegel und siehst dasselbe, was ich sehe, also gibt es keinen Grund zu lügen.«

Obwohl ich genau wusste, dass das nicht das klügste Vorgehen war, lehnte ich mich näher zu ihr.

»Ich will es dich aussprechen hören, Valentina.«

Sie kniff die Augen zusammen, als müsste sie die Vor- und Nachteile abwägen.

»Nein, ich glaube nicht, dass ich das tun werde. Zu viel Selbstbewusstsein ist genauso schlimm wie kein Selbstbewusstsein. Das hat mein Dad immer gesagt. Er war Ire und hat versucht, jede Menge angebliche alte irische Redewendungen an uns weiterzugeben … Google erzählt da allerdings was anderes. Ich glaube, Dad hat sie alle nur erfunden. Aber ich mag sie.«

Sie entspannte sich – bis ich ihr noch näher kam. »Glaub nicht, ich hätte dich wegen dieser anderen Sache vom Haken gelassen.«

Val leckte sich die Lippen, dann zuckte sie gespielt lässig mit einer Schulter. »Das kannst du halten, wie du willst. Ich lasse mich nicht unter Druck setzen.«

Ich wackelte mit den Augenbrauen. »Nein, aber ich wette, man kann dich … überzeugen.«

»Du?«

»Offensichtlich.«

»Mmmm … ich glaube nicht, Mr Sloane. Dir fehlen die passenden Werkzeuge dafür.«

Das war eine süße Herausforderung.

»Und wie sähen die aus?«

»Glaubst du wirklich, ich mache es dir so einfach?«

»Gib mir einen Tipp.«

Val sagte vollkommen ernsthaft: »Nun, um ehrlich zu sein, funktioniert Bestechung besser als Überzeugung. Wenn man meinen Schwestern glauben will, kann man mich zu den irrsinnigsten Dingen überreden, wenn Eiscreme im Spiel ist. Ich dagegen kann sie mit meinem berühmten Käsekuchen dazu bringen, verrückte Dinge zu tun.«

Zur Kenntnis genommen.

»Mir stehen andere Werkzeuge zur Verfügung.«

»Wie zum Beispiel?«

Ich senkte den Blick auf ihren Mund und sah ihn unverwandt an, bis sie sich die Lippen leckte.

Etwas verlegen rutschte sie auf dem Sims des Springbrunnens herum und geriet leicht ins Schwanken. Ich packte ihren Arm, um sie festzuhalten, weil ich fürchtete, sie könnte sonst ins Becken oder gegen einen der Töpfe mit den flammend roten Lilien fallen. Val sah unter langen Wimpern zu mir auf. Mir war gar nicht bewusst, dass ich meine Hand von ihrem Arm an ihre Wange verschoben hatte, bis mein Daumen ihren Mundwinkel berührte. Vals Lippen öffneten sich leicht, sie atmete zitternd durch, und ich konnte mich einfach nicht mehr von ihr fernhalten. Ich schloss den Abstand zwischen uns und sagte an ihren Lippen: »Ich werde dich jetzt küssen, Valentina.«

Ihre einzige Antwort bestand aus einem leisen Stöhnen, also presste ich meine Lippen auf ihre und umfasste ihren Hinterkopf. Dann saugte ich leicht an ihrer Unterlippe und fing ihr leises Seufzen mit dem Mund auf.

Mit der freien Hand zog ich sie enger an mich. Ich wollte mehr von ihr fühlen als nur ihre Lippen. Ich wollte die Wärme ihres Körpers fühlen, ihre wunderbaren Kurven. Nein … das war ein Fehler gewesen. Denn jetzt, wo wir uns auf voller Länge berührten, verzehrte ich mich plötzlich danach, ihre Haut zu spüren. Ich verlor jeden Sinn für Raum und Zeit, bis mir auffiel, dass sie meinen Namen flüsterte. Anschließend zog ich sie auf meinen Schoß und ließ meine Hände an ihren Beinen nach oben gleiten.

Als meine Finger über ihr Knie nach oben glitten, schob sie mir leicht die Hüfte entgegen. Als ich ihren Hintern umfasste, spürte ich zuerst keinen Stoff und dachte für einen kurzen Moment, sie trüge kein Höschen. Bei diesem Gedanken verlor ich fast den Verstand.

Sofort wurde ich hart. Val fühlte es offenbar, weil sie sich gegen mich drängte. Meine Hand glitt von nackter Haut auf Spitze, dann folgte ich mit den Fingerspitzen sanft dem dünnen Stück Stoff, das zwischen ihren Pobacken verschwand. Ich wollte Val kosten. Ich wollte auf die Knie sinken, dieses knappe Höschen entfernen, ihre Beine spreizen und sie mit dem Mund verwöhnen, bis sie gewaltig kam.

Ich ließ die Lippen über ihre Wange zu ihrem Ohrläppchen wandern.

»Ich kann nicht aufhören, dich zu küssen«, gab ich zu. »Oder dich zu berühren.«

»Carter«, flüsterte sie. Sie klang, als wolle sie erneut geküsst werden, wäre sich aber nicht sicher, ob das wirklich eine gute Idee war.

Ich hielt sie eng an mich gedrückt und vergrub mein Gesicht an ihrem Hals, bis ein lauter Gongschlag aus Richtung der Villa erklang.

»Oh, sie rufen uns schon zurück.« Val hörte sich so niedergeschlagen an, wie ich mich fühlte. Mir waren die Gala und die Verlosung vollkommen egal. Ich wollte einfach länger mit Val zusammen sein. In der Stunde, die wir hier verbracht hatten, hatte sich etwas zwischen uns verschoben, und ich wollte diese Verbindung stärken, bevor die Nacht vorbei war.

Sanft schob ich sie von meinem Schoß, stand auf und zog sie ebenfalls auf die Füße. Sie sah unglaublich gut aus in ihrem gelben Kleid vor dem Hintergrund der flammend roten Lilien.

»Du bist immer so galant.«

»Ich vergesse nie meine Manieren.«

Auf dem Weg zurück zur Villa begegneten wir einer der Organisatorinnen.

»Val, tut mir leid, dass ich bis jetzt keine Zeit hatte, dich zu begrüßen. Und Sie sind Ethan, nehme ich an?«, fragte sie.

Ich biss die Zähne zusammen und streckte ihr dann die Hand entgegen. »Carter Sloane. Schön, Sie kennenzulernen.«

»Oh!«

Verwirrt sah sie zwischen Val und mir hin und her.

»Können wir kurz noch einmal die Preise durchgehen, die du gespendet hast, bevor wir reingehen?«, fragte sie Val.

»Sicher.«

»Ich bin drin«, sagte ich. Val nickte, ohne mich direkt anzusehen.

Mein Magen verkrampfte sich, als ich in die Villa ging. Ich hatte vergessen, dass Val eigentlich mit einem anderen Mann hier sein sollte. Hegte sie noch Gefühle für ihn? War sie nur auf der Suche nach einem Übergangsmann? Ich wusste nicht genau, was da zwischen uns war oder wozu es sich entwickeln konnte, aber auf keinen Fall wollte ich für Valentina bloß eine Zwischenlösung sein.

Ich brachte die leere Weinflasche und die Gläser an die Bar zurück, ohne dabei den Eingang aus den Augen zu lassen. Sobald Val den Raum betrat, reihte ich mich neben ihr ein. Gemeinsam mit allen anderen gingen wir in den Hauptraum.

Val schenkte mir ein kleines Lächeln, sah mir aber immer noch nicht in die Augen.

Ich schluckte schwer und versuchte abzuschätzen, was in ihrem Kopf vor sich ging. Sie sollte zusammen mit einem Moderator die Gewinner verkünden, also blieb mir nicht mehr viel Zeit mit ihr.

Gleich nachdem wir den Saal betreten hatten, zog ich sie zur Seite, um ein wenig Privatsphäre zu gewinnen.

»Val, wenn du das willst, können wir vergessen, was heute Abend geschehen ist. Es ist deine Entscheidung.«

»Meine? Was ist mit dir?«

»Ich habe meine Entscheidung bereits getroffen. Ich will den heutigen Abend nicht vergessen. Ich bin bereit, mich anzustrengen, wenn du das möchtest. Allerdings habe ich nicht das Gefühl, dass das der Fall ist. Aber wie du dich mir geöffnet hast… Verdammt, allein schon bei dem Gedanken daran werde ich hart.«

»Carter«, flüsterte sie mahnend und senkte den Blick.

»Du musst mir nicht sofort antworten. Genieß einfach den Rest des Abends.«

Danach waren wir keine Minute mehr allein, doch ich blieb trotzdem in ihrer Nähe. Wann immer unsere Blicke sich trafen, lächelte Val, ehe sie eilig die Augen abwandte. Wann immer ich die Hand an ihr Kreuz oder auf ihren Arm legte, lehnte sie sich kurz in meine Berührung, bevor sie sich höher aufrichtete und durchatmete. Es war wunderbar, ihren inneren Kampf zu beobachten.

Am Ende des Abends wusste ich mit absoluter Sicherheit, dass ich nicht ruhen würde, bis Val mir gehörte.

8

Val

Am Montagmorgen gelang es mir kaum, im *Walter's* einen Sitzplatz zu ergattern. Ich saß auf einem Stuhl an einem kleinen, runden Tisch in der Ecke des Raums, nippte an meinem Cappuccino und beobachtete die Menschen um mich herum. Mein Nacken war seltsam steif, weil ich meine morgendliche Yogaeinheit hatte ausfallen lassen, um ein wenig länger schlafen zu können, aber hey, hin und wieder war Schummeln gut für die Seele. Immerhin hatte ich mir keinen Pfannkuchen bestellt. Die Natur bestrafte zu viel Schummelei sofort mit zusätzlichen Pfunden.

Ich hatte meinen Kaffee halb ausgetrunken, als mir ein vertrauter Hauch von Minze und Meer in die Nase stieg. Zuerst dachte ich, ich würde mir das nur einbilden, weil ich seit Samstag ständig an Carter denken musste. Doch dann hörte ich auch seine Stimme.

Diese tiefe, sexy Stimme, die so gut zum restlichen Gesamtpaket passte, so wie das Karamell meinen Cappuccino vervollkommnete.

»Ich sehe, du hast einen Platz gefunden.« Er hielt einen Kaffeebecher to go in der Hand.

»Der frühe Vogel fängt den Wurm«, erklärte ich mit einem Augenzwinkern. »Oder in diesem Fall den Tisch. Montags ist es hier immer rappelvoll, also komme ich früher.«

Carter trug sein Jackett über dem Arm. Sein Hemd lag eng an seinen Muskeln an, als wolle es jede Frau herausfordern, ihn anzusehen … was sie auch taten.

»Du isst gar keinen Pfannkuchen.«

»Nein. Nicht heute Morgen.«

»Ich verstehe. Also sind Montage dafür da, dir Dinge zu verweigern, die du haben willst?« Sein Tonfall war neckend, und ich fragte mich, ob er sich selbst wohl zu diesen Dingen zählte.

»Es ist gesund, hin und wieder Selbstkontrolle auszuüben.«

»Es mag gesund sein, aber Spaß macht es nicht.«

Er sah sich nach einem freien Stuhl um, doch war das ein hoffnungsloses Unterfangen.

»Sieht aus, als hättest du heute kein Glück«, meinte ich. Er sah mich erneut an, wobei er seinen Blick länger auf meinem Hals und meinen Schultern ruhen ließ, als höflich war. Und ich errötete.

»Du scheinst dich über mein Pech zu amüsieren.«

»Keineswegs.« Wieso zog ich ihn dann auf? Ähm … na ja, weil er einfach danach schrie, mit diesem makellosen Anzug und dem verwuschelten Haar. Außerdem wusste ich einfach nicht, was ich sonst sagen sollte. Ich konnte seine Lippen nach wie vor auf meinen fühlen. Selbst sein Geschmack war mir noch gegenwärtig. Doch ich musste auch immer wieder an meine schrecklichen Verabredungen in letzter Zeit denken, daher war ich noch nicht bereit, von flirtenden Textnachrichten zu etwas anderem überzugehen.

Carters Handy rettete mich vor einem längeren Gespräch. Es klingelte, und er sah mit einem Stirnrunzeln aufs Display.

»Da muss ich drangehen. Ich wünsche dir einen schönen Tag.«

Für einen Montag entwickelte er sich fantastisch. Ich legte mit meiner Chefchemikerin eine neue Parfümformel fest, was mich stets mit tiefer Befriedigung erfüllte. Ich verließ mich sehr auf meine Mitarbeiter, denn obwohl ich ein Händchen für Formeln und Mischungen hatte, war ich doch keine »Nase«, wie Parfümeure oft genannt wurden. Mein Geruchssinn war nicht fein genug, um selbst ein Parfüm zu entwerfen, auch wenn ich gerne mit den Mittelnoten und dem Angeruch herumspielte, sobald die Basisnoten festgelegt waren. Außerdem war ich glücklich, dass ich noch nichts von Beauty SkinEssence gehört hatte. Zugegeben, es waren erst ein paar Wochen vergangen, aber ich wusste aus Erfahrung, dass mit jedem Tag, der verging, die Chancen stiegen, dass sie keine rechtlichen Schritte einleiten würden.

»Du gehst schon, Chefin?«, fragte Anna, als ich am späten Nachmittag an ihrem Schreibtisch vorbeischlenderte.

»Ja. Wir sehen uns morgen.«

Ich wurde immer besser mit dieser Work-Life-Balance-Sache. Mir bliebe sogar genug Zeit, die Yogaübungen nachzuholen, die ich am Morgen hatte ausfallen lassen… ich beschloss allerdings, stattdessen shoppen zu gehen.

Am nächsten Morgen starrte ich unverwandt auf meinen Kindle, als ich im *Walter's* war und an meinem Kaffee nippte. Ich saß am selben Tisch wie gestern, doch heute standen noch drei weitere leere Stühle um mich verteilt, deswegen hielt ich den E-Reader hoch vor mich, in der Hoffnung, beschäftigt auszusehen. Bald schon verlor ich mich in der Geschichte und wünschte mir, ich würde eiskaltes Wasser trinken statt heißen Kaffee. Okay, vielleicht war es nicht die beste Idee, gleich am Morgen einen Erotikroman zu lesen, weil ich jetzt erregt war. Aber ich hatte gestern Abend an einer wirklich tollen Stelle aufgehört und heute Morgen einfach wissen wollen, wie es weiterging.

»Ist dieser Stuhl frei?«

Ich sah nach links. Carter stand neben mir, eine Hand auf der Rückenlehne des Stuhls, auf den er sich bezog.

»Sicher.«

»Ich habe nur ein paar Minuten. Mein Partner Zachary und ich treffen uns heute Morgen mit einem neuen Klienten.«

Er deutete auf einen Kerl im Anzug, der gerade in der Schlange anstand. Ich beging den Fehler, meinen Kindle auf den Tisch zu legen. Die Bewegung erregte Carters Aufmerksamkeit, dann saugte sich sein Blick an dem kleinen Bildschirm fest. Viel zu spät fiel mir ein, dass ich die Schrift besonders groß gestellt und das Gerät nicht ausgeschaltet hatte – ein Fehler, den ich eilig korrigierte. Carter stand immer noch, als hätte er vergessen, was er vorgehabt hatte.

»Was liest du da?«

»Nur ein Buch.«

»Ich habe das Wort Klitoris gesehen. Das war es, was meine Aufmerksamkeit erregt hat.«

»Natürlich«, murmelte ich und spürte, wie meine Wangen heiß wurden. Wie peinlich. Ein Punkt, den ich an meinem E-Book-Reader liebte, war die Tatsache, dass niemand erkennen konnte, was ich gerade las. Nicht, dass ich mich für meine Lektüre geschämt hätte, doch trotzdem hatten mich die abschätzigen Blicke wegen der Cover immer gestört. Ich stand total auf durchtrainierte Männer auf Buchcovern. Je weniger Kleidung sie trugen, desto besser.

Carter setzte sich endlich, wobei er mich anstarrte, als sähe er mich zum ersten Mal. »Also, worum geht es in dem Buch?«

»Es ist ein Liebesroman. Um nicht zu sagen ein Erotikroman.«

Ein Lächeln spielte um seine Lippen. »Erwischt! So verbringst du also deine Morgen?«

»Nein, für gewöhnlich lese ich vor dem Einschlafen, aber ich hatte gerade eine gute Stelle erreicht und konnte einfach nicht anders.«

»Ich verstehe. Was für Genres liest du noch?«

»Du willst wirklich über meine Lesegewohnheiten reden?«

»Ja. Ich mag es, über dich zu reden. Ich halte dich für eine unglaublich faszinierende Frau. Ich habe gerade eine unerwartete Facette entdeckt, das ist alles.«

»Ich lese fast alles: Krimis, Thriller, hin und wieder sogar Horrorsachen. Aber am liebsten mag ich Liebesromane. Nichts macht mich glücklicher als ein wenig Romantik und Leidenschaft. Von einem atemberaubenden Helden zu träumen ist eine tolle Art, sich die Zeit zu vertreiben.«

»Macht es aber gleichzeitig schwerer für die Männer im realen Leben, oder?«

»Eigentlich nicht. Ich weiß, dass das nur Träumerei ist.«

Carter legte einen Arm auf den Tisch und musterte mich mit einem schwer zu deutenden Stirnrunzeln. »Hast du noch Gefühle für diesen Ethan?«

Ich blinzelte, weil mich seine Frage vollkommen überraschte. »Für Ethan? Echt nicht. Wir sind lediglich zwei Monate lang miteinander ausgegangen. Es ist nur, dass … na ja, ich bin immer noch ein wenig auf der Hut. Bisher hatte ich nicht viel Glück in der Dating-Welt, also lasse ich es langsam angehen.« Ich zuckte mit den Achseln und hoffte inständig, dass er das Thema damit auf sich beruhen lassen würde. Aber natürlich hatte Carter andere Absichten.

»Ich hatte bisher auch viel Pech.«

Ich kniff die Augen zusammen, weil, na ja … mir das unwahrscheinlich erschien.

»Du glaubst mir nicht?« Er klang erheitert.

»Ich kann es mir nicht vorstellen, nein.«

»Nun, es ist die reine Wahrheit.« Er rückte mit seinem Stuhl näher an mich heran und flüsterte: »Ich suche nach jemandem, der klug ist und Sinn für Humor hat.«

Genau in diesem Moment wurden wir unterbrochen, da Zachary an den Tisch trat, sich vorstellte und Carter mitteilte, dass sie aufbrechen mussten.

Carter stand auf, als ich Zachary die Hand schüttelte. Er sah mich immer noch an. »Kennst du jemanden, der vielleicht interessiert wäre?«

Die Hitze in seinem Blick ließ mich an Laserstrahlen denken. Er zwinkerte, als Zachary ihn wegschleppte. Ich dagegen atmete tief durch.

Ich hatte so ein Gefühl, dass unsere morgendlichen Treffen zur Tradition werden würden – und Carter bestätigte meinen Verdacht schon am nächsten Morgen.

Als ich im Café ankam, saß er bereits an meinem üblichen Tisch. Vor ihm standen zwei Tassen Kaffee und ein Pfannkuchen. Er winkte mich heran, und meine Füße folgten seinem Ruf fast ohne mein Zutun.

»Ich war heute zeitig da und habe uns bestellt, was wir am liebsten mögen«, informierte er mich.

Ich setzte mich neben ihn. Die Ecke meines Kindles ragte aus meiner Tasche heraus.

»Halte ich dich schon wieder vom Lesen ab?«, fragte er mit blitzenden Augen.

»Nun … jetzt, wo du es erwähnst … ich wollte eigentlich lesen.«

Ich biss in den Pfannkuchen und nahm einen Schluck von meinem Cappuccino. Carters Tasse war halb voll, doch er schien sich im Moment nicht für Kaffee zu interessieren. Seine gesamte Aufmerksamkeit war auf mich gerichtet.

»Lass mich raten. Du musstest gestern wieder an einer besonders guten Stelle aufhören und konntest es kaum erwarten, heute Morgen weiterzulesen?«

»Schuldig im Sinne der Anklage.«

»Womit beschäftigte sich die gute Stelle? Bitte lass keine Details aus.«

Ich presste die Schenkel zusammen. »Du willst, dass ich … was? Dir von den Protagonisten erzähle?«

Carter lehnte sich noch näher an mich heran. Wenn er noch näher kam, könnte er mich fast schon küssen.

»Sie haben offensichtlich mehr Spaß als ich … wieso also sollte ich mir nicht davon erzählen lassen und durch sie leben? Ich bin ganz Ohr. Was ich das letzte Mal gesehen habe, klang ziemlich heiß. War das alles, oder wurde es noch heißer?«

Himmelherrgott, ich stand in Flammen. War er real? Wie konnte dieses Gespräch derart schnell so vollkommen entgleisen?

»Du wirst rot, also gehe ich davon aus, dass die Antwort lautet: Ja, es wird noch um einiges heißer.«

Ich räusperte mich. »Ich werde dir den Titel nennen, dann kannst du das Buch selbst lesen. Was hältst du davon?«

Er dachte einen Moment darüber nach, dann grinste er wie ein Honigkuchenpferd. O Mann. Das konnte nichts Gutes bedeuten.

»Nur, wenn wir uns hinterher über das Buch austauschen. Details kritisieren und so was.«

Inzwischen lachten wir beide, doch gleichzeitig hörte ich die Herausforderung in seiner Stimme. Er stellte mir eine Falle. Und ich wollte hineintappen, weil das einfach unglaublich Spaß machte.

»Gerne.« Ich flirtete. Ich wusste es, aber trotzdem konnte ich mich nicht davon abhalten. Es fühlte sich gut an. Als ich ihm den Titel des Buches nannte, zog er die Augenbrauen so hoch, dass sie beinahe seinen Haaransatz berührten.

»Überrascht, Mister? Wenn du schon mit dem Titel nicht umgehen kannst, warte, bis du das Buch liest.«

»Werde ich es bereuen?«

»Wahrscheinlich. Wie geht es den Mädchen?«, fragte ich, da ich dringend das Thema wechseln wollte.

»April hat bald Geburtstag. Ich habe dafür eine Jacht gemietet, bin mir allerdings nicht sicher, ob das wirklich eine schlaue Idee war. Mir fallen diverse Dinge ein, die schieflaufen könnten. Aber April hat gerade auf eine neue Schule gewechselt, und ich weiß, dass sie dringend Freundschaften schließen will. Partys helfen da immer.«

»Du willst sie glücklich machen«, stellte ich fest.

»Wieso überrascht dich das?«

»Es überrascht mich nicht, es ist nur … ich nehme an, ich hatte nicht damit gerechnet, dass du so verständnisvoll bist.«

»Ich musste mit vierzehn für die Highschool auf ein Internat. Ich weiß, wie schwer so was sein kann. Außerdem sind Stadtkinder gerne gemein zu Jugendlichen vom Land und hänseln sie. Wenn ich ihr den Übergang leichter machen kann, werde ich das tun.«

Ich konnte mir nicht vorstellen, wie jemand Carter hänselte. Seine eindrucksvolle Erscheinung forderte Respekt. Aber vielleicht war das nicht immer so gewesen. Auf jeden Fall war dieser Mann einfach nett. Und ich konnte seine Sorgen nachvollziehen. Eine Teenager-Party war nichts für schwache Nerven.

»Wie viele deiner Freunde werden dabei sein?«

»Kein einziger.«

»Du machst Witze.«

»Ich dachte, ich nutze die Gelegenheit, um Aprils Klassenkameraden kennenzulernen, mich mal mit ihnen zu unterhalten …«

Dieser arme, ahnungslose Mann. Er hatte keinen Schimmer, worauf er sich einließ. Ich empfand es als meine Pflicht, ihn vorsichtig darauf vorzubereiten.

»Nur als Warnung: Es könnte sein, dass sie sich nicht mit dir unterhalten wollen. Eventuell fällt auch das Wort ›alt‹. Nimm es nicht persönlich.«

»Langsam glaube ich, du hast doch recht. April hat schon Andeutungen gemacht, dass sie hofft, ich würde mich im Hintergrund halten.«

Ich fühlte mich vollkommen entwaffnet, weil ich mir sicher war, dass nicht viele Leute diese Seite von Carter zu sehen bekamen: ein wenig unsicher, ziemlich überfordert. Als hätte er gespürt, dass dies der richtige Moment für einen Angriff war (wahrscheinlich spürte er das wirklich; schließlich war er ein fantastischer Anwalt), sagte er: »Schließ dich mir an.«

»Hmmm?«

»Begleite mich.«

»Zu einer Party voller Fünfzehnjähriger? Klingt beängstigend.«

»Das wird es, weswegen ich hoffe, dass du nicht herzlos genug sein wirst, abzulehnen.«

Ein Tag auf dem Meer? Wieso sollte ich ablehnen? Okay, mir könnten da vielleicht ein oder zwei Gründe einfallen, aber ich beschloss sie einfach zu ignorieren.

»Was würden die Leute sagen, wenn sie wüssten, dass du dich vor einem Haufen Teenager fürchtest?«, zog ich ihn auf.

»Wahrscheinlich dasselbe, was die Leute über dich sagen würden, wenn sie von deinen Lesegewohnheiten erführen.«

Die Luft zwischen uns schien plötzlich zu knistern. Wir saßen inzwischen so nah nebeneinander, dass ich seine Körperwärme spüren konnte. Ich wollte mich nicht zurückziehen, obwohl seine Nähe mich noch mehr erregte als jede Sexszene, die ich in letzter Zeit gelesen hatte.

Oh, zur Hölle damit. Ich wollte Spaß haben, ein Abenteuer erleben. Und hier war ein Mann, der mir genau das anbot und dabei auch noch aussah wie ein griechischer Gott.

»Okay.«

»Ist das ein Ja?«

»Ja. Es ist immer schön, wenn man nicht allein den Aufpasser spielen muss.«

»Wir werden nicht die Aufpasser spielen, Val. Die Jacht hat ein hübsches Nebendeck, auf dem wir in der Sonne liegen können.«

Es war klar, was er damit sagen wollte: Wir würden allein sein. Seine Augen funkelten.

»Soll ich irgendetwas mitbringen?«

»Einen Bikini und ein Handtuch. Alles andere kannst du mir überlassen. Ich werde mich sehr gut um dich kümmern, Val.«

9 Carter

Am Samstag fühlte ich mich an Aprils allerersten Schultag erinnert. Sie war jetzt älter, doch die verräterischen Zeichen ihrer Nervosität waren dieselben geblieben: Sie kaute an den Nägeln und spielte an ihrem Haar herum.

»April, das ist deine Party. Du solltest Spaß haben«, erklärte ich ihr, als wir am Boot auf die Ankunft ihrer Gäste warteten.

»Und Freunde finden.«

»Das kannst du nicht erzwingen. Du wirst deine Clique schon irgendwann finden.«

Die Hälfte der Party bestand aus Freunden von ihrer alten Schule, die andere Hälfte waren Klassenkameraden aus der neuen.

Sie verdrehte die Augen. »Du redest wie ein Erwachsener.«

Ich versuchte mich daran zu erinnern, wie man sich mit fünfzehn fühlte, wenn Freunde das Wichtigste im Leben waren.

»Nein, ich rede wie dein Onkel. Du bist cool. Ändere dich nicht für irgendwelche anderen Leute.«

»Ooooh, hör auf damit«, sagte sie gutmütig.

Ich wuschelte ihr durchs Haar, und sofort sprang sie zur Seite.

»Hey, hör auf damit. Ich bin nicht mehr fünf.«

»Ich wünschte, du wärst es.«

»Carter, bitte, sei nett zu ihnen. Die Hälfte meiner Leute hat bereits Angst vor dir.«

»Warum?«

»Sie haben dich gegoogelt. Du hast einen gewissen Ruf. Und du siehst bedrohlich aus.« Sie pikte mich in den Arm. »Wofür brauchst du all diese Muskeln? Du bist Anwalt! Du trägst deine Kämpfe mit Worten aus. Nur gut, dass du nicht viel in der Gegend sein wirst.«

April war verdächtig begeistert gewesen, als ich ihr von Val erzählt hatte. Bald darauf trudelten die ersten Freunde ein, und ich musterte sie sowohl durch die Augen eines Onkels als auch durch die eines Rechtsanwalts. Keiner von ihnen war tätowiert oder gepierct oder sah aus, als wäre er Mitglied in einer Gang. Ich achtete darauf, allen tief in die Augen zu sehen, als ich Hände schüttelte, um herauszufinden, ob jemand geweitete Pupillen hatte, was auf Drogenmissbrauch hinwies. Alle bestanden den Test.

Ich begann mich zu entspannen, was sich schnell als großer Fehler entpuppte. Eine Viertelstunde später sah ich quasi kein Land mehr. Ich ertappte zwei Kerle dabei, wie sie versuchten, Wodka an Bord zu schmuggeln – den ich sofort konfiszierte. Einer der Jungs wollte offensichtlich mehr sein als nur Aprils guter Freund. Ich wollte mich gerade auf ihn stürzen, als ich Val auf dem Dock entdeckte, die mir zuwinkte.

Sie lächelte breit, als ich zu ihr ging. Da ich eine Sonnenbrille aufhatte, hielt ich mich bei meiner Musterung nicht zurück. Sie trug ein knielanges Strandkleid mit einem Ausschnitt, der tief genug war, dass ich ihren Bikini darunter sehen konnte … der ihre Brüste nach oben drückte.

»Läuft es bis jetzt nicht allzu gut?«, fragte sie, statt mich zu begrüßen.

»Was hat mich verraten?«

»Bevor du mich entdeckt hast, sahst du aus, als wolltest du diesen einen Jungen über Bord werfen.«

»Er hat Alkohol eingeschmuggelt und meine Nichte anzüglich angestarrt.«

Sie grinste. »Was hast du denn erwartet?«

»Du amüsierst dich schon wieder über mein Unglück«, sagte ich, ehe ich mich vorlehnte, um ihr einen Kuss auf die Wange zu drücken. Ich nutzte die Gelegenheit gleich, um eine Hand an ihre Hüfte zu legen. Und ich gab mich nicht mit einem flüchtigen Küsschen zufrieden. Ich ließ meine Lippen ganz nah an ihrem Mundwinkel verweilen. Ich würde diesen wunderschönen Mund heute erobern. Doch ich wusste, dass ich mich nicht mit einem einfachen Kuss zufriedengeben konnte. Ich wollte mehr von Val. Und wenn ich danach ging, wie sie sich in meine Berührung lehnte und nach Luft schnappte, bevor sie mir ebenfalls einen Kuss auf die Wange drückte, würde sie sich mir ergeben.

Ich konnte es kaum erwarten, endlich mit ihr allein zu sein und sie zu küssen, bis sie feucht für mich wurde. Ich würde sie erregen, bis sie meinen Namen keuchte und um mehr bettelte.

»Bereit für den Spaß?«, murmelte ich in ihr Ohr. Sie roch fantastisch – nach dem betörenden Duft von Lilien. Das Zittern, das Vals Körper überlief, verriet mir alles, was ich wissen musste.

»Ja. Ist Peyton ebenfalls hier?«

»Nein, sie ist den ganzen Tag bei einer Freundin. Sie schwimmt noch nicht besonders gut, daher wäre ein ganzer Tag auf dem Boot gefährlich für sie.«

Val sah mich verständnisvoll an, als wir zusammen an Bord gingen.

April war verzückt, als ich ihr Val vorstellte.

»Ich habe so viel von dir gehört, April.«

»Wirklich? Dich dagegen hat mein Onkel bis vor ein paar Tagen geheim gehalten.«

»Keine Sorge. Ich werde ihn von dir fernhalten, damit er dich nicht in Verlegenheit bringt.«

Moment mal. Was?

»Wirklich?« April sah aus, als hätte sie Val am liebsten umarmt.

»Zufälligerweise bin ich eine Expertin darin, überbordende Beschützerinstinkte zu zähmen.«

Meine Nichte grinste breit, als wäre das die beste Nachricht des Tages. Sobald sie zu ihren Freunden zurückgekehrt war, die in einer engen Gruppe am anderen Ende des Decks saßen, sah ich Val mit hochgezogenen Augenbrauen an. Errötend wandte sie den Kopf ab, um mich dann aus dem Augenwinkel zu mustern. Ich trat näher an sie heran, und sie wandte sich mir halb zu.

»Also verbündest du dich mit April gegen mich?«

»Na ja, es ist besser, wenn sie denkt, jemand stünde auf ihrer Seite.«

»Du spielst die Doppelagentin?«

»Eigentlich nicht. Komm, wir sollten uns verdrücken, bevor wir dem armen Mädchen seine Party vermiesen.«

»Willst du damit andeuten, ich wäre peinlich?«

Sie legte schelmisch den Kopf schräg. »Da bin ich mir noch nicht ganz sicher.«

»Ich glaube, du willst einfach mit mir allein sein. Um… wie hast du es formuliert?… meine überbordenden Beschützerinstinkte zu zähmen. Wie genau willst du das anstellen, Valentina?« Ihre Wangen wurden rosig, also trat ich noch näher an sie heran. Sie leckte sich die Unterlippe, und fast hätte ich meinen Mund auf ihren gepresst. »Wenn ich schon zugrunde gehe, möchte ich wenigstens wissen, wie mich mein Niedergang ereilen wird.«

»Musst du nicht langsam dieses Boot in Bewegung setzen?«

»Stimmt. Soll ich dich vorher herumführen?«

Sie zögerte.

»Bei der Führung wird dir keine Zeit bleiben, mich zu zähmen. Aber keine Sorge. Später wirst du genug Gelegenheit dazu haben. Komm.«

Sie nickte, doch gleichzeitig erkannte ich Überraschung in ihren Augen.

»Das ist das Hauptdeck… offensichtlich. Ein wenig zu klein für eine Party mit fünfzehn Gästen, aber es wird schon funktionieren.« Dann zeigte ich ihr die Kabine, in der es eine Art Wohn- und ein Esszimmer gab.

»Also werden wir uns den Tag über hier unten verstecken?«

»Natürlich nicht. Das Vorderdeck gehört allein uns.«

Es gab ein kleineres Deck vor dem Cockpit, das uns Privatsphäre bot. Ich hatte dafür gesorgt, dass hier zwei Liegestühle mit Sonnenschirmen aufgestellt wurden. Sobald wir Anker geworfen hatten, wollte ich die Schirme öffnen.

»Ich bin im Cockpit, bis wir tiefere Gewässer erreicht haben.«

»Ich arbeite in der Zwischenzeit an meiner Bräune.«

Val dabei zu beobachten, wie sie ihr Kleid auszog, war beinahe wie meine private Peepshow. Ihr Körper war sogar noch unglaublicher, als ich ihn mir vorgestellt hatte. Ihre hochgewachsene, schlanke Figur würde meinen Tod bedeuten. Ich wusste gar nicht, wo ich zuerst hinsehen sollte. Auf diesen runden, knackigen Po oder ihre unglaublich schönen Brüste, die sich fast aus ihrem Bikini-Top ergossen? Ihre langen Beine waren schlank und muskulös. Ich wollte spüren, wie sich diese Schenkel um mich schlossen, wollte an ihren Nippeln saugen und jede noch so kleine Stelle ihres Körpers anbeten.

Ich würde meine Lippen über diese glatte Haut gleiten lassen, ihre Beine spreizen und mich an ihr gütlich tun, bis sie vor Lust zitterte.

Val legte sich auf einen der zwei Liegestühle. Gott sei Dank trug sie keine Sonnencreme auf, weil ich befürchtete, dass ich mich dann nicht mehr auf das hätte konzentrieren können, was ich gerade tat. Sie schob sich Stöpsel in die Ohren und legte sich auf den Rücken.

Sobald ich die Jacht in tiefe, klare Gewässer gelenkt hatte, senkte ich den Anker und ging nach hinten, um den Jugendlichen zu sagen, dass wir den Tag über hierbleiben würden. Es befanden sich ein paar Badesachen an Bord, doch ich ging nicht davon aus, dass jemand schwimmen wollte. Wir hatten Mitte Oktober, und auch wenn das Wetter schön war, war das Wasser nicht mehr besonders warm.

Dann ging ich nach vorne, zu Val. Sie lag immer noch auf dem Rücken. Ich setzte mich auf den anderen Liegestuhl und ließ meine Finger über ihren linken Schenkel gleiten. Blinzelnd öffnete sie die Augen und stemmte sich auf einen Ellbogen, bevor sie die Kopfhörer entfernte.

»Was hörst du?«

»Ein Buch von Richard Branson.«

»Welches? Mir gefällt *Business Stripped Bare* am besten.«

»Oh, das mochte ich auch. Das hier ist das neueste. Ich mag seine Herangehensweise ans Geschäft und das Leben im Allgemeinen. Dass er sich selbst nie wirklich ernst nimmt, obwohl er so erfolgreich ist.«

»Genau. Und seine Ratschläge sind sehr bodenständig, seine Strategien clever.«

»Und unkonventionell.«

Ich fühlte mich auch auf intellektueller Ebene von Val angezogen. Nie zuvor hatte ich das Credo, dass klug auch sexy ist, ernster genommen als jetzt. Mir gefiel, dass sie intelligent und gerissen war und nach wie vor bereit zu lernen, obwohl sie schon so viel erreicht hatte. Ich hatte viele Leute kennengelernt, die der Überzeugung waren, dass niemand mehr ihnen etwas beibringen konnte, sobald sie ein gewisses Level von Erfolg erreicht hatten.

»Willst du etwas trinken?«, fragte ich sie.

»Ja, gerne.«

»Hast du einen bestimmten Wunsch?«

»Überrasch mich.«

Ich konnte mein Lächeln kaum verbergen, als ich in die Kabine ging und die Flasche Champagner holte, die ich speziell für uns besorgt hatte, ergänzt durch Eis in zwei Bechern.

Val lachte erfreut, als ich alles zu ihr trug. »Du fährst die schweren Geschütze auf.«

Ich setzte mich neben sie. »Du willst mich zähmen. Da muss ich doch wenigstens ein Überzeugungswerkzeug haben.«

Inzwischen lachte sie wirklich. Es machte mich wahnsinnig glücklich, dafür gesorgt zu haben, dass sie so viel Spaß hatte. Ich kannte diese Frau noch nicht lange, und doch freute ich mich auf jeden Moment mit ihr mehr als auf alles andere. Ich war entschlossen, dafür zu sorgen, dass Val den heutigen Tag genoss. Aber natürlich hatte ich keineswegs nur vor, sie zum Lachen zu bringen.

»Also, willst du mir etwas über deine Zähmungstechniken verraten?«

»Ich wollte damit nichts … Ungehöriges andeuten.«

Ungehörig? Wer verwendete dieses Wort denn heutzutage noch? Ich konnte einfach nicht anders … ich rutschte näher an sie heran, bis meine Lippen beim Sprechen fast ihre Schulter berührten.

»Oh, ich aber schon. Etwas sehr Ungehöriges sogar.«

Sie schluckte, sagte aber nichts dazu, also sprach ich weiter.

»Ich hätte da ein paar Ideen. Willst du sie hören?«

Val legte den Kopf schräg und sah mich direkt an. »Du bist heute wirklich schamlos.«

»Ich habe alles für dich aufgespart. Nur für dich.«

Sie wandte den Blick ab, doch die Reaktion ihres Körpers war nicht zu übersehen. Ihre Nippel hatten sich aufgerichtet und drängten gegen den Stoff ihres Bikinis, bettelten förmlich darum, befreit zu werden. Ich ließ den Korken des Champagners knallen und goss uns beiden ein Glas ein. Wir stießen an, dann genossen wir die Sonne. Ich hatte Val noch nie so entspannt gesehen.

»Dieser Tag ist perfekt«, murmelte sie. »Kannst du mir das Cockpit zeigen?«

»Sicher.«

Ich führte sie ins Cockpit. Sobald wir den Raum betreten

hatten, veränderte sich etwas zwischen uns. Ich war mir Vals fast nackten Körpers plötzlich noch mehr bewusst. Draußen in der Sonne war ihr Bikini einfach das … ein Bikini. Doch hier drinnen erschien es mir, als hätte sie sich extra für mich in Reizwäsche geworfen. Ich zeigte ihr die wichtigsten Funktionen und ein paar coole Spielereien.

»Ich wollte immer ein Boot haben«, gestand sie, als sie die Hände ans Steuerrad legte.

»Ich fahre gerne mit dir aufs Meer, wann immer du willst.«

Ich stand direkt hinter ihr und sprach die Worte in ihr Haar. Val atmete tief ein.

»Wirklich?«, flüsterte sie.

»Ja. Ich mag es, Zeit mit dir zu verbringen.«

Ich ließ meine Hände über ihre Schenkel nach oben gleiten, zu dem Stoffstreifen an ihren Hüften. Dann schob ich meine Hände noch höher, zu ihrer Taille und der Seite ihrer Brüste. Sie stieß ein leises Wimmern aus und umklammerte das Steuerrad fester.

Alles um uns herum verschwand. Ich vergaß, wo wir uns befanden, und war mir nicht mal sicher, ob ich mich an meinen eigenen Namen erinnern konnte, als ich ihr das Haar zur Seite strich, um ihren Hals zu küssen. Als sie leise stöhnte, ließ ich meinen Daumen über die Schleife gleiten, die ihr Oberteil im Nacken zusammenhielt. Val erstarrte.

»Ich werde dir das jetzt ausziehen.« Sie antwortete mir nicht mit Worten. Stattdessen drängte sie mir die Hüften entgegen. Beinahe hätte ich die Kontrolle verloren, als sie ihren Po gegen meine Erektion drückte. »Dreh dich um.«

Val tat, worum ich sie gebeten hatte, und ich löste die Schleife. Dann küsste ich die nackte Haut, die eben noch bedeckt gewesen war, und öffnete daraufhin den Verschluss an ihrem Rücken. Das Bikinioberteil fiel zu Boden. Die Kabine um uns herum war ruhig, erfüllt von gespannter Erwartung. Ich wollte in ihr schwelgen, doch gleichzeitig war ich so gierig, dass ich nicht wusste, wo ich anfangen sollte.

Langsam hob ich die Hände und umfasste ihre Brüste.

»Ooooh.« Ihre Stimme zitterte.

Ich ließ meine Finger zu ihrem Nabel gleiten, dann noch tiefer, direkt zum Rand ihres Höschens, um den Saum nachzuzeichnen. Ich verzehrte mich danach, sie zwischen den Beinen zu berühren… aber alles zu seiner Zeit. Das würde ich mir für den Schluss aufheben. Als Nächstes ließ ich Küsse auf ihren Rücken niederregnen, bis ich das Bikinihöschen erreichte. Es verdeckte zu viel von ihrem Hintern, also schob ich den Stoff zur Seite, um die entblößte Haut zu küssen. Dann knabberte ich sogar kurz daran.

»Carter, ich… oh.«

Ich drehte sie wieder um. Ihr verschleierter Blick und die geröteten Wangen sorgten fast dafür, dass ich in meiner Badehose kam. Val hatte die Beine leicht gespreizt, daher ließ ich Küsse auf ihre Schenkel niederregnen. Je näher ich ihrer Mitte kam, desto mehr verspannten sich ihre Bauchmuskeln. Ich zitterte förmlich vor Verlangen, und meine Hoden hoben sich, als ich die Nasenspitze über den Stoff über ihrer Muschi gleiten ließ, um sofort den Stoff zur Seite zu schieben und sie zum ersten Mal zu kosten.

Val fiel beinahe auf mich, doch ich hielt sie am Hintern aufrecht. Ich leckte einmal über ihre Klitoris, bevor ich daran saugte. Val musste ein Stöhnen unterdrücken. Ich wollte sie mit dem Mund verwöhnen, allerdings auch ihr schönes Gesicht beobachten, wenn sie kam, also zog ich eine gemächliche Spur aus Küssen über ihren Bauch nach oben.

Gleichzeitig legte ich die Finger auf ihre Klitoris, umkreiste das Nervenbündel sanft, brachte Val zum Zittern.

Als ich Vals Mund erreichte, biss ich sanft in ihre Unterlippe, ehe ich sie küsste.

Mit meinen Fingern trieb ich sie in den Wahnsinn. Sie vergrub die Finger einer Hand in meiner Schulter, die andere schob sie in meine Badehose.

»Val«, stöhnte ich, »Süße. Berühr mich. Genau so.«

Sie schloss die Finger fest um meinen Schwanz und bewegte rhythmisch die Hand. Wie konnte sich das so unglaublich gut anfühlen? Ich umkreiste ihre Klitoris schneller und senkte den Mund an einen Nippel, um ihn mit der Zunge zu umkreisen, bevor ich daran saugte. Sie hatte den Höhepunkt fast erreicht, war bereit zu explodieren. Sie atmete schnell und stoßweise. Ich ließ zwei Finger in sie gleiten. Sie war so erregt, dass ich mir nichts mehr wünschte, als mich in dieser feuchten Hitze zu vergraben und sie für mich zu beanspruchen. Als sie kam, drängte sie sich meiner Hand auf wunderbare Art entgegen, meinen Namen auf ihren Lippen, ihre Finger immer noch um meine Erektion geschlossen. Ich würde nicht mehr lange durchhalten. Ich würde …

»Carter, wir haben einen Notfall. Bist du im Cockpit oder unten?« Aprils Stimme klang, als wäre sie noch ein Stück entfernt, aber ich fühlte mich dennoch, als hätte mir jemand einen Eimer eiskaltes Wasser über den Kopf geschüttet. Herrgott, was hatte ich mir bloß dabei gedacht? Wie hatte ich vergessen können, dass wir nicht allein auf dem Boot waren? Niemand konnte sehen, was im Cockpit vor sich ging, ohne den Raum zu betreten, aber trotzdem … ich sollte eigentlich ein Vorbild sein.

Val erstarrte, sah mich mit großen Augen an und nahm dann den Kopf zurück. Schließlich grinste sie, als ich ihr Top aufhob und ihr half, es wieder anzuziehen.

»Ich komme sofort«, sagte ich laut, ehe ich Val zuflüsterte: »Tut mir leid.«

Sie schüttelte den Kopf. »Geh. Bevor sie hier reinkommt und … na ja, man muss nicht gerade ein Genie sein, um eins und eins zusammenzuzählen.«

10 Val

Ich brauchte ein paar Minuten, um mich zu beruhigen. Ich war so erregt, dass selbst die leichte Berührung meines Höschens auf meiner nackten Haut schon die reine Folter war. Sobald ich meine Sinne wieder beisammenhatte, ging ich aufs hintere Deck, um mich nützlich zu machen. Jemand hatte versucht zu schwimmen, nur um von einer Qualle gestochen zu werden. Carter hatte alles unter Kontrolle. Die Krise war abgewendet, doch die nächste würde nicht lange auf sich warten lassen. Der Kerl, den Carter bei meiner Ankunft heute Morgen so drohend angesehen hatte, versuchte offensichtlich mit April zu flirten, während Carter ihn böse anstarrte.

»Komm, wir gehen wieder nach vorne. Die Welt ist voll von überbehütenden Brüdern oder Onkeln«, murmelte ich und zog sanft an Carters Arm.

»Und voll von Nichten und Schwestern, die glauben, sie bräuchten uns nicht«, hielt er dagegen, aber letztendlich folgte er mir.

Auf dem Vorderdeck wurde ich plötzlich nervös. Um etwas zu tun zu haben, setzte ich mich auf meinen Stuhl, zog die Sonnencreme aus meiner Tasche und fing an, meine Schenkel einzureiben. Ich legte mich immer gerne erst zwanzig Minuten ohne Sonnenschutz in die Sonne, um Vitamin D zu bilden, doch inzwischen war es zu heiß dafür.

Carter setzte sich auf den Rand meines Liegestuhls. »Die Unterbrechung tut mir leid.«

»Du musst dich nicht entschuldigen.«

»Val, sieh mich an«, sagte er sanft. »Bereust du, was da drin passiert ist?«

»Nein. Aber wie konnte ich nur vollkommen vergessen, dass wir nicht allein sind? Ich schäme mich einfach.«

»Musst du nicht. Es war meine Schuld. Ich habe auch vollkommen vergessen, dass ... ehrlich, dass irgendwer außer uns sich auf dem Boot aufhält. Normalerweise lasse ich mich nie auf diese Art gehen.«

Inzwischen cremte ich mir Arme und Schultern ein.

»Ich werde dir den Rücken eincremen«, bot er an, doch ich zögerte. »Ich werde nichts versuchen, Val. Nicht heute. Wir sind nicht allein. Wir haben unsere Lektion gelernt.«

Ich kniff die Augen zusammen. »Nun, ich auf jeden Fall. Aber bei dir bin ich mir da nicht so sicher.«

»Zweifelst du an mir?«

»Ja.« Weil ich mich frech fühlte, fügte ich hinzu: »Tue ich wirklich.«

Er lachte, dann musterte er mich ungläubig. »Stell mich auf die Probe.«

Er streckte mir die Handfläche entgegen, damit ich ihm Sonnencreme geben konnte. Ich musterte ihn noch einen Moment, dann drückte ich eine großzügige Portion in seine

Hand und wandte ihm den Rücken zu. Natürlich mogelte er und verteilte die Creme nicht nur auf meinem Rücken. Stattdessen schob er die Finger unter die Schleife in meinem Nacken und ließ sie auch über die Seiten meiner Brüste gleiten.

»Glaubst du wirklich, diese Bereiche bekommen viel Sonne ab?« Meine Stimme klang angestrengt, und ich wurde mit jeder Sekunde erregter. Besonders, weil Carters Hände auf meinem Körper es mir unmöglich machten, nicht an seine Finger zwischen meinen Beinen zu denken. Er hatte mich mit seinem Mund in Flammen gesetzt, aber diese Finger… sie waren mein Niedergang gewesen.

»Man kann nicht zu vorsichtig sein.« Nach ein paar Sekunden gab er zu: »Ich kann nicht aufhören, dich zu berühren. Aber genau das hat uns schon einmal Probleme eingebrockt.«

Ich drehte mich zu ihm um, weil ich fürchtete, dass er sonst der Versuchung nicht widerstehen könnte, mich zu verführen. Ich war bereits wieder unglaublich erregt. Ich wusste es… und seinem scharfen Atemzug nach zu schließen, als sein Blick auf meine harten Nippel fiel, wusste er es auch.

»Du hattest recht.« Seine Stimme klang ein wenig heiser, als müsste er ein anzüglicheres Geräusch unterdrücken, wie ein Knurren oder ein Stöhnen.

»Womit?«

»Wenn ich mich in deiner Nähe befinde, scheine ich mich nicht daran erinnern zu können, dass wir nicht allein sind. Aber ich werde mein Bestes geben. Willst du noch etwas trinken? Ich könnte dir einen Cocktail mixen.«

»Klingt gut.«

»Irgendwelche Wünsche?«

»Nö, ich trinke alles.«

Ein paar Minuten später kehrte er mit einem Mai Tai zurück. Wir lagen nebeneinander in der Sonne.

»Hm… der ist köstlich. Und dieser Cocktail ist nicht einfach zu mixen.«

»Ich habe im College als Barkeeper gearbeitet.«

»Das wusste ich nicht.«

»Daneben hatte ich noch einen Job als Fitnesstrainer. Alles, um die Rechnungen zu zahlen. Ich hatte ein Stipendium, aber das deckte nur einen kleinen Teil der Kosten ab.«

»Wow. Auf jeden Fall ist dieser Drink köstlich. Die Mai Tais im Pub habe ich immer Landon überlassen.« Auf seinen fragenden Blick hin fügte ich hinzu: »Meinen Eltern gehörte ein Pub. Nach ihrem Unfall haben Landon und ich die Kneipe eine Weile weitergeführt.«

»Muss schwer gewesen sein.«

»War es. Aber du weißt ja alles darüber.«

»Für mich war es einfacher. Als die Mädchen bei mir eingezogen sind, war ich schon älter als ihr und hatte bereits beruflichen Erfolg, also gab es zumindest an dieser Front keine Probleme. Und meine Mutter hat die Hälfte ihrer Zeit in L.A. verbracht.«

»Also, Landon und ich sind herumgerannt wie die Irren, um mit der Kneipe und den Kindern alles am Laufen zu halten. Manchmal hat es sich angefühlt, als könnte jede kleine Panne sich gleich zu einer Katastrophe auswachsen.«

»Aber du hast trotzdem von deiner Parfümfirma geträumt, oder?«

»Ja. Woher weißt du das?«

»Du hast gesagt, deine Mutter hätte dich mit ihrer Leidenschaft angesteckt. Also bin ich davon ausgegangen, dass du diesen Traum schon seit deiner Kindheit gehegt hast.«

»Na ja … ja, habe ich. Ich habe mir immer nachts Notizen gemacht – Ideen für Düfte und Wege, sie zu vermarkten.«

Ich rollte mich auf die Seite und betrachtete Carter neugierig. Damit hatte ich einen guten Blick auf seinen Bizeps und diese unglaubliche Brust. Dank dem Cocktail plagten mich anzügliche Gedanken. Ich stellte mir vor, wie ich diese Bauchmuskeln leckte, um ihm genau zu zeigen, wie sehr ich sie zu schätzen wusste. Verdammt … und ich hatte ihm vorgehalten, vergessen zu haben, dass wir nicht allein waren.

»Was hat dafür gesorgt, dass du die Firma wirklich gegründet hast?«

Eilig konzentrierte ich mich wieder auf das eigentliche Thema. »Nachdem Landon und ich unsere Abschlüsse am örtlichen Community College gemacht hatten, haben wir den Pub verkauft und uns Jobs gesucht. Damit ging es uns finanziell besser. Ich habe nebenbei weiter an meinem Geschäftsplan gearbeitet. Eines Abends habe ich Landon mitgeteilt, dass ich es gerne versuchen würde … dass ich klein anfangen wollte, mit einer billigen Webseite und der Produktion in unserer Garage. Er hat mich von Anfang an unterstützt.«

»Scheint ein toller Typ zu sein, dein Zwillingsbruder.«

»Das ist er. Ohne ihn hätte ich das alles nicht geschafft. Zuerst haben wir zusammengearbeitet, aber dann ist er losgezogen und hat seine eigene Softwarefirma aufgebaut. Irgendwann hat er das Unternehmen wieder verkauft und einen Investmentfonds gegründet. Er hat ein paar Jahre in San José gelebt, aber jetzt ist er zurück.«

»Und das macht dich glücklich.«

»Sehr.« Ich grinste, dann nahm ich ungeschickt einen Schluck aus meinem Glas. »Das Leben ist immer besser, wenn der Zwillingsbruder da ist, um aufgezogen und genervt zu werden.«

Ich war mir nicht sicher, wieso ich Carter das alles erzählte. Vielleicht, weil er mir wirklich zuhörte. Bei Carter konnte ich ganz ich selbst sein – und das fand ich wunderbar. Das hatte ich bereits an diesem ersten Morgen gespürt, als ich noch nicht einmal seinen Namen gekannt hatte. Außerdem urteilte er nicht über mich, was immer toll war. Einige meiner Freunde zu dieser Zeit hatten erklärt, ich wäre selbstsüchtig, weil ich in dieser Situation darüber nachdachte, meine eigene Firma zu gründen.

»Du bist dran«, sagte ich.

»Was willst du hören?«

»Vertrauliche Informationen, natürlich«, sagte ich scherzhaft, doch Carter rollte sich ebenfalls auf die Seite und sah mich mit funkelnden Augen an.

»Das wäre nicht fair, oder? Du hast mir keine Geheimnisse anvertraut.«

»Doch, habe ich«, versicherte ich ihm. »Für gewöhnlich rede ich nicht so viel über mich – nicht mit Leuten, mit denen ich nicht verwandt bin, zumindest. Also kannst du quasi jede Information über mich als vertraulich einstufen.«

Ohne mich aus den Augen zu lassen, rutschte er an den Rand seines Liegestuhls. Ich lag ebenfalls am Rand meiner Liege, sodass unsere Oberkörper sich fast berührten, ebenso wie unsere Hüften. Ich konnte seine Körperwärme spüren.

»Ich will etwas erfahren, was du noch nie jemand anderem anvertraut hast«, flüsterte er.

Ich rutschte nach hinten, weil es gefährlich war, ihm so

nahe zu sein. Er roch köstlich, und der Mai Tai war stark gewesen. Eine gefährliche Kombination. Wer wusste schon, was eventuell aus meinem Mund dringen würde?

»Ihr, Sir, seid sehr fordernd. Und bisher habt Ihr Euch das Recht auf solch geheime Informationen noch nicht verdient.«

»Oh, aber ich werde es mir verdienen. Das weißt du.« Er klang amüsiert. Ich war nicht weit genug nach hinten gerutscht, um aus seiner Reichweite zu entkommen. Ich schnappte nach Luft, als er mit den Fingern auf meinen Oberschenkeln trommelte, als wäre dies das Natürlichste auf der Welt. Für mich fühlte es sich an, als verspräche er mir damit, dass wir schon bald zu Ende bringen würden, was wir im Cockpit begonnen hatten. Worte waren nicht nötig. Die Hitze in seinem Blick und die mühevolle Zurückhaltung seiner Berührung reichten aus.

»Aus irgendeinem Grund bezweifle ich das«, zog ich ihn auf. Seine Augen begannen zu glühen, als er sich auf einen Ellbogen stemmte, womit seine Brustwarze quasi direkt vor meinem Mund schwebte. Einmal lecken konnte schließlich nicht schaden, oder? Wow … meine Gedanken waren vollkommen außer Kontrolle. Ich durfte nichts mehr von diesem Mai Tai trinken.

Ich räusperte mich, in dem Versuch, ernst zu klingen. »Ja. Und jetzt erzähl mir von dir.«

»Du bist auch fordernd.«

»Daran ist der Cocktail schuld, also letztendlich du, weil du ihn gemixt hast. Aber um zu beweisen, dass ich nicht total unfair bin, werde ich meine Forderung von geheimen Informationen abschwächen zu … irgendetwas über dich.«

Er schenkte mir ein charmantes Lächeln, das keineswegs

dabei half, meine Fantasien zu zügeln. Langsam fing ich an zu glauben, dass der Cocktail gar nichts damit zu tun hatte. Dieser Mann war einfach unwiderstehlich.

Carter begann mir mehr über seine Kindheit zu erzählen, über seine Schwester Hannah und seine Nichten. Je länger er sprach, desto deutlicher wurde, wie viel wir gemeinsam hatten. Ich lernte gerade den wahren Carter kennen, aber trotzdem konnte ich nicht anders, als an mir zu zweifeln. Was, wenn ich alles durch die rosarote Brille sah? Dazu neigte ich. Ich war zu vertrauensselig und verklärte alles. Ich hing förmlich an Carters Lippen. Heute war ich hergekommen, um mich ein paar Stunden zu entspannen und Spaß zu haben (und vielleicht ein wenig zu flirten), doch ich bekam mehr, als ich erwartet hatte.

Am späten Nachmittag wurde es Zeit, Aprils Kuchen zu servieren. Sie hatte erklärt, sie wolle keine Kerzen, weil das etwas für kleine Kinder war. Aber anscheinend war niemand zu alt für eine Tortenschlacht. Natürlich zettelte ich sie an, auch wenn ich zu meiner Verteidigung anführen musste, dass es ein Versehen war. Irgendwie. Carter hatte mich aufgezogen, also hatte ich ihm ein wenig Zuckerguss auf die Wange geschmiert. Danach eskalierte die Sache schnell, weil meine innere Siebenjährige an die Oberfläche drang.

»Ich kann nicht glauben, dass du mich da mit hineingezogen hast«, rief Carter.

»Die Seele wird nie alt. Wir vergessen nur, uns wie Kinder zu benehmen. Auch so eine Redewendung meines Dads.«

Es überraschte mich, wie viel Spaß Carter hatte … als hätte auch er nur auf eine Gelegenheit gewartet, seinem inneren Kind freien Lauf zu lassen. Wir kehrten ziemlich spät am Abend an die Küste zurück, und ich war vollkommen erschöpft.

»Ich begleite dich noch zu deinem Auto«, bot Carter an, sobald wir wieder angelegt hatten. Aprils Gäste standen in einer Gruppe ein paar Schritte entfernt, weil alle darauf warteten, von ihren Eltern abgeholt zu werden.

»Nein, ist schon okay. Ich stehe ganz in der Nähe.«

Carter musterte mich schweigend. Als ich den ersten Schritt machte, sagte er: »Val, ich möchte dich gern zum Abendessen einladen.«

»Oh!«

»Du klingst überrascht. Nur für den Fall, dass du das noch nicht bemerkt haben solltest: Ich finde dich unglaublich anziehend.«

Ich lächelte. »Nun, das ist offensichtlich.« Mein Herzschlag beschleunigte sich, bis es mir schwerfiel, klar zu denken.

»Wann hast du nächste Woche Zeit?«

»Keine Ahnung, aber ich werde in meinem Kalender nachsehen und dir Bescheid geben.«

»Montag beim Frühstück?«, drängte er mit entschlossenem Blick. Ich nickte. Er trat näher heran und schob mir eine Haarsträhne hinters Ohr. Die Berührung seiner Fingerspitzen an meinem Ohrläppchen fühlte sich intim an, und ein Zittern überlief meinen Körper. Carter bemerkte meine Reaktion und verzog die Lippen zu einem verführerischen Lächeln.

»Ich wünsche dir einen wunderschönen Abend, Valentina.«

Am Montagmorgen wachte ich so spät auf, dass mir keine andere Wahl blieb, als sowohl Yoga als auch Cafébesuch ausfallen zu lassen. Ich schickte Carter eine kurze Nachricht, um ihn wissen zu lassen, dass ich es nicht schaffen würde, bevor ich direkt in mein Büro rannte. Ich musste noch ein paar E-Mails beantworten, ehe ich in den Probenraum ging.

Mein Magen knurrte. Ich brauchte etwas zum Frühstück. Sonst würde ich alle Duftproben ablehnen.

Gerade wollte ich meine Assistentin bitten, mir ein Sandwich und einen Kaffee zu besorgen, als jemand an meine offene Tür klopfte. Es war eines der Mädchen, das im *Walter's* arbeitete. Marcy. Sie lieferte manchmal Bestellungen aus. Ich hatte mir schon ein paarmal etwas bringen lassen, weswegen Marcy sich in meinem Büro auskannte. Sie hielt eine Mitnehmtüte in der Hand.

»Marcy, was tust du hier?« Hatte ich eine Bestellung aufgegeben und sie vergessen?

»Ein gewisser Gentleman, mit dem du öfter gesehen wurdest, lässt dir das schicken.«

»Ooooh. Danke dir.«

Ich bemühte mich, nicht zu breit zu grinsen, als Marcy die Tüte auf den Tisch stellte.

»Er saß an eurem üblichen Tisch, dann ist er ganz sexy und süß an den Tresen getreten und hat uns gefragt, ob wir dir dein Lieblingsfrühstück liefern könnten.«

»Sexy und süß?«, wiederholte ich.

»Ja. Er hat uns allen den Morgen versüßt. Wir haben nicht oft Kerle, die aussehen wie er. Die findet man überwiegend am anderen Ende der Stadt.«

Ich gluckste, weil ich ihr absolut zustimmte. Carter sah aus wie einer der Stars aus Beverly Hills. Ich gab ihr Trinkgeld, und sobald sie verschwunden war, öffnete ich die Tüte. Mein Magen knurrte noch lauter, als der Duft von frisch gebackenen Pfannkuchen aufstieg. Ich nahm einen Bissen, dann einen tiefen Schluck Kaffee. Das war in der Tat mein Lieblingsfrühstück.

Ich schickte Carter eine Nachricht.

Val: Danke fürs Frühstück. Super Timing.

Ich wusste nicht, was ich noch schreiben sollte, also schickte ich die Nachricht einfach ab, ohne mit einer Antwort zu rechnen. Doch innerhalb von Sekunden piepte mein Handy.

Carter: Ich habe beobachtet, wie du über die Straße und direkt in dein Büro gehetzt bist und dabei fast Leute umgerannt hast. Ich dachte, du bräuchtest vielleicht eine kleine Stärkung.

Der Mann hatte tolle Instinkte. Ich hatte heute Morgen beinahe eine ältere Frau umgerannt. So früh am Morgen funktionierten meine Sinne noch nicht richtig.

Carter: Ich habe unser morgendliches Gespräch vermisst.

Val: Tut mir leid. Ich habe verschlafen und musste mich beeilen.

Carter: Bist du dir sicher, dass das der einzige Grund ist?

Stirnrunzelnd starrte ich mein Handy an, als ich noch mal in meinen Pfannkuchen biss.

Val: Sicher. Was für einen Grund könnte es sonst geben?

Carter: Mich.

Sofort darauf erschien eine weitere Nachricht.

Carter: Dass du mir ausweichen willst.

Val: Habe ich einen Grund, dir aus dem Weg zu gehen?

Carter: Sag du es mir ☺

Val: Nö, keineswegs.

Um ehrlich zu sein, hatte ich das Frühstück seinetwegen verpasst, aber nicht auf die Art, die er andeutete. Ich hatte verschlafen, weil ich sehr lange gebraucht hatte, um einzuschlafen. Ich hatte mich ständig hin und her gewälzt, hatte erst unentwegt an Carter gedacht und dann auch noch von ihm geträumt. Und das waren verdammt heiße Träume gewesen. Unsere Begegnung auf der Jacht hatte als Katalysator gewirkt, und meine Fantasie hatte den Rest erledigt.

Carter: Wann hast du Zeit für ein Abendessen?

Val: Ich habe in meinem Kalender nachgesehen, und die nächste Zeit ist hektisch. An den meisten Abenden werde ich mit meinem Team arbeiten. Ich könnte nur Mittwoch.

Carter: An diesem Abend hat April eine Aufführung.

Val: Wie wär's mit Mittagessen?

Carter: Zachary und ich treffen uns diese Woche jeden Mittag mit Klienten zum Essen.

Val: Dann lass es uns auf nächste Woche verschieben.

Carter: Das ist nicht, worauf ich gehofft hatte, aber okay. Sehe ich dich morgen früh?

Val: Ich bin mir nicht sicher. Wir entscheiden diese Woche über die endgültigen Düfte, also fangen wir immer schon um sieben Uhr an. Und glaub mir, ich bin um diese unchristliche Uhrzeit keine tolle Gesellschaft. Wahrscheinlich lasse ich mir einfach etwas liefern.

Ich spürte echtes Bedauern, als ich diese Nachricht abschickte. Es war, als hätte sich das Universum gegen uns verschworen … oder zumindest unsere Terminkalender.

Carter: Musst du nicht. Ich werde mich darum kümmern ☺ Das ist ein Versprechen.

Was sollte das denn heißen? Er hatte wirklich eine Begabung dafür, mich zu verblüffen. Ich hatte keine Ahnung, was ich antworten sollte, also schickte ich ein einfaches Danke. Dann frühstückte ich fertig und nahm mir fest vor, alle Gedanken an Carter zu verdrängen, obwohl ich mir nichts mehr wünschte, als meine Schwestern anzurufen, eine Flasche Wein zu öffnen und ihnen alles haarklein zu erzählen, um dann jedes Detail zu analysieren.

Ich schnappte mir meinen Block und stieg nach unten in den Probenraum, entschlossen, mich auf die anstehende Aufgabe zu konzentrieren. Was für ein Witz! Die winzigsten Andeutungen ließen meine Gedanken zu Carter wandern: ein Hauch von Minze, die Erwähnung des Wortes Männlichkeit.

»Val?«, fragte Nicole, die Chefchemikerin.

»Tut mir leid, das habe ich nicht mitbekommen.« Ich beschimpfte mich innerlich. Ich würde mein Team nicht im Stich lassen. Wir alle hatten hart an dieser Parfümlinie gearbeitet. Die Markteinführung fand gleichzeitig auf drei Kontinenten statt – eine exklusive Linie für Sephora, einen unserer größten Kunden.

Und ich mochte diese Parfüms sehr: Das Konzept waren spielerische Düfte, die uns das ganze Jahr über an den Sommer erinnerten. Wir hatten schon viele verlockende und verführerische Düfte auf den Markt gebracht, doch diese hier richteten sich an das Mädchen, das allen Frauen innewohnte. Die kleine innere Prinzessin.

Sephora war mit dem Wunsch für eine exklusive Duftlinie an mich herangetreten, nachdem ich eine ähnliche Partnerschaft mit einer Drogeriekette eingegangen war. Als ich ihnen meine Idee präsentiert hatte, hatten sie durchaus Interesse gezeigt, mich aber auch gewarnt, dass sexy immer besser funktionierte als spielerisch. Ich hatte dargelegt, dass diese zwei Konzepte sich nicht zwangsweise gegenseitig ausschlossen, und sie hatten den Köder geschluckt.

Die folgende Woche entwickelte sich zur intensivsten seit Monaten. Beauty SkinEssence hatte meinen Anwalt nicht noch einmal kontaktiert, obwohl ich mir einfach wünschte, ich könnte das Thema endlich hinter mir lassen. Keine Nachrichten waren gute Nachrichten, aber die Ungewissheit belastete mich.

Die täglichen Lieferungen vom *Walter's* waren genau das, was ich brauchte, um mich am Laufen zu halten.

Als ich am zweiten Morgen Kaffee und schon wieder einen Pfannkuchen bekam, schimpfte ich mit Carter.

Val: Du kannst mich nicht jeden Morgen mit Pfannkuchen füttern.

Carter: Warum nicht? Du magst sie.

Val: Sicher, aber Abwechslung ist auch toll.

Toll für meine Hüften, hieß das. Ich hätte jeden Tag Pfannkuchen essen können – und sonntags gleich zweimal –, aber ich wollte auch meine Figur halten. Am nächsten Morgen bekam ich ein Müsli mit Joghurt und Honig zu meinem Kaffee. Ich stürzte mich sofort darauf und ließ mir jeden einzelnen Löffelvoll schmecken.

Val: Das schmeckt köstlich. Habe ich noch nie bestellt.

Carter: Ich esse dasselbe.

Sofort fühlte ich mich, als würden wir gemeinsam frühstücken, obwohl wir uns nicht am selben Ort aufhielten. Eine weitere Nachricht erschien.

Carter: Das macht mir meinen Plan, deine dunkelsten Geheimnisse aufzudecken, um einiges schwerer.

Val: Oh, ich dachte, ich mache es dir ziemlich leicht?

Seine Antwort folgte sofort.

Carter: Nein. Aber keine Sorge. Ich mache auch alleine Fortschritte.

Val: Was meinst du damit?

Die nächste Nachricht war ein Foto. Ich brauchte einen Moment, um zu verstehen, dass es ein Screenshot der Kindle-App auf seinem Handy war. Er las ein Buch. O Gott … er las mein Buch. Das, das mich letzte Woche mitten im Café so erregt hatte.

Und du lieber Gott: Der Absatz, den er mir geschickt hatte … ich hatte ihn markiert, weil das eine der heißesten Szenen war, die ich je gelesen hatte. Mein Gesicht begann zu brennen. Und die Wärme reichte bis zu meiner Brust. Was soll's, ich konnte auch zugeben (zumindest mir selbst gegenüber), dass ich sogar eine gewisse Hitze zwischen den Beinen spürte.

Was sollte ich darauf antworten? Rechnete er überhaupt mit einer Antwort? Na ja … musste er ja. Wieso hätte er mir das Bild sonst geschickt?

Val: Also magst du das Buch?

Carter: Ich verstehe den Zauber. Anders als alles, was ich normalerweise abends im Bett lese.

Darauf hätte ich gewettet. Ich hatte keine Ahnung, wie ich dieses Gespräch fortführen sollte, doch ihm mangelte es offenbar nicht an Ideen.

Carter: Ich bin neugierig. Liest du so was nur, oder stehst du auf das alles?

Großer Gott, wenn ich gedacht hatte, mein Gesicht hätte vorhin schon gebrannt … nun, jetzt hatte er ein Inferno in mir entzündet. Selbst meine Fingerspitzen schienen beim Tippen in Flammen zu stehen.

Val: Ich kann nicht glauben, dass du das gefragt hast.

Carter: Du hast versprochen, dass wir uns hinterher über das Buch austauschen.

Carter: Andererseits möchte ich die Antwort lieber persönlich hören. Ich kann es kaum erwarten.

Ich starrte seine Nachricht an, dann starrte ich noch eine Weile, ehe mir ein Lachen entkam. Der Kerl würde mich noch umbringen. Ich wusste nicht, ob ich mich davor fürchten oder mich lieber darauf freuen sollte.

Am Donnerstagnachmittag ging ich ein wenig früher nach Hause, weil mein Termin für den Abend abgesagt wurde.

Das war auch besser so, weil ich vollkommen erschöpft war. So bekam ich die Chance, ein wenig im Haus aufzuräumen und mich zu entspannen. Ich füllte meine Badewanne und goss ein wenig geruchlosen Badeschaum hinein. Da ich die ganze Woche an Parfümproben geschnüffelt hatte, brauchte ich mal eine Pause von Düften.

Ich legte ein Holztablett quer über den Badewannenrand und belud es mit meinem Kindle, dem Handy und einem Glas Wasser. Dann zündete ich drei Kerzen an und schaltete das Deckenlicht aus. Seufzend ließ ich mich in das warme Wasser gleiten, wobei ich sorgfältig darauf achtete, das Tablett nicht zu berühren. Das war der Himmel in einer Badewanne. Falls es einen besseren Weg gab, sich zu entspannen, hatte ich ihn jedenfalls noch nicht gefunden. Um ehrlich zu sein, wollte ich nicht mal lesen. Ich wollte einfach nur die Augen schließen und meine müden Knochen ausruhen. Ich wollte nicht mal über morgen nachdenken. Es würde wieder ein langer Tag werden. Aber ich freute mich auf das Abendessen mit meiner Familie … und die Frühstückslieferung.

Als hätte er gespürt, dass ich an ihn dachte, schickte Carter mir in diesem Moment eine Nachricht.

Carter: Bist du noch im Büro?

Val: Schon zu Hause.

Es war kurz vor acht, und es überraschte mich, dass er noch in der Arbeit war. Für gewöhnlich schrieb er mir kurz bevor er das Büro verließ, und er ging immer früher nach Hause als ich.

Carter: Verdammt. Ich wollte dich besuchen.
Hey, wir haben immer noch keinen Termin gefunden.
Wann hast du Zeit für ein Abendessen?

Ich schluckte. Oh … das. Ehe ich auch nur über eine Antwort nachdenken konnte, erschienen wieder diese kleinen Punkte auf dem Bildschirm. Carter tippte. Ich wollte erst abwarten und sehen, was er sonst noch zu sagen hatte.

Carter: Ich verzehre mich danach, dich wieder zu kosten. Ich fühle mich von dir angezogen, Val. Und zwar nicht nur körperlich. Mir gefällt, wie du denkst. Ich wollte dich überraschen, indem ich dich heute Abend zum Essen entführe – ohne irgendwelche Erwartungen. Aber da du bereits zu Hause bist … wie wäre es mit morgen?

Val: Morgen esse ich mit meiner Familie zu Abend. Aber nächste Woche habe ich jeden Abend Zeit außer Mittwoch und Freitag.

Mit angehaltenem Atem wartete ich auf seine Antwort.

Carter: Hast du heute Abend schon etwas vor?

Val: Allumfassende Entspannung. Keine Bestechung kann mich dazu bringen, das Haus zu verlassen.

Keine fünf Sekunden später klingelte mein Handy. Ich hob es nicht vom Tablett, sondern drückte nur auf den Button für den Lautsprecher.

»Du hast doch nicht gedacht, dass ich so leicht aufgebe, oder?«

Das war das erste Mal diese Woche, dass ich Carters tiefe Stimme hörte, und sie war sogar noch sexyer als in meiner Erinnerung.

»Es ist dein Recht, dein Bestes zu geben, aber ich warne dich. Ich nehme gerade ein heißes Bad. Nichts kann besser sein.«

»Du bist in der Badewanne?«

»Ja.«

Es folgte ein Moment der Stille, dann: »Wieso hast du dein Handy dabei?«

»Ich habe so ein schickes Holztablett, das ich nutze, um Dinge darauf abzulegen. Handy, Kindle, Getränk. Meistens höre ich in der Badewanne Musik, und die ist auf meinem Handy gespeichert.«

»Du bist nackt?«

»Ich setze mich für gewöhnlich nicht voll angezogen in die Wanne, also ja.«

Jetzt, wo er es erwähnt hatte, fühlte sich die Situation tatsächlich ein wenig … erotisch an. Seine Stimme zu hören, während ich splitterfasernackt im Kerzenschein saß. Dies war mein Rückzugsort. In der Regel stellte ich mein Handy in den Flugzeugmodus, weil ich es nur nutzen wollte, um Musik zu hören. Doch ich freute mich, dass ich das heute Abend vergessen hatte.

»Val …«

O Gott, wie er meinen Namen aussprach! Er stöhnte ihn fast, als könnte er nicht anders, als sich mich nackt vorzustellen. Das Geräusch schien direkt zwischen meine Beine zu schießen.

»Wüsste ich es nicht besser, würde ich denken, dass du mich für irgendetwas bestrafen willst.« Seine Stimme klang plötzlich noch tiefer.

»Das will ich keineswegs. Ich entspanne mich bloß.« Mist, auch ich klang ziemlich heiser.

»Du hast dir deine Auszeit verdient.«

»Danke. Ich liebe es. Es ist wie mein privates Spa.«

»Gehst du nicht in Wellness-Einrichtungen? Mit deinen Schwestern oder Freundinnen?«

»Ab und zu schon. Aber ich bin mehr ein Do-it-yourself-Mensch, selbst bei Maniküren und Ähnlichem. Ich mag es nicht, von Fremden angefasst zu werden. Einmal habe ich eine Massage gebucht. Das war seltsam, und ich habe es keineswegs genossen.«

Er stieß ein leises Lachen aus, das verdächtig klang, als müsste er ein Stöhnen unterdrücken.

»Ich würde dich massieren, wenn ich bei dir wäre. Vertrau mir, meine Massage würdest du genießen. Ich würde dich auf so wunderbare Weise berühren. Genau dort, wo du es brauchst.«

Mein Körper stand bereits unter Spannung. Jetzt kribbelte meine Haut, als stünde Carter direkt vor der Badezimmertür.

»Vielleicht würde ich das ja gar nicht wollen«, antwortete ich neckend.

»Oh, ich würde dich schon überzeugen. Dich mürbe machen.«

»Ach ja? Und wie genau würdest du das anstellen?«

»Das verrate ich dir besser nicht. Aber ich glaube, du kannst es dir ausmalen. Hab noch einen schönen Abend, Val.«

»Du auch.«

Großer Gott, meiner Fantasie waren keine Grenzen gesetzt, nachdem er aufgelegt hatte. Ich hörte Musik, dann sank ich bis zum Kinn ins Wasser und grinste, obwohl gleichzeitig Sorgen an mir nagten. Mir gefiel, dass Carter gesagt hatte, er hätte keine Erwartungen. Das nahm den Druck aus der Sache.

Aber ich spürte bereits eine Verbindung zu Carter, und das fand ich ein wenig unheimlich.

Ich bewegte mich im Rhythmus der langsamen Musik, doch ich wollte etwas mit mehr Energie. Bisher hatte ich keine Playlist ausgewählt, sondern einfach nur auf Shuffle gestellt, weswegen ein paar langsame Lieder hintereinander abgespielt wurden. Sofort machte ich mich daran, diesen Fehler zu berichtigen. Ich trocknete mir die Hände an einem Handtuch ab und wechselte auf meine Lieblingsplayliste. Sofort hob sich meine Laune.

Yeah.

Überrascht stellte ich fest, dass Carter mir noch eine Nachricht geschickt hatte.

Carter: Wie wäre es mit nächstem Dienstag? Ich gebe nicht auf, bevor wir nicht einen festen Termin gefunden haben.

Ich hatte mich gerade erst wieder beruhigt, doch jetzt fühlte ich mich, als hätte jemand einen Eimer kochendes Wasser in die Wanne gekippt.

Val: Nächsten Dienstag passt prima.

Punkte erschienen auf dem Bildschirm. Mein gesamter Körper schien zu pulsieren, als ich auf seine Antwort wartete.

> **Carter:** Perfekt. Ich werde dich morgen anrufen, dann können wir Genaueres besprechen. Und nun werde ich deine Nacktzeit nicht länger mit Beschlag belegen … zumindest heute Abend.

11

Val

Am nächsten Abend herrschte Chaos beim freitäglichen Abendessen.

Ich hatte Hühnchen-Fajitas gemacht, mit Eisbergsalat als Beilage, und meine Nichte Willow vollkommen für mich vereinnahmt, indem ich sie die ganze Zeit auf dem Schoß hielt, während wir uns alles schmecken ließen. Ich liebte ihren Kleinkindergeruch und die Art, wie sie ihre Fäustchen im Stoff meines Kleides vergrub.

»Du, meine Liebe, hast einen herausragenden Kleidergeschmack«, informierte ich sie, dann fragte ich allgemein in die Runde: »Ist es zu früh, ihr Halstücher zu kaufen?«

Meine Schwestern waren beide mehr Schuhliebhaberinnen, aber ich konnte nicht genug Tücher haben.

»Landon, pass auf deine Tochter auf«, warnte Jace, »oder Val wird sie in einen Shopaholic verwandeln.«

»Und was wäre so schlimm daran?«, fragte Maddie. Mein Zwillingsbruder war Witwer gewesen, als er Maddie kennengelernt hatte. Ich hatte nicht erwartet, dass er sich noch mal verlieben würde, und war unglaublich dankbar, dass Landon diese wunderbare Frau gefunden hatte.

»Sie ist ein Connor-Mädchen«, meinte Landon lässig. »Ich wette, das Shoppen liegt ihr im Blut.«

»Das ist mein Zwillingsbruder.«

Ich hatte mir heute zum Ziel gesetzt, herauszufinden, ob Jace in Schwierigkeiten war. Er und Hailey steckten schon wieder die Köpfe zusammen und hielten sich ein wenig entfernt vom Rest der Gruppe. Was hatte es damit auf sich? Und ich erkannte sogar ein paar tiefe Runzeln auf Jace' Stirn.

Nach dem Abendessen machten wir es uns im Garten gemütlich, um die letzten Sonnenstrahlen zu genießen. Der Abend war wunderschön. Ich sammelte meine Schwestern unter dem Vorwand um mich, dass sie mir beim Limonadeholen helfen mussten.

»Was ist mit Jace los?«, fragte ich Hailey, kaum dass wir in der Küche waren. »Ihr beide flüstert bereits den ganzen Abend miteinander. Und letzten Freitag war es genauso.«

Hailey schüttelte den Kopf und tat so, als würde sie einen Reißverschluss über ihren Lippen schließen.

»Von mir erfährst du nichts.«

Ich wechselte einen Blick mit Lori und erkannte, dass sie dasselbe dachte wie ich. Seit wann konnte Hailey Geheimnisse wahren? Anscheinend würde ich mich wirklich anstrengen müssen. Huch … das war mal was Neues.

»Aber wo wir gerade von Geheimnissen sprechen, du hast uns auch im Dunkeln gelassen, Schwesterherz«, meinte Hailey, als sie anfing, Zitronen auszupressen.

»Ich?«, fragte ich unschuldig.

Lori grinste. »Wir haben dich beobachtet. Du bist zweimal in Tagträumereien verfallen … was du nur tust, wenn du ein tolles Date hattest oder dich auf eines freust.«

Als Hochzeitsplanerin reagierte Lori sehr sensibel auf solche unterschwelligen Zeichen.

Ich sah von Lori zu Hailey, dann brachen die Worte einfach aus mir heraus, als ich eine Mischung aus Honig und Ingwer anrührte. Und weil ich nun mal nichts von halben Sachen hielt, erzählte ich sehr detailreich von den sexy Geschehnissen auf der Jacht, was dafür sorgte, dass Lori errötete. Hailey dagegen hing förmlich an meinen Lippen.

»Wie toll, weiter so, Schwesterherz. Oh, du hast wirklich einen Mann verdient, der weiß, was er tut«, meinte Hailey.

»Tue ich, nicht wahr?«, meinte ich fast selbstgefällig. »Nächste Woche essen wir zusammen zu Abend.«

»Wieso nicht dieses Wochenende?«

»Er ist mit seinen Nichten beschäftigt.«

Sobald wir wieder im Garten waren, ging ich zu Teil zwei meines Plans über: Jace in die Ecke treiben.

Ich konnte nur hoffen, dass er die Tagträumereien nicht ebenso bemerkt hatte wie meine Schwestern. Nach dem Debakel mit Ethan hatte Jace noch mehr in den Beschützermodus geschaltet.

Dieser Instinkt hatte sich in Jace zum ersten Mal mit dreizehn manifestiert, als er einen Kerl in die Mangel genommen hatte, der Lori zu einem Date abholen wollte. Als ich mich bei ihm danach erkundigt hatte, hatte er nur gesagt: »Wenn ein Kerl von meiner Schule eines der Mädchen zu einer Verabredung abholt, nimmt der Vater dieses Mädchens den Kerl immer in die Mangel. Dad ist nicht hier, also werde ich das übernehmen.«

Ich war vollkommen entgeistert gewesen. Mein dreizehnjähriger Bruder wurde viel zu schnell erwachsen, aber ich hatte nicht gewusst, was ich dagegen unternehmen sollte.

Und jetzt war er zu einem Erwachsenen herangewachsen, auf den ich sehr stolz war. Doch wenn er Ärger hatte, wollte ich es wissen. Ich war nicht einfach nur neugierig. Ich konnte ihm helfen.

Ich hatte Liegestühle im ganzen Garten verteilt. Loris Ehemann, Graham, saß links von Jace, mit Loris Sohn Milo neben sich. Graham gehörte der Fußballclub, für den Jace spielte. Obwohl die Männer versuchten, während unserer Abendessen nicht über die Arbeit zu reden, diskutierten sie doch manchmal heftig über Spiele.

Ich setzte mich auf den Liegestuhl rechts von Jace. »Bruderherz, mir ist aufgefallen, dass du und Hailey Geheimnisse habt.«

Jace warf einen erschrockenen Blick zu Hailey, doch sie schüttelte bloß den Kopf. Dann grinste er mich an. »Glaubst du wirklich, ich würde alles ausplaudern, wenn Hailey es geschafft hat, den Mund zu halten?«

»Was, wenn ich dir verspreche, dass ich nächste Woche dein Lieblingsessen koche? Als Beweis meiner Zuneigung? Und du könntest mir deine Dankbarkeit im Voraus erweisen.«

Ich klimperte mit den Wimpern und versuchte, ihn mit dem Unschuldsblick anzusehen, den Lori so gut hinbekam und der bei Jace immer funktionierte. Unglücklicherweise versagte ich kläglich. Ich schaffte es nur, Jace zum Lachen zu bringen.

»Netter Versuch, Val. Netter Versuch.«

Ein Cappuccino, ein Pfannkuchen und ein Müsli mit Joghurt. Grinsend betrachtete ich das gelieferte Frühstück am Montag, dann schickte ich Carter eine schnelle Nachricht.

Val: Gibt es irgendeinen bestimmten Grund für deine Großzügigkeit heute?

Carter: Ich will dich für morgen in die richtige Stimmung bringen.

Mein Herz schlug wie wild, als ich mir mein Essen schmecken ließ. Ich wusste jetzt schon, dass heute kein produktiver Tag werden würde, doch hin und wieder durfte ich mir ja wohl Tagträumereien erlauben, oder?

Ich war bis kurz vor dem Mittagessen fantastischer Laune – bis mir Gerichtsunterlagen zugestellt wurden. Alles in mir erstarrte, als ich sah, dass die Unterlagen von Beauty SkinEssence kamen.

Ich bemühte mich, nicht zu nervös zu werden, als ich den Empfang quittierte, doch dann gaben meine Knie fast nach. Ich schaffte es nicht mehr bis zu meinem Schreibtisch. Stattdessen lehnte ich mich gegen die Wand neben meiner Bürotür, um den Umschlag zu öffnen.

Sie verklagten mich.

Mir rutschte das Herz in die Hose. Ich las mir das Schreiben genau durch und versuchte alles zu verarbeiten.

Dann tat ich etwas, was ich seit langer Zeit nicht mehr getan hatte. Ich schloss die Tür meines Büros, bevor ich mich in den Stuhl hinter meinem Schreibtisch sinken ließ. Ich fühlte mich vollkommen erschöpft. Natürlich hatte ich mich innerlich auf dieses Szenario vorbereitet. Ich hatte nur einfach gehofft, dass es nicht so weit kommen würde. Diese Sache würde eine Menge Zeit und Energie fressen, die ich gut für andere Dinge hätte verwenden können. War es dumm von mir gewesen, die Unstimmigkeiten nicht in der Mediation zu lösen? Aber meine Creme nicht auf den Markt zu bringen hätte ein Schuldeingeständnis bedeutet … und damit hätte ich einfach nicht leben können. Doch jetzt, als mir das Resultat meiner Entscheidung schwarz auf weiß vorlag, fragte ich mich trotzdem, ob es nicht besser gewesen wäre, meinen Stolz herunterzuschlucken. Ich hatte so hart dafür gearbeitet, um dorthin zu kommen, wo ich heute war; um die Firma weiterzuentwickeln, bis sie echten Profit abwarf … und nun das.

Ich versuchte den Stein in meinem Magen zu ignorieren, doch es gelang mir nicht. Was, wenn das Gerichtsverfahren wirklich zu einem Prozess führte? Was, wenn der Richter gegen mich entschied? Was, wenn ich mehr verlor als nur dieses eine Produkt? Gott, ich tat es schon wieder … überanalysierte alles.

Doch ich konnte einfach nicht anders. Die Firma war ein Teil von mir. Ich erinnerte mich noch genau an das ekstatische Gefühl, als Landon und ich die Gründungspapiere unterschrieben hatten. Ich hatte etwas aufbauen wollen, auf das alle in meiner Familie stolz sein konnten. Außerdem hatte ich mir selbst beweisen wollen, dass ich es schaffen konnte, meinen Traum zu verwirklichen. Ich würde nicht zulassen, dass mir jemand das wegnahm.

Ich war mir nicht sicher, wie lang ich bewegungslos dasaß, um alles zu durchdenken und mir gleichzeitig zu wünschen, der Tag wäre schon vorbei, damit ich nach Hause gehen und in meiner Badewanne versinken konnte. Irgendwann hörte ich ein Klopfen an der Tür.

»Val, ist alles in Ordnung?«, fragte Anne. »Du hast in zehn Minuten ein Meeting.«

»Ich komme gleich.«

Ich sah auf mein Handy. Ich hatte mich zwanzig Minuten selbst bemitleidet. Und ich hatte eine neue Nachricht von Carter.

Carter: Hast du Zeit für ein Mittagessen?

Ich tippte eine Antwort, löschte die Worte wieder und formulierte neu.

Val: Nein. Heute ist einfach nicht mein Tag. ☹
Und jetzt muss ich in ein Meeting.

Carter: Ist etwas passiert?

Ich schickte ihm ein Foto der Dokumente. Carter antwortete nicht sofort, und ich konnte nicht warten. Ich eilte in das Meeting, wobei ich mein Handy auf dem Schreibtisch liegen ließ, da ich keine Ablenkung gebrauchen konnte.

Ich zwang mich dazu, mich zu konzentrieren, weil die Herren extra aus Italien eingeflogen waren. Sie produzierten einige der seltensten Parfümingredienzen, und ich wollte eine Vereinbarung mit ihnen treffen.

Das Meeting dauerte länger als erwartet, und als wir uns endlich geeinigt hatten, war mir fast schwindelig vor Hunger. Seit dem Frühstück hatte ich nichts gegessen, und nun war es fast vier Uhr. Ich brachte die Herren noch zum Aufzug, doch sobald die Schiebetüren sich hinter ihnen geschlossen hatten, drehte ich mich zu Anne um.

»Kannst du mir etwas zu essen besorgen? Irgendetwas?«

»Sicher, Chefin. Aber in deinem Büro wartet jemand auf dich.«

»Oh? Ich hatte keine anderen Einträge in meinem Kalender.«

»Ein Carter Sloane ist unangekündigt vorbeigekommen. Er hat gesagt, er müsse mit dir reden, und wartet bereits seit einer Stunde. Ich konnte ihn einfach nicht loswerden.«

»Natürlich nicht. Danke für die Vorwarnung. Ich werde mit ihm sprechen. Aber bitte beeil dich mit diesem Sandwich, sonst falle ich in Ohnmacht.«

Anne sprang in den Lift. Ich dagegen ging zurück zu meinem Büro. Mein leerer Magen hob sich. Als ich in den Türrahmen trat, stand Carter auf. Ich versuchte, seine Körpersprache zu deuten, doch ich war zu müde und zu hungrig, um wirklich aufmerksam zu sein.

»Anne meinte, du wartest schon seit einer Stunde.«

Er hob sein Handy. »Du hast meine Nachricht nicht beantwortet und auch nicht angerufen.«

»Ich war in einem Meeting.«

»Ich weiß, Anne hat es mir gesagt. Als du nicht geantwortet hast, habe ich im Büro angerufen.«

Ich trat in den Raum und schloss erneut die Tür.

»Lass uns hier verschwinden«, sagte Carter. »Ich habe gehört, was du zu Anne über dieses Sandwich gesagt hast. Ich werde dich füttern. Und du entspannst dich und denkst an etwas anderes als diese Unterlagen.«

Ich stemmte die Hände in die Hüften. »Du kannst nicht einfach hier reinstürmen und das Ruder an dich reißen.«

Seine Augen blitzten auf, und seine Mundwinkel zuckten. »Doch, kann ich. Besonders, wenn du es nötig hast.«

Was sollte ich diesem Argument entgegenhalten? Ich verzehrte mich nach einer Auszeit.

»Es ist noch früh.«

»Es ist vier Uhr, und du hast Anne gesagt, dass du heute keine weiteren Termine im Kalender stehen hast.«

»Das bedeutet nicht, dass ich sonst nichts zu tun hätte.«

»Dir gehört diese Firma. Kannst du dir selbst nicht mal ein paar Stunden freigeben?«

»Wie sieht es bei dir aus? Musst du nicht arbeiten?«

»Ich habe mir den Rest des Nachmittags freigeräumt.«

Das nahm mir den letzten Wind aus den Segeln, weil ich mich genau erinnerte, dass er heute eigentlich ein Meeting nach dem anderen gehabt hätte. Das war der Grund, warum wir morgen ausgehen wollten.

Carter nahm meine Tasche von der Schreibtischecke und meine Jacke von der Garderobe und hielt mir beides entgegen. Der Mann war einfach unfassbar – doch die Tatsache, dass er sich den Nachmittag freigenommen hatte und für mich da war, entwaffnete mich schneller, als ich für möglich gehalten hätte. Ich erlaubte ihm, mir in die Jacke zu helfen. Als er seine Finger leicht an meinem Hals ruhen ließ und sanften Druck ausübte, atmete ich tief durch.

»Komm schon, Val. Ich werde dich von deinen Problemen ablenken.« Er legte eine Hand an mein Kreuz und ließ sie auf dem Weg zum Lift dort liegen. Als wir das Gebäude verließen, begegneten wir Anne.

»Du gehst?«, fragte sie, als sie mir ein Sandwich reichte.

»Ja. Ruf mich an, falls sich etwas Dringendes ergibt.«

»Okay. Wir sehen uns morgen.«

Sobald sie verschwunden war, deutete Carter auf das Sandwich. »Das soll dein Mittagessen sein?«

Ich nickte, zu sehr damit beschäftigt, das nicht allzu große Truthahn-Sandwich zu verschlingen, um zu antworten. Doch er hatte recht. Das Ding war so klein, dass ich es schon aufgegessen hatte, als wir aus dem Gebäude traten. Und nun war ich noch hungriger als vorher.

»Was willst du machen?«, fragte er.

Ich blinzelte. »Du hast mich quasi aus meinem Büro gezerrt, aber jetzt fragst du mich, was ich machen will?«

»Das Wichtigste war, dich da rauszuholen. Du warst so angespannt, dass deine Schultern quasi neben deinen Ohren schwebten. Ich kann in einem Restaurant reservieren, aber ich habe so das Gefühl, dass du damit nicht glücklich wärst.«

Er hielt auf dem Gehweg an, und ich folgte seinem Beispiel. Gott, niemand hatte mich je angesehen, wie Carter es tat. Wie würde es sich anfühlen, wenn dieser Mann Teil meines Lebens wäre? Diesen Mann in mir zu spüren? Würde er mich Dinge fühlen lassen, die niemand anders je in mir entzündet hatte?

»Ehrlich, ich will einfach nur nach Hause.«

»Dann werden wir genau das tun.«

»Wir?«

»Du glaubst doch nicht wirklich, dass ich dich allein lasse?« Er umfasste sanft mein Gesicht und strich mit den Daumen über meine Wangen. »Lass mich dir heute Gesellschaft leisten, okay?«

Ich nickte seufzend, weil ich mich bereits darauf freute. Carter gab mein Gesicht nicht sofort frei, und meine Haut erwärmte sich, wo immer er mich berührte. Meine Augen befanden sich auf einer Höhe mit seinen Lippen. Ich erinnerte mich genau, wie sie sich auf meiner Haut angefühlt hatten. Ein erwartungsvolles Kribbeln überlief meinen Körper. Der Blick in Carters Augen verriet mir, dass er genau wusste, was ich dachte. Sexuelle Anspannung begann zwischen uns zu knistern. Ich verlor mich in diesem Mann: seiner Berührung, dem verführerischen Klang seiner Stimme. Kaum dass er mich freigab, vermisste ich ihn.

Wir fuhren mit zwei Autos. Jedes Mal, wenn ich in den Rückspiegel sah, um mich zu vergewissern, dass er mir noch folgte, machte mein Herz einen Sprung.

Wir gerieten in keinen Stau, also kamen wir recht schnell an meinem Haus an. Als wir aus unseren jeweiligen Wagen stiegen, trafen sich unsere Blicke.

»Willkommen in meinem Zuhause.« Ich schob das Tor auf, dann gingen wir die Steinstufen im Vorgarten nach oben.

»Dieser Garten ist fantastisch«, meinte er.

»Ich weiß. Ich liebe ihn.«

Carter legte erneut eine Hand an mein Kreuz, und es fühlte sich an, als berührte er meine nackte Haut. All unsere Handyschlachten in der letzten Woche hatten mir das Gefühl von Vorspiel vermittelt… und jetzt reagierte mein Körper so empfindlich auf die leichteste Berührung, dass ich mich fast dafür schämte.

»Soll ich dich rumführen?«, fragte ich nervös, sobald wir das Haus betreten hatten.

Ich zeigte ihm kurz das Erdgeschoss, gefolgt vom ersten Stock. Ich konnte fühlen, wie ich immer nervöser wurde.

»Ich habe nichts zu essen im Kühlschrank, aber wir könnten etwas bestellen. Auch wenn die Lieferungen in diesen Teil der Stadt für gewöhnlich ewig dauern.«

»Uns fällt schon was ein.«

Als ich Carter mein Badezimmer mit meiner geliebten Badewanne zeigte, legte er eine Hand an mein Kinn und hob meinen Kopf.

»Was tust du, wenn du nach Hause kommst und dich entspannen willst?«

»Ich springe unter die Dusche und ziehe mir etwas Bequemes an. Oder … ich laufe nackt herum. Mein Dad hat immer gesagt: ›Deine Jogginghose kann nie zu eng sein, wenn du sie nicht trägst.‹ Das ist eine meiner absoluten Lieblingsredensarten.«

»Lass uns eine Abmachung treffen. Ich werde zu dem kleinen Laden am Ende der Straße gehen und uns etwas zu essen kaufen. Und währenddessen springst du unter die Dusche und entspannst dich.«

Mein Puls begann sofort zu rasen, aber ich war entschlossen, mich auf den neutralen Teil seiner Aussage zu konzentrieren.

»Der Laden hat keine große Auswahl.«

»Ich werde schon etwas finden. Denk nicht darüber nach. Bleib einfach hier, und entspann dich. Aber bitte, zieh nach der Dusche etwas an. Das mit der fehlenden Jogginghose können wir ein andermal ausprobieren.«

Ich war mir nicht sicher, ob er sich gerade in meine Dusche einlud oder nicht, doch mein Puls raste trotzdem. Carter ließ den Daumen über meine Lippen gleiten, dann fing er meine Lippen zum Kuss ein. Meine Knie wurden weich, kaum dass seine Zunge meine berührte.

Meine Klitoris pulsierte, und meine Nippel richteten sich auf, als sehnten sie sich ebenfalls nach der Berührung seiner Zunge.

»Ich verzehre mich schon die ganze Woche danach, dich zu küssen«, murmelte er, bevor er den Kuss wieder vertiefte. Diesmal war unsere Begegnung heißer, drängender. Ich hob mich auf die Zehenspitzen und umklammerte seine Schultern, während ich seinen Kuss fieberhaft erwiderte. Irgendwann fiel mir auf, dass seine Hände sich um meine Taille geschlossen hatten und er mich rückwärtsschob, bis mein Rücken gegen die Wand gepresst wurde. Die Fliesen waren selbst durch den Stoff meines Kleides kalt, also drückte ich den Rücken durch. Carter war mir so nahe, dass ich damit meinen Unterleib direkt gegen seinen presste, und, großer Gott, seine Erektion war eindrucksvoll.

Ein Stöhnen entrang sich seiner Kehle, dann trat er einen Schritt zurück.

»Also, also. Sei ein braves Mädchen, und entspann dich.«

Er zwinkerte mir zu, dann verließ er das Bad. Ich war so erregt, dass ich fast zurückgerufen hätte, um weitere glühend heiße Küsse zu verlangen.

Doch ich beschloss, mich auf die Dusche zu konzentrieren. Ich zog mich aus, aber mit jeder Stoffschicht, die verschwand, wurde ich nur erregter. Ich duschte eilig, dann trug ich meine Lieblingscreme auf, wickelte mir ein Handtuch um den Körper und trat ins Schlafzimmer. Ich ließ mich in den Ledersessel gegenüber dem Bett sinken und legte meine Hände auf den Polsterhocker davor. So konnte mein Körper ausdampfen und die Creme einziehen.

Ich hatte die Tür einen Spalt offen gelassen, weil ich Carter hören wollte, falls er nach seiner Rückkehr aus dem Laden etwas brauchte. Kurze Zeit später hörte ich ihn singen und grinste. Oh, verdammt. Dieser sexy Mann sang in meiner Küche, und ich verpasste die ganze Show?

Vergesst das Schaumbad, das wäre die absolute Entspannung: ihn zu beobachten … und mich vielleicht einfach in seine Arme zu werfen.

Nein, nein. Ich hatte eindeutige Anweisungen erhalten, so

viel war klar. Außerdem fand ich es spannend, nicht zu wissen, was als Nächstes passieren würde.

Irgendwann später hörte ich Schritte auf der Treppe, und meine Bauchmuskeln verspannten sich.

»Ich bin im Schlafzimmer«, verkündete ich.

Würde er reinkommen?

Ja. Ja, das tat er.

Mir stockte der Atem, als Carters attraktive Gestalt im Türrahmen erschien. In der Hand hielt er einen Teller mit einem Sandwich, das er auf den niedrigen Tisch neben dem Sessel stellte.

Ich bemerkte durchaus, wie sein Blick über meinen Körper glitt. Das Handtuch bedeckte alle wichtigen Stellen, aber darunter war ich trotzdem splitterfasernackt. Meine Nippel richteten sich auf, als sein Blick sie erreichte.

Doch vor allem lief mir beim Anblick des Sandwiches mit Schinken und Avocadoscheiben das Wasser im Mund zusammen. Eilig biss ich ein Stück davon ab, um dann dankbar zu seufzen. »Das ist köstlich.«

Carter hockte sich auf die Armlehne meines Sessels und ließ mich nicht aus den Augen. Ich gab vor, ich wäre vollkommen auf mein Essen konzentriert, doch ich stellte mich dabei nicht besonders geschickt an. Die Luft schien mit jeder Minute, die wir in dieser intimen Atmosphäre verbrachten, mehr zu knistern. Ich war mir nicht sicher, ob ich das noch lange aushalten konnte.

»Das ist mein Lesesessel«, erklärte ich Carter.

»Ich verstehe. Hier also liest du all diese skandalösen Bücher.«

»Ja.«

Sobald ich den letzten Bissen verschlungen hatte, umfasste

Carter einen meiner Knöchel. Ich fühlte die Berührung bis zwischen meine Schenkel. Unsere Blicke trafen sich. Ich schluckte schwer und bemerkte, dass ich schneller atmete.

»Was tust du da?«, fragte ich.

»Du wirst schon sehen.«

Glückseligkeit. Vollkommene, unendliche Glückseligkeit. Carter massierte meinen Fuß, grub die Daumen in meine Fußsohle, die Ballen und die Ferse, dann widmete er sich jedem Zeh einzeln.

Seine Hände glitten ein kleines Stück über meinen Knöchel nach oben, bevor sie zu meiner Ferse zurückkehrten. Seine Finger waren die reine Magie … und seine Berührungen erregten mich. Zählte eine Fußmassage als Vorspiel? Mit Carter fühlte sich alles an wie Vorspiel.

»Sag mir, was du gerade denkst.«

Ich leckte mir die Lippen, weil ich mir nicht sicher war, ob Ehrlichkeit gerade die richtige Taktik war – nachdem meine Gedanken so jenseits von jugendfrei waren, dass es sich kaum in Worte fassen ließ.

»So schlimm, hm? Ist okay. Ich weiß genau, was du denkst.«

»Und woher willst du das wissen?«, neckte ich ihn.

»Ich kann Körpersprache sehr gut lesen. Unsere Körper verraten uns für gewöhnlich.« Er wackelte mit den Augenbrauen, und sofort spürte ich, wie ich noch mehr errötete.

»Aber du kannst nichts sehen.«

Er legte mein Bein wieder auf dem Hocker ab, dann glitt er näher an mich heran und verschob den Teller von meinem Schoß auf den Beistelltisch.

Jetzt trennte uns nichts mehr. Als Carter sich vorlehnte, um mich zu küssen, hob ich mich ihm entgegen. Mir war durchaus bewusst, dass mein Handtuch nach unten rutschte und so meine Brüste seinem Blick freigab.

Gott, dieser Mann küsste wie kein anderer. Er vergrub eine Hand in meinem Haar und neigte meinen Kopf, während er mich mit Lippen und Zunge eroberte.

Ich verzehrte mich nach seiner Berührung. Mein Körper bettelte förmlich danach.

12

Carter

Ich ließ meine Hand aus Vals Haar an ihren Nacken gleiten, dann tiefer, zu ihren Brüsten. Voller Lust drängte sie sich meiner Berührung entgegen, stöhnte leise in meinen Mund – war wunderschön in ihrer Erregung. Ich ließ meine Hand noch tiefer gleiten und strich mit zwei Fingern über ihre Muschi, von ihrer Klitoris bis zu ihrer Öffnung.

Val stöhnte lauter und vergrub beide Hände in meinem Hemd, als ich ihr das Handtuch ganz vom Körper zog. Dieser Frau würde ich einen Orgasmus verschaffen. Ich wollte ihr so viel Lust bereiten, dass es ihre Welt aus den Angeln hob. Val öffnete die Schenkel weiter, um mir den Zugang zu gewähren. Ich liebkoste ihre Mitte, berührte immer wieder ihre Klitoris und streichelte die Innenseite ihrer Schenkel, um sie noch mehr zu erregen. Und ich konnte einfach nicht aufhören, sie zu küssen. Ich wollte ihr schönes Gesicht beobachten, doch gleichzeitig musste ich sie einfach kosten. Als ich einen Finger in sie gleiten ließ, überlief ein Zittern Vals Körper.

Dann löste sie ihren Mund gerade lange genug von meinen Lippen, um zu sagen: »Noch einen. Biiiitte.«

Und in diesem Moment wäre ich fast gekommen. Ich küsste sie wieder, ließ den zweiten Finger in sie gleiten, dann verloren wir beide die Beherrschung. Ich bewegte meine Finger, krümmte sie, um ihre empfindlichste Stelle zu finden, während ich gleichzeitig mit dem Daumen ihre Klitoris umkreiste. Doch das reichte nicht. Ich konnte sie in dieser Position nicht so berühren, wie ich es mir wünschte. Ich konnte sie nicht kosten. Also zog ich meine Hand zurück, um zu lachen, als sie sofort die Schenkel schloss, um mich festzuhalten.

»Komm näher, Süße. Ich will dich schmecken.«

Anschließend zog ich sie an den Rand des Sessels, woraufhin sie ein leises Wimmern ausstieß. Ich sank auf die Knie und legte mir ihre Schenkel über die Schultern. Als ich meine Zunge über ihr empfindliches Fleisch gleiten ließ, schrie sie meinen Namen.

»Carter! Oh, verdammt.«

Ich zitterte vor Verlangen, als ich mit der Zunge in sie eindrang und sie in den Wahnsinn trieb. Ich verwöhnte sie, bis mir bewusst wurde, dass sie nicht mehr lange durchhalten würde, daher brachte ich meinen Mund an ihre Klitoris und schob im selben Moment erneut zwei Finger in sie. Vals lustvolle Explosion war wunderbar. Ich richtete mich auf, um sie in meine Arme zu ziehen und festzuhalten, während sie vor Lust zitterte. Ich wiegte sie in den Armen, atmete den frischen Duft ihres Haares ein, liebkoste die weiche Haut ihrer Schultern.

Dann ließ Val ihre Fingerspitzen über die Knopfleiste meines Hemdes nach unten gleiten, bis zu meinem Gürtel. Sie öffnete die Schnalle und auch meinen Reißverschluss, um meinen Schwanz herauszuholen.

»Süße«, flüsterte ich, als sie ihre Hand erst einmal über meine Erektion gleiten ließ, um mich dann in den Mund zu nehmen. Und auch ich hielt nicht lange durch. Ich begehrte sie schon so lange, dass ich innerhalb weniger Minuten kam.

»Du bist atemberaubend«, flüsterte ich, als sie nach ihrem Handtuch griff, das auf den Boden gefallen war. »Darf ich das machen?«

Ich nahm ihr das Handtuch ab und ließ es über ihre Haut gleiten, von den Knöcheln bis nach ganz oben.

»Bin ich nicht trocken genug für dich?«, fragte sie neckend. Es gab keinen Tropfen Wasser mehr auf ihrem Körper.

»Nö.«

An der Innenseite ihrer Schenkel machte ich einen Abstecher, um meine Zunge kurz über ihre Mitte gleiten zu lassen. Der nächste Abstecher wurde eingelegt, als ich ihre Brüste abtrocknete – um ihre Nippel in meinen Mund zu saugen. Ich wurde wieder hart.

Ich wünschte mir nichts mehr, als sie umzudrehen und vorzubeugen. Doch ich wusste einfach nicht, ob sie dafür schon bereit war.

»Lass uns nach unten gehen«, schlug ich vor, während ich ihren Hals küsste.

»Diese Idee gefällt mir gar nicht.« Eine Sekunde später wurde mir bewusst, dass sie mein Hemd aufknöpfte.

»Val, Süße …«

Ich richtete mich auf, um sie anzusehen. Diese schönen, grünen Augen glühten vor Verlangen. Mit den Händen umfasste ich ihren Hintern und hob sie in meine Arme. Sie wimmerte vor Vorfreude, als sie ihre langen Beine um meinen Körper schlang. Ich trug sie zum Bett, um sie sanft daraufzulegen. Mein Herz schlug so heftig, dass ich kaum etwas anderes hören konnte. Ich sehnte mich mehr nach dieser Frau, als ich mich je nach etwas anderem verzehrt hatte.

Als ich sie auf die Matratze legte, versuchte sie die Beine zu schließen.

»Nein, bleib so. Weit geöffnet, nur für mich. Ich will dich ansehen, während ich mich ausziehe.«

Ihre Augen blitzten auf, doch sie ließ die Beine, wo sie waren. Nie zuvor hatte ich mich schneller ausgezogen. Dann fiel mir noch ein kleines Detail ein …

»Mein Geldbeutel ist unten. Da ist ein Kondom drin.«

Val leckte sich über die Lippen. »Ich nehme die Pille und bin gesund.«

Ich beugte mich über sie, drückte sanfte Küsse auf ihren Kiefer. »Ich bin auch gesund, aber … Süße, willst du mich wirklich so in dich aufnehmen?«

Sie nickte. Ich zog sie in meine Arme und küsste sie leidenschaftlich. Unsere Höhepunkte gerade eben waren befriedigend, aber schnell gewesen. Diesmal wollte ich, dass es länger dauerte. Ich zog eine Spur aus Küssen zu Vals Schlüsselbein, dann drehte ich sie auf den Bauch, ließ meine Lippen über ihre Wirbelsäule bis an ihr Kreuz gleiten. Sie stöhnte, als ich ihre rechte Pobacke küsste, die linke mit der Hand umfasste und dann einen Finger in sie gleiten ließ. Sie war feucht und bereit, doch ich wollte sie erst vor Vorfreude in den Wahnsinn treiben, also drehte ich sie wieder um und ließ meine Lippen über ihre Muschi gleiten. Und dann meine Zunge.

Ich hielt ihre Hüften in dem Winkel, den ich brauchte, was dafür sorgte, dass sie die Fersen in die Matratze grub und ihre Hände wild über die Laken glitten. Ich lag auf dem Bett, mein Penis zwischen meinem Körper und der Matratze eingeklemmt. Es war fast schmerzhaft. Als Vals Atmung zu schnell wurde, machte ich mich daran, den Rest ihres Körpers zu erkunden. Die Innenseite ihrer Schenkel, ihre Brüste … bis unsere Gesichter wieder voreinander schwebten.

Sie sah mich an, als wäre ich ihr Ein und Alles. Ich küsste sie innig, als ich meine Erektion zwischen ihre Schenkel schob. Val stöhnte, als meine Eichel ihre Mitte fand.

Oh, verdammt, verdammt, verdammt.

Kein Gefühl auf der Welt ließ sich damit vergleichen, in diese Frau einzudringen; zu fühlen, wie sie sich ohne Kondom eng um mich schmiegte. Ich drang Zentimeter für Zentimeter in sie ein und beobachtete die ganze Zeit die Zeichen der Lust auf ihrem Gesicht. Sie öffnete die Schenkel weiter, zog die Knie an. Ich stieß in sie, bis unsere Hüften sich berührten. Unaufhaltsam jagten wir unserem Höhepunkt entgegen. Doch als ich das Gefühl hatte, jeden Moment kommen zu müssen, zog ich mich aus ihr zurück. Dann flüsterte ich ihr ins Ohr: »Auf alle viere.«

Val fügte sich und drehte sich in einem Taumel aus Verlangen um. Ich knetete ihre Pobacken und zog eine Spur aus Küssen über ihre Wirbelsäule, als ich erneut in sie eindrang, hart und schnell. In dieser Position konnte ich mühelos ihre Klitoris erreichen. Ich umkreiste das empfindliche Nervenbündel, trieb Val so in neue Höhen der Lust. Als Nächstes hob sie die Hände vom Bett, um das Kopfende zu umklammern. Auf diese Weise konnte sie sich besser bewegen. Sie warf sich meinen Stößen mit demselben Hunger entgegen, der auch mich beherrschte. Ihre Arme zitterten leicht, als könne ihr Körper die Lust kaum ertragen.

Als sie anfing, mich enger zu umschließen, und dabei meinen Namen schrie, verlor ich die Kontrolle. Ich kam heftig, klammerte mich an ihr fest. Ihre Beine zitterten sogar nach ihrem Orgasmus noch. Ich lehnte mich über sie, meine Beine neben ihren, legte einen Arm um ihre Taille und drückte die Brust an ihren Rücken. Ich küsste jede Stelle, die ich erreichen konnte, weil ich sie so intensiv berühren wollte wie möglich.

»Geht es dir gut, Schöne?«

Sie atmete immer noch schwer, doch dann lachte sie leise. »Ich erhole mich langsam.«

Nachdem wir geduscht hatten, wickelte Val sich erneut ein Handtuch um den Körper.

»Oh, verdammt, nein. Du ziehst jetzt echte Kleidung an.«

»Oder was?«

»Oder ich verschlinge dich statt eines Abendessens.«

Sie grinste. »Ich glaube nicht, dass mich das stören würde.«

»Komm schon, Verführerin. Zieh dir etwas an.«

Schmollend verschwand sie ins Schlafzimmer, um meiner Aufforderung zu folgen.

»Ich habe kein T-Shirt, das für dich groß genug ist«, rief sie. »Aber meinetwegen kannst du gerne mit nacktem Oberkörper herumlaufen.«

»Soll ich einfach nackt bleiben?«

»Ich würde mich nicht beschweren.«

Letztendlich lief ich in der Tat mit nacktem Oberkörper herum, weil mein Hemd feucht war. Ich fand es sehr befriedigend, Val dabei zu beobachten, wie sie mich immer wieder heimlich anstarrte, während wir uns in der Küche zu schaffen machten. Zur Abwechslung war sie einmal im Nachteil.

»Du hast vorhin gesungen«, meinte sie.

»Wirklich? Habe ich gar nicht bemerkt.« Für gewöhnlich sang ich nicht. Aber Val hatte diesen Effekt auf mich – in ihrer Nähe war ich unendlich entspannt und außerdem extrem erregt. Val richtete die Sandwiches, die ich gemacht hatte, auf zwei Tellern an.

Ich massierte ihre Schulterblätter, teilweise, weil sie die Schultern nach wie vor ein wenig hochzog, und teilweise, weil ich einfach die Finger nicht von ihr lassen konnte.

»Du bist immer noch ein wenig angespannt.«

»Ja.«

»Willst du darüber reden?«

»Eigentlich nicht. Mein Anwalt wird sich darum kümmern. Ich habe alle Optionen mit ihm diskutiert; ich hatte nur gehofft, dass es nicht dazu kommen würde.«

»Wie gut ist er?«

»Mein Anwalt?«

»Ja.«

»Er gehört zu den Besten.« Sie nannte mir seinen Namen. Ich war nicht allzu glücklich. Der Mann war gut, aber ich war besser.

»Was wäre, wenn ich den Fall übernehmen würde?«

Sie drehte sich mit großen Augen zu mir um, dann schüttelte sie den Kopf. »Nein, das ist keine gute Idee.«

»Warum nicht? Ich bin ein sehr guter Anwalt …«

»Das bezweifle ich nicht, aber ich glaube, es wäre klüger, Privates und Berufliches getrennt zu halten.«

Sie senkte den Blick, und mir war alles klar. Für den Fall, dass es zwischen uns nicht funktionierte, war es tatsächlich einfacher, wenn die zwei Bereiche nicht vermischt wurden. Ich verstand, was sie sagen wollte, doch gleichzeitig begann meine Schläfe zu pochen. Es gefiel mir überhaupt nicht, aber ich begriff es.

»Val, ich will ehrlich sein. Wann immer ich mit dir zusammen bin, fühlt sich das fast surreal an. In der letzten Woche habe ich mehr an dich gedacht als an irgendetwas anderes. Ich weiß, dass mein Leben nicht einfach ist, aber ich würde das mit uns gerne genießen. Wie ich schon sagte, ohne irgendwelche Erwartungen. Du hast gesagt, du willst die Dinge langsam angehen lassen, und das respektiere ich.«

Sie musterte mich ein paar Sekunden lang forschend. Ich konnte ihr geben, was sie wollte. Langsam passte gut zu den endlos vielen Verpflichtungen, aus denen mein Leben bestand. Mich im Haus dieser Frau aufzuhalten, von ihr umgeben zu sein, verschaffte mir einen Einblick in ihr Selbst. Ihre Wärme umhüllte mich, und ich fühlte mich auf eine Weise lebendig, die ich vorher noch nicht empfunden hatte.

Als sie sich auf die Zehenspitzen stellte und ihren Mund auf meinen drückte, hätte ich schwören können, dass etwas in mir dahinschmolz.

»Also gut, ja. Und jetzt komm schon, Mister. Zeig mir, was für ein talentierter Masseur du bist.«

Sie lachte, als ich die Teller zum Tisch trug.

»Du zweifelst an mir?«

»Keineswegs. Ich weiß, wie begabt du in anderer Hinsicht bist, und ich kann es kaum erwarten, all deine Talente zu entdecken.«

Um ihre Zweifel Lügen zu strafen, stellte ich mich hinter sie, als sie sich ihr zweites Sandwich schmecken ließ, und massierte die Druckpunkte an Hals und Schultern.

»Oh, das ist so gut. Das Abendessen und deine Hände. Hast du keinen Hunger?«

Ich schob meinen Mund neben ihr Ohr. »Nicht nach Essen, nein.«

Sie schnappte nach Luft und presste kurz die Schenkel zusammen.

»Nun, ich denke, du solltest trotzdem etwas essen.«

»Wieso? Lenken meine Hände dich ab?«

»Vielleicht.«

»Du bist beeindruckt von meinem Talent als Masseur, nehme ich an?«

Sie seufzte. »Ja. Ja, das bin ich. Was für andere Talente besitzt du? Nur, damit ich mich darauf vorbereiten kann.«

»Für den Moment halte ich sie lieber geheim.«

»Warte mal! Du warst in mir, und jetzt willst du Geheimnisse vor mir haben?«

Ich setzte mich neben sie und spielte an einer ihrer Haarsträhnen herum. »Bevor ich irgendetwas preisgebe, muss ich mich noch ein paarmal in dir versenken und die wunderbare Miene sehen, wenn du kommst.«

Sie schluckte schwer, was dafür sorgte, dass ich sie fast auf dem Tisch genommen hätte. Mein Hunger nach dieser Frau war unstillbar. Ich küsste erst eine nackte Schulter, dann die andere und genoss, wie sie sich wand. Danach unterhielten wir uns beim Essen locker. Sobald wir fertig waren, wechselten wir auf die Couch über. Ich zog ihre Füße auf meinen Schoß und massierte ihren Spann.

»Ich werde Dessert machen«, sagte sie nach einer Weile und wollte sich von der Couch erheben. Ich zog sie nach unten, sodass sie auf meinem Schoß landete.

»Val, komm her.«

»Warum?«

»Ich will dich für eine Weile halten.« Ich atmete ihren

süßen Duft ein, strich mit der Nasenspitze über ihren Hals. »Ich bin froh, dass du zugestimmt hast, mich heute mit nach Hause zu nehmen.«

»Wenn ich mich recht erinnere, hast du mir keine große Wahl gelassen.«

»Das hatte ich vergessen.« Ich lächelte, anschließend küsste ich erst ihre Wange, dann ihr Ohrläppchen. Sobald ich sie freigab, ging sie in die Küche und mixte uns einen köstlichen Smoothie. Doch egal, was sie tat, ich konnte nicht aufhören, sie zu berühren, also zog ich sie sofort wieder auf meinen Schoß, als wir zur Couch zurückkehrten. Sie saß rittlings auf mir. Ich knabberte an ihrem Hals.

»Was tust du da?«, fragte sie.

»Ich wollte dir für das Dessert danken.« Ich küsste ihr Schlüsselbein, dann schob ich ihr trägerloses Kleid nach unten, um ihre Brüste freizulegen. Als ich einen Nippel in den Mund saugte, belohnte sie mich mit einem wunderbaren leisen Stöhnen.

»Und wie genau willst du das anstellen?«

»Ich habe da schon ein paar Ideen.«

13 Val

»Ms Connor, mir gefällt, was ich höre. Ich beobachte Ihre Firma schon seit ein paar Jahren aufmerksam, und ich glaube, Ihre Produkte werden gut zu unseren Kunden passen«, sagte Davis mit leiser, ruhiger Stimme.

»Freut mich, das zu hören.«

Ich lächelte höflich, auch wenn ich innerlich auf- und abhüpfte. Jahrelang hatte ich um seine Aufmerksamkeit gerungen. Er war der Gründer einer der größten hochklassigen Parfümerieketten in Kalifornien. Ich hatte mein Glück kaum fassen können, als er angerufen hatte, um ein Treffen zu vereinbaren. Wir hatten uns in einem meiner Lieblingsrestaurants in der Nähe meines Büros verabredet. Jetzt konnte ich nicht anders, als den Blick über die Terrasse gleiten zu lassen, in der Hoffnung, Carter zu entdecken. Er hatte erklärt, er würde mit einer Gruppe hier essen. Letzten Donnerstagabend hatte ich mich mit meinem Anwalt getroffen, also hatten wir noch keine richtige Verabredung gehabt … doch wir hatten vorsichtige Pläne für heute Abend geschmiedet. Und in den letzten eineinhalb Wochen hatten wir jeden Tag zusammen zu Mittag gegessen.

»Es ist Mitte November, also werden wir das Weihnachtsgeschäft verpassen, aber im neuen Jahr könnten wir eine Ihrer bekannteren Linien wie *Dreamsetter* ins Sortiment aufnehmen und sehen, wie es sich in den Läden macht. Danach könnten wir vielleicht über eine exklusive Linie sprechen, wie Sie sie für Sephora entwickelt haben.«

»Sie wissen davon?«

»Ein Mann wie ich kommt nicht zu einem solchen Meeting, ohne sich sorgfältig vorzubereiten. Sie haben einen frischen Blick auf die Branche. Sie sind weder eine große Firma noch ein kleiner Einzelkämpfer. Sie liegen irgendwo dazwischen … und genau danach suchen wir.«

»Sie haben aber durchaus ein paar Einzelkämpfern eine Chance gegeben.«

»Wir haben es ausprobiert, auch wenn ich von Anfang an dagegen war. Duftkünstler denken mehr an die Kunst als an den Verbraucher, und das schlägt sich in den Verkaufszahlen nieder. Aber Sie, Ms Connor, haben Ihre Nische gefunden und sich sehr gut geschlagen.«

Davis lächelte clever, sodass ich seine Zähne unter seinem buschigen, strahlend weißen Schnurrbart sehen konnte. Von einer Geschäftslegende wie ihm ein Kompliment zu bekommen war wirklich eine Ehre.

»Möchten Sie hinterher noch mit in die Firma kommen? Ich könnte Ihnen ein paar unserer momentanen Bestseller zeigen.«

»Danke für das Angebot, aber ich fahre nach dem Essen direkt zum Flughafen. Doch ich werde meinem Enkel Ihre Kontaktdaten geben. Er kümmert sich sozusagen um die Außeneinsätze. Ich bin mir sicher, Sie beide werden sich gut verstehen.«

»Natürlich.«

Wir unterhielten uns noch eine Weile über die neuesten Duft-Trends und darüber, welche Parfüms wohl bleiben und welche sich als kurzlebige Modeerscheinung entpuppen würden. Wir saßen gerade beim Hauptgang, als Carter mit einer großen Gruppe anderer Leute das Restaurant betrat. Er zwinkerte mir zu, bevor er sich auf einem Stuhl niederließ, von dem aus er mich gut im Blick behalten konnte.

Ich erwiderte das Zwinkern so diskret wie möglich, dann konzentrierte ich mich auf Davis und unser Gespräch. Doch ich konnte Carters Blick auf mir spüren. Hin und wieder spähte ich aus dem Augenwinkel zu ihm, und jedes Mal sah er mich direkt an. War dem Mann vollkommen egal, dass die anderen an seinem Tisch etwas bemerken könnten? Anscheinend schon. Das schmeichelte mir ... aber all die glühend heißen Blicke, die er mir zuwarf, beeinflussten meine Konzentrationsfähigkeit. Ich richtete meinen Blick unverwandt auf meinen zukünftigen Geschäftspartner, der mir nun alles über seinen Enkel erzählte und darüber, wie er ihn zu seinem Nachfolger herangezogen hatte, weil sein Sohn kein Interesse an der Firma gezeigt hatte.

Ich schlug mich sehr wacker darin, mich auf unseren Small Talk zu konzentrieren und die heißen Blicke eines gewissen Mannes zu ignorieren. Doch dann piepte mein Handy mit einer neuen Nachricht. Ich hatte es aus reiner Gewohnheit auf den Tisch gelegt und konnte das Display sehen.

Carter: Ich habe dich vermisst.

Es wäre Davis gegenüber unhöflich gewesen, jetzt zu antworten, also versuchte ich die Nachricht zu ignorieren, doch ich hatte Schmetterlinge im Bauch. Ein paar Minuten später erhielt ich eine zweite Nachricht.

> **Carter:** Du siehst in diesen Klamotten unglaublich aus. Ich kann es kaum erwarten, sie dir auszuziehen.

Nun gesellte sich eine gewisse Hitze zwischen meinen Beinen zu den Schmetterlingen. Rein instinktiv presste ich die Schenkel zusammen. Oh, Carter. Wo hatte er jetzt bloß seine Manieren gelassen? Er verführte mich mitten während eines Geschäftsessens.

Diskret schob ich mein Handy zur Seite, bevor ich Carter noch diskreter einen bösen Blick zuwarf. Aber das ging nach hinten los, weil ein paar Minuten später mein Display erneut aufleuchtete, ohne dass ich die Nachricht lesen konnte …

Ich verschränkte die Hände auf dem Tisch, um nicht nach dem Telefon zu greifen. Als das Mittagessen vorbei war, bat Davis um die Rechnung.

»Sie sind eingeladen«, sagte ich.

»O nein. Auf keinen Fall. Wenn ein alter Mann wie ich mit einer hübschen jungen Dame ausgeht, dann lässt er sie niemals zahlen.«

»Ich bestehe darauf. Ich war diejenige, die sich in einem Restaurant treffen wollte.«

Er schmunzelte. »Sie haben Temperament. Ich kann es kaum erwarten, Ihnen meinen Enkel vorzustellen. Er ist selbst ein ziemlich leidenschaftlicher Charakter.«

Ich kniff die Augen zusammen. Versuchte er uns zu verkuppeln?

»Sie beide würden ein schönes Paar abgeben.«

O mein Gott, er spielte wirklich den Kuppler. Ich lachte über seinen dreisten Versuch, doch gleichzeitig überraschte mich das nicht. Davis war dafür bekannt, dass er die Dinge auf seine Weise anging und sich nicht ans Geschäftsprotokoll hielt.

Wir standen auf und schüttelten uns die Hände, dann warf ich einen Blick auf mein Smartphone, ehe ich es in die Tasche schob.

Carter: Komm ins Restaurant, wenn du fertig bist. Wir treffen uns dann dort.

Ich hob den Blick gerade weit genug, um zu sehen, wie Carter von seinem Stuhl aufstand, die Terrasse überquerte und das Gebäude betrat.

Nachdem ich mich von Davis verabschiedet hatte, folgte ich Carter in den Innenraum. Mein Herz raste, als täte ich etwas Verbotenes.

Obwohl es im Restaurant angenehm kühl war, saß hier kaum jemand, weil alle sich für ein Essen auf der Terrasse entschieden hatten. Ich spürte Carters Gegenwart, bevor ich ihn wirklich sah. Ich wusste bereits, dass er mich beobachtete, als ich mich umdrehte und ihn in einer Ecke entdeckte, die fast schon eine Nische war. Er lächelte mir zu, und ich schwöre, ein Kribbeln überlief meinen gesamten Körper. Ich ging direkt zu ihm, dann bemühte ich mich, streng zu klingen.

»Du kannst so was nicht machen.«

»Was?«

»Mich während der Arbeitszeit ablenken.«

Einer seiner Mundwinkel zuckte. »Du hast zu Mittag gegessen.«

»Es war ein Geschäftsessen.«

»Komm her.«

Bevor ich antworten konnte, packte er mich an der Taille und zog mich an sich. Schon in der nächsten Sekunde lag sein Mund auf meinem. Er leckte über meine Unterlippe, dann biss er leicht hinein. Die Berührung schoss direkt in meine Nippel, und ich drückte mich an ihn, als er den Kuss vertiefte.

»Wir sind in einem Restaurant«, flüsterte ich, als er meinen Mund wieder freigab. »Hast du deine Manieren vergessen?«

»Du sorgst dafür, dass ich sogar meinen verdammten Namen vergesse, Val.« Er sprach an meinen Lippen und spielte gleichzeitig mit einer meiner Strähnen. »Ich habe nicht gescherzt, als ich erklärte, ich hätte dich vermisst.«

»Deswegen hast du mir also lauter heiße Nachrichten während eines Geschäftsessens geschickt? Weil du mich vermisst hast?«

»Das war nicht der einzige Grund. Ich wollte dich auch daran erinnern, dass ich ganz in der Nähe bin … nur für den Fall, dass der alte Davis zu charmant ist.«

»Keine Sorge. Er hat mir nur Komplimente zu meinem Geschäftssinn gemacht.«

»Werdet ihr zusammenarbeiten?«

»Sieht so aus. Er hat sogar davon gesprochen, eventuell eine exklusive Duftlinie zu starten.«

»Das ist toll, Süße. Freut mich für dich. Wirst du direkt mit ihm zusammenarbeiten?«

»Nein, er hat erwähnt, dass er seinen Enkel als Nachfolger

heranzieht.« Mit einem leisen Lachen fügte ich hinzu: »Ich glaube, er hofft, dass wir uns gut verstehen. Er meinte, wir würden ein schönes Paar abgeben.«

Das Lächeln erstarb auf seinen Lippen. Carter biss die Zähne zusammen und sah mich für einen Moment seltsam an, ehe er den Blick senkte.

»Und was ist mit dir?«, fragte er irgendwann.

Ich war vollkommen verwirrt. »Was soll mit mir sein?«

»Hoffst du auch, dass ihr euch gut versteht?«

»Nun, ich hoffe jedenfalls, dass er genauso von mir beeindruckt ist wie sein Großvater.«

»Ich meinte das nicht geschäftlich.«

Ich runzelte die Stirn. »Ich verstehe nicht, was du sagen willst.«

»Willst du mit ihm ausgehen?« Ich hatte Carter noch nie so angespannt gehört.

»Was? Nein, natürlich nicht.« Mein Magen verkrampfte sich, weil ich mich fragte, wo dieses Gespräch hinführen würde. Wir hatten keine klaren Regeln aufgestellt, aber ich musste wissen, wo wir standen … ich durfte nicht noch mal den Fehler machen, irgendetwas vorauszusetzen.

Carter umfasste meine Wange, neigte meinen Kopf nach hinten und ließ seinen Daumen über meine Unterlippe gleiten. »Ich will nicht, dass du mit jemand anderem ausgehst.«

Erleichtert atmete ich auf. »Werde ich nicht. Den Kerl, der eigentlich mit mir zur Wohltätigkeitsgala gehen sollte, habe ich abgesägt, weil ich herausgefunden hatte, dass er mehrere Eisen im Feuer haben wollte, ohne mir etwas davon zu sagen.«

»Das tut mir leid.« Carter trat einen Schritt zurück, ergriff meine Hände und drückte mir einen Kuss auf die Wange, bevor er mich wieder ansah.

Er lächelte träge und ließ seine Lippen über meine gleiten. »Ich möchte eines absolut klarstellen, Val. Du bist die einzige Frau, an die ich auch nur denke.«

Ich ging nicht davon aus, dass er wusste, wie viel mir seine Worte bedeuteten. Sie sorgten dafür, dass ich mich wertgeschätzt und wichtig fühlte, nicht als Nebensache. Er lächelte und hob unsere verschränkten Finger an meine Wange. Ehe ich wusste, wie mir geschah, küsste er mich so leidenschaftlich, dass ich ihn beinahe mitten im Restaurant angesprungen hätte.

»Carter… was, wenn jemand hereinkommt?«, mahnte ich.

»Dann werden sie in die andere Richtung schauen.«

»Wartet dein Tisch nicht draußen auf dich?«

»Das ist mir vollkommen egal.« Seine Stimme klang heiser. »Nimm dir den Rest des Tages frei.«

»Das kann ich nicht. Und du auch nicht.«

»Stell mich auf die Probe.« Er ließ Küsse auf meine Wange niederregnen, schob den Mund neben mein Ohr. »Ich will dir beweisen, wie intensiv ich an dich gedacht habe. Will dir zeigen, was genau ich mit dir anstellen will.«

O Gott. Ich stand kurz davor, Ja zu sagen und einfach alles zu vergessen, was auf meiner To-do-Liste stand. Doch irgendwie gelang es mir, meine Gedanken zu sortieren.

»Nö. Sie, Mister, haben mich für heute genug abgelenkt. Geh zurück an die Arbeit, und hör auf, mich zu korrumpieren.«

»Dann sehen wir uns um sechs.«

Wir hatten bisher keine konkreten Pläne gemacht, also

legte ich neckisch den Kopf schräg. »Ich habe spätnachmittags noch ein Meeting, also muss ich das leider verschieben.«

»Verarschst du mich?« Er knurrte die Worte förmlich, und ich musste kichern. »Tust du wirklich.«

»Ja, tue ich. Ich will unser Treffen nicht verschieben. Aber ich habe wirklich noch ein Meeting am Nachmittag.«

Sein glühend heißer Blick verbrannte mich fast. »Lass es nicht zu lange dauern, oder ich stürme das Meeting und trage dich über der Schulter aus dem Raum.«

Ich kehrte ins Büro zurück, nur um eine Grimasse zu ziehen, kaum dass ich in meinen Kalender gesehen hatte. Mein Anwalt würde noch mal vorbeikommen, um die Gerichtsverhandlung zu diskutieren.

»Ich habe alles vorbereitet«, schloss er, nachdem wir eine gute Stunde lang alle Details besprochen hatten.

»Gut. Vielen Dank für alles.«

Sobald er verschwunden war, zog ich das pinkfarbene Notizbuch heraus, das ich benutzte, um Ideen für Marketingstrategien zu sammeln, doch ich konnte mich nicht konzentrieren. Stattdessen ertappte ich mich dabei, wie ich eine kleine Fliederblüte zeichnete – die Hauptzutat in der Anti-Aging-Creme, deren Markteinführung Beauty SkinEssence verhindern wollte.

Ich war froh, dass ich mich auf die Verabredung mit Carter freuen konnte, sonst hätte ich mich selbst wieder vor Sorge in den Wahnsinn getrieben. Trotzdem tickte ich im Verlauf des Nachmittags immer mehr aus.

Für eine Verabredung war ich nicht richtig gekleidet. Ich trug eine Leinentunika und einen Minirock. Normalerweise hätte ich mich für ein Geschäftsessen konservativer gekleidet, aber Davis war bekannt dafür, dass er solche Dinge locker sah. Er selbst hatte heute ein Hawaiihemd getragen.

Carter und ich hatten uns erst für heute Abend verabredet, als wir mein Haus schon verlassen hatten, also konnte ich mich nicht mehr umziehen.

An diesem Nachmittag sah ich öfter als sonst auf die Uhr, in der Hoffnung, dass die Zeit schnell vergehen würde. Und das, obwohl ich einer meiner Lieblingsbeschäftigungen nachging: Düfte testen. Um halb fünf ging ich in eines der Bäder, um mich frisch zu machen, ein wenig Deo aufzutragen und meine Wimperntusche aufzufrischen.

Dann pfiff ich vollkommen grundlos vor mich hin.

»Wer hat eine Verabredung mit einem tollen Mann?«, sang ich. »Genau. Ich.«

Ich fühlte mich ein wenig albern, doch die Arbeitszeit war offiziell vorbei, also konnte ich meiner spielerischen Seite freien Lauf lassen.

»Wer wird sich wunderbar amüsieren? Ich.«

Ich wollte gerade anfangen, meine Hüften in einem Tänzchen zu schwingen, als ich eine Spülung hörte. Ich stöhnte innerlich.

Samantha, eine meiner Buchhalterinnen, trat aus der Kabine. Sie bemühte sich redlich, ein Lächeln zu unterdrücken. Ich grüßte sie höflich und versuchte mir nichts anmerken zu lassen, obwohl ich spüren konnte, dass meine Ohren glühten. Typisch für mich. Aber hey, gleich würde ein toller Mann auftauchen, um mich abzuholen. Man konnte nicht immer nur Glück haben.

Während ich in der Lobby auf Carter wartete, kontaktierte ich Jace, der vor ein paar Stunden von einem Auswärtsspiel zurückgekehrt war.

Val: Hast du gegessen? Bist du verletzt worden?

Jace: Nein auf beide Fragen, aber bevor du mich zum Abendessen einlädst, möchte ich dich daran erinnern, dass wir im Zeitalter der Lieferdienste leben. Ich werde sofort ins Bett gehen und zwölf Stunden durchschlafen. Aber ich rufe dich morgen an, okay?

Val: Sicher. Pass auf dich auf.

Manche Gewohnheiten ließen sich bloß schwer abschütteln. Natürlich wusste ich, dass Jace meine Fürsorge nicht mehr brauchte, doch ich konnte einfach nicht anders. Ich konnte nur hoffen, dass ich ihm damit nicht auf die Nerven ging.

Will war früher Detective bei der Polizei gewesen, und ich hatte mir ständig Sorgen um ihn gemacht. Ich hatte mich bemüht, mir nichts anmerken zu lassen, hatte aber nicht das Gefühl, dass ich mich dabei besonders geschickt angestellt hatte.

Meine Brüder waren nachsichtig, doch manchmal fühlte ich mich wie eine dieser Mütter, deren erwachsene Kinder jedes Mal die Augen verdrehten, wenn ihr Name auf dem Handydisplay aufleuchtete.

In diesem Moment kam Carter an. Ich leckte mir die Lippen, als er die Lobby durchquerte. Der Mann war einfach ein Kunstwerk. Sein Haar war ordentlich, sodass ich es kaum erwarten konnte, es zu verwuscheln. Er ließ den Blick über mich gleiten, und sofort spürte ich, wie mein Körper reagierte. Meine Haut verzehrte sich nach seiner Berührung.

»Bereit zum Aufbruch?«

Ich nickte. Aus der Nähe betrachtet, war er sogar noch attraktiver. Der oberste Knopf seines Hemdes stand offen, und ich konnte seinen faszinierenden Duft riechen. Ich zog den Riemen meiner Tasche höher auf die Schulter, wobei ich mir bewusst war, dass Carter mich immer noch musterte, als zöge er mich in Gedanken bereits aus.

»Du siehst toll aus.«

»Ich bin nicht für eine Verabredung gekleidet, aber mir fehlte die Zeit, nach Hause zu fahren und mich umzuziehen. Ich weiß, dass mein Stil ein wenig … anders ist.«

»Mir gefällt es. Mir gefällt, dass du anders bist und dich nicht davor fürchtest, das auch zu zeigen.«

»Dad hat immer gesagt: ›Wenn du den Wahnsinn nicht verbergen kannst, mach ihn dir zu eigen.‹«

Carter trat näher und legte eine Hand an meine Taille. Seine Finger gruben sich in meine Haut, als hätte er es kaum erwarten können, mich zu berühren. Er senkte den Mund auf meinen und küsste mich mit solcher Leidenschaft, dass ich sofort feucht wurde. Ich drängte mich an ihn, weil ich mich nach seiner Nähe sehnte. Nur gut, dass wir in einer kleinen Nische in der Lobby standen, verborgen vor den meisten Blicken.

Großer Gott, die Wirkung, die dieser Mann auf mich hatte, sollte für illegal erklärt werden. Carter vergrub das Gesicht an meinem Hals.

»Du machst mich wahnsinnig«, knurrte er fast. »Lass uns gehen, bevor ich alle Pläne für heute Abend über Bord werfe.«

Ich verließ das Gebäude mit einem Lächeln, weil es mich stolz machte, solch einen Effekt auf ihn zu haben.

»Dinner in the Dark«, rief ich vierzig Minuten später, als wir an unserem Ziel ankamen. Ich las die Worte auf der Karte, die rechts neben dem Eingang des Restaurants ausgehängt war. »Das ist so aufregend.«

Ich hatte schon davon gelesen. Das Essen wurde in vollkommener Finsternis serviert. Die Abwesenheit von Licht schärfte die anderen Sinne.

Sobald wir das Restaurant betreten hatten, führte uns eine freundliche Kellnerin in einen kleinen Nebenraum, der fürs Erste noch erleuchtet war. Mir gefiel, dass die Stühle an zwei benachbarten Seiten des Tisches aufgestellt waren statt gegenüber. Die Kellnerin erklärte, dass das Menü fünf Gänge enthielt und wir uns zwischen drei Optionen für den Hauptgang entscheiden konnten.

Gerade als die Appetithappen serviert wurden, erlosch das Licht. Es war unglaublich, was für einen Unterschied das machte. Das hatte nichts mehr mit einem einfachen Essen zu tun, sondern entwickelte sich eher zu einem sinnlichen Festmahl. Ich nahm mir fest vor, meine Duftproben das nächste Mal im Dunkeln zu testen. Manchmal schloss ich dabei die Augen, aber ich fragte mich trotzdem, ob es einen Unterschied machen würde. Ich war auf jeden Fall sehr gespannt.

»So was wollte ich immer schon mal ausprobieren«, sagte ich.

»Ich dachte mir, dass dir das gefallen wird.«

»Wirklich? Wieso?«

»Weil es ungewöhnlich ist.«

Ich rutschte auf meinem Stuhl herum. »Ich weiß, dass ich

ein wenig seltsam bin. Wie ich mich kleide und regelmäßig mit Dads Redewendungen um mich werfe.«

Ich fühlte, wie seine Hand sich auf meine legte. »Valentina, ich habe das als Kompliment gemeint. Und ich finde es keineswegs seltsam, dass du regelmäßig die Redewendungen deines Dads verwendest. Du bist ein warmherziger, liebevoller Mensch. Das ist deine Art, die Erinnerung an ihn lebendig zu halten.«

So hatte ich das noch nie gesehen. Aber jetzt, wo Carter es laut ausgesprochen hatte, wusste ich, dass er damit richtiglag. Je länger er meine Hand berührte, desto mehr wurde ich mir seiner Gegenwart bewusst. Ich bekam sogar Probleme damit, mich auf den Hauptgang zu konzentrieren, weil der Mann neben mir meine gesamte Aufmerksamkeit beanspruchte.

»Und? Habe ich damit das Recht erworben, deine dunkelsten Geheimnisse zu erfahren?«, fragte Carter.

»Hmmm… ich würde sagen, du kommst der Sache näher.«

»Du nutzt mich aus.« An seinem Tonfall konnte ich hören, dass er lächelte. Ich mochte diese Essen-im-Dunkeln-Erfahrung. Es machte Spaß, seine Reaktionen zu erraten.

»Findest du? Aber eines kann ich dir sagen: Ich hatte seit dem Tag auf dem Boot nicht mehr so viel Spaß.«

»Nun, damit ist es bestätigt. Denn der gemeinsame Nenner dieser zwei Gelegenheiten bin ich.«

Ich lachte, dann wurde ich mir unglaublich bewusst, dass er unter dem Tisch mein Bein berührte. Die Dunkelheit machte alles noch erregender.

»Freut mich, dass du dich amüsierst.«

»Es macht Spaß. Und ich fühle mich so… frei, wenn ich

mit dir zusammen bin. Als könnte ich einfach ich selbst sein.«

Er küsste meine Hand, dann verschränkte er unsere Finger.

»Glaub bitte niemals, du müsstest vorgeben, jemand anders zu sein. Du bist eine unglaubliche Frau, Valentina Connor.«

»Danke.«

Ich seufzte, weil ich mich fragte, wie um Himmels willen ich meine Erwartungen niedrig halten sollte, wenn er solche Dinge sagte, die … na ja, dafür sorgten, dass ich ihn auf Dauer in meinem Leben haben wollte, damit er sie weiterhin sagen konnte.

»April liebt deinen Stil übrigens.«

»Wovon redest du? Auf der Jacht habe ich ein einfaches Sommerkleid getragen.«

»Sie hat dich auf Facebook und Instagram gestalkt und eine Liste mit allem erstellt, was sie kaufen will. Dieses Wochenende gehen wir shoppen. Ich fürchte mich jetzt schon.«

»Ich könnte mitkommen und helfen«, bot ich an.

»Danke, aber du musst dir darum keine Sorgen machen. Wir kommen schon klar.«

Ich wand mich innerlich und schloss die Augen, froh, dass Carter mich nicht sehen konnte. Warum musste ich ständig meine Nase in alles stecken? Ich wusste, dass ich etwas aufdringlich und übermäßig interessiert wirken konnte. Wenn er mich nicht einlud, würde ich nicht drängen. Alles musste sich natürlich entwickeln. Man konnte nicht dafür sorgen, dass jemand wollte, dass man Teil seines Lebens wurde … egal, wie sehr man sich auch bemühte. Man konnte nicht für zwei lieben; das hatte ich über die Jahre auf die harte Tour gelernt.

Carter legte eine Hand auf meinen Schenkel, streichelte mich sanft mit dem Daumen. Ich schnappte nach Luft.

»Ich kann es kaum erwarten, dich heute Nacht ganz für mich zu haben«, sagte er mit tiefer, verführerischer Stimme. Ich mochte gedacht haben, meine Sinne wären bereits sensibilisiert, doch das war nichts gegen das, was er mit mir anstellte. Gänsehaut bildete sich unter dem Stoff meines Rocks, und Hitze sammelte sich zwischen meinen Schenkeln.

»Du hast mich doch auch jetzt ganz für dich allein«, zog ich ihn auf, nachdem ich genau wusste, was er sagen wollte.

»Ich will dir deine Kleidung ausziehen und dich genau hier berühren.« Er schob seine Hand höher, nah an meine Mitte. »Will dich dort küssen. An dir knabbern und dich lecken.«

Beim letzten Wort überlief ein Schauder meinen Körper. Ich fühlte, wie Carter sich zu mir lehnte und mir einen Kuss auf den Oberarm drückte, dann auf meine Schulter. Aber der erotische Moment fand ein Ende, als unser Dessert gebracht wurde. Wir unterhielten uns angeregt, während wir uns die Macarons mit Sahne schmecken ließen. Das Knistern zwischen uns blieb unterschwellig, was wahrscheinlich nur daran lag, dass Carter seine Hände bei sich behielt.

»Ich werde definitiv Duftproben bei ausgeschaltetem Licht durchführen. Ich glaube, das wäre ein interessantes Experiment.«

»Du suchst immer nach Wegen, um deine Prozesse zu verbessern?«

»Natürlich. Wie soll ich sonst im Wettbewerb mithalten? Aber in diesen Fall bin ich mir nicht sicher, ob es tatsächlich den Prozess verbessert oder vielmehr eine weitere Perspektive eröffnet. Ich probiere gerne etwas Neues aus.«

Sobald wir aufgegessen hatten, fragte Carter: »Willst du noch etwas trinken?«

Er legte eine Hand an meinen Rücken, ließ den Daumen unter meine Bluse gleiten, und sofort begann meine Haut zu kribbeln. Und einfach so sprühten die Funken zwischen uns wieder mit voller Macht.

»Wir können gerne gehen«, flüsterte ich. Wie konnte er mich mit einer solch unschuldigen Berührung so erregen? Aber vielleicht war es auch die kumulative Wirkung all seiner Berührungen. Kaum hatte ich die Worte ausgesprochen, verlangte Carter auch schon die Rechnung. Offenbar war da jemand ungeduldig.

14

Carter

Auf der Heimfahrt bemühte ich mich sehr, die Finger von Val zu lassen. Sobald wir das Haus betreten hatten, sah sie über die Schulter zu mir zurück: »Gehörst du mir die ganze Nacht?«

»Ja. Die Nanny der Mädchen verbringt die Nacht bei ihnen.«

»Sie passt schon eine Weile auf die beiden auf?«

»Seit zwei Jahren. Aber nächsten Herbst beginnt sie ihr Masterstudium, also werde ich mich nach jemand anderem umsehen müssen. Sie ist Zacharys Cousine.«

»Ist Zachary dein Partner bei Sloane & Partner?«

»Einer von ihnen, ja. Anthony ist der andere. Ich habe mit den beiden studiert.«

»Waren sie Superhirne wie du?«

»Jemand hat mich offenbar gegoogelt.«

Val schenkte mir ein süßes Lächeln, als wir uns durch das im Halbdunkel liegende Wohnzimmer bewegten. Wir kamen nur langsam vorwärts, weil ich sie an mich gedrückt hielt und immer wieder ihren Nacken und ihre Schultern küsste … und manchmal auch ihre Lippen.

»Habe ich … nachdem du mich gegoogelt hattest. Du warst schneller mit dem College fertig als alle anderen. Aber du hast gleichzeitig noch gejobbt, stimmt's?«

»Was soll ich sagen? Ich habe noch nie mehr Schlaf gebraucht als fünf Stunden pro Nacht.«

»Ich werde wirklich grummelig, wenn ich nicht acht Stunden schlafe.«

»Ist vermerkt.«

»Ich werde auch grummelig, wenn du morgens Lärm machst.«

»Ebenfalls vermerkt. Ich habe meine Zimmergenossen in Harvard mit meinem Schlafverhalten in den Wahnsinn getrieben.«

Sie lachte. »Das kann ich mir vorstellen. Du hast deinen Abschluss in Harvard gemacht, oder?«

»Ja. Ich habe mein Grundstudium an der UCLA absolviert, dann bin ich fürs Jurastudium nach Harvard gegangen.«

»Weißt du, wir hätten uns in Harvard begegnen können. Landon und ich hatten Stipendien. Aber wir haben sie aufgegeben, als wir nach L. A. zurückkehren mussten, um uns um unsere Geschwister zu kümmern.«

»Das wusste ich nicht.«

»Es ist alles gut gelaufen, aber wir mussten … flexibel sein, verstehst du?«

»Ja, das verstehe ich. Deswegen habe ich beschlossen, meine eigene Kanzlei zu gründen. Ich wollte den Ton angeben.«

»Du bist heiß, wenn du den Ton angibst. Was hat dich dazu gebracht, nach dem Abschluss nach L. A. zurückzukommen?«

»Hier hat man mir das beste Jobangebot gemacht, und ich mochte die Stadt.«

Ich fühlte, wie Val an meiner Wange lächelte, als wir die Treppe erreichten. Stürmisch drückte ich sie gegen das Geländer und küsste sie. Ich verzehrte mich so sehr nach dieser Frau, weshalb ich einfach wusste, dass wir es nicht bis ins Schlafzimmer schaffen würden. Val öffnete sofort die Lippen für mich und trieb mich damit in den Wahnsinn. Meine Hände lagen an ihrer Taille. Sie drückte die Ellbogen leicht auf meine Finger, als wolle sie mich bitten, sie nicht gehen zu lassen. Als ob. Langsam begann ich zu glauben, dass ich sie niemals gehen lassen konnte.

So lange Zeit war die einzige Zuneigung in meinem Leben von meiner Familie gekommen, sodass ich tatsächlich gut darin geworden war, meine tiefe Einsamkeit zu ignorieren. Aber jetzt, wo Val in mein Leben getreten war, fühlte ich sie wie ein klaffendes Loch in meiner Brust. Und ich wusste, dass nur Val diese Leere füllen konnte.

Doch Val hatte ein paar harte Jahre hinter sich. Sie hatte eine unkomplizierte Beziehung verdient, in der ihr Gegenüber nicht so viel Gepäck und Verantwortung mit sich herumtrug wie ich.

Val keuchte, als ich sie leicht in die Schulter biss.

»Ich träume seit Tagen davon, dich so zu berühren«, murmelte ich. Ich fand den Reißverschluss an ihrem Rock und öffnete ihn. Sie trug einen String, der nur die wichtigsten Stellen bedeckte. Ich schnappte nach Luft.

»Verdammt, du bist einfach zu schön.«

Ich umfasste ihren Hintern, um ihn zu kneten, dann sank ich auf die Knie, zog langsam ihr Höschen nach unten und ließ meine Zunge noch langsamer über die Stellen gleiten, die es gerade noch bedeckt hatte. Lust durchfuhr mich. Val keuchte, und ihre Knie gaben nach.

»Setz dich auf die Treppe«, sagte ich. »Wir werden es nicht bis ins Schlafzimmer schaffen. Ich will dich sofort schmecken.«

Sie bewegte sich langsam rückwärts, als spüre sie die Intensität meines Verlangens wie eine physische Kraft. Ihre Beine zitterten. Sie setzte sich auf die Treppe und stemmte die Ellbogen auf die Stufe darüber. Ich spreizte ihre Beine und küsste die Innenseite ihres rechten Schenkels, bevor ich die Hände unter ihren Po schob und sie leicht anhob. Ich wollte leichteren Zugang. Val hatte das anscheinend verstanden, weil ein Zittern ihren Körper überlief. Meine Lust war so allumfassend, dass es fast schmerzte. Meine Daumen erreichten ihre Mitte, und ich öffnete sie für mich.

»Carter.« Val stieß den Atem aus, als ich meinen Mund auf ihr Fleisch senkte. Ich hatte vor, sie mit Lust zu überwältigen, sie in ungeahnte Höhen zu treiben, indem ich sie streichelte und küsste, wo sie es am dringendsten brauchte.

Ihr Orgasmus kam so schnell und war so intensiv, dass sie aufschrie und die Beine schloss, wobei sie mich fast dazwischen gefangen hätte. Mein Atem kam stoßweise, als ich ihren Hintern wieder senkte und ihre Schenkel küsste.

Val leckte sich die Lippen, als ich ihr auf die Beine half. Dann drehte sie sich um und führte mich die Treppe nach oben.

»Hey! Lass das jetzt sein, bis wir im Schlafzimmer sind.« Sie schob meine Hände zur Seite, als ich ihren Hintern berührte.

»Wieso? Hast du Angst, dass wir nie oben an der Treppe ankommen.«

»Genau das.«

15 Val

Duftproben testen war, soweit es mich anging, eine der größten Freuden im Leben. Im Moment hatte ich drei Düfte auf den linken Unterarm aufgetragen und drei auf den rechten.

Meine Chemiker-Kollegen waren deswegen in Aufruhr – zum einen, weil der Kontakt mit der Haut den Duft veränderte, und zum anderen, weil die Nase nach mehr als drei Düften nicht mehr fähig war, feinere Nuancen wahrzunehmen.

So weit die Theorie. Doch ich wusste, dass die meisten Leute in der Praxis einfach in einen Laden gingen und an so vielen Düften wie möglich schnupperten … oder sie sogar auf ihre Haut auftrugen. Keiner hatte die Zeit, nur drei Parfüms auszuprobieren, um dann ein andermal zurückzukehren und wieder drei aufzutragen.

Auf jeden Fall hatte ich die meisten unserer bekanntesten Düfte zusammengestellt, indem ich die Regeln gebrochen hatte, also plante ich, das auch weiterhin zu tun.

Ich war allein in dem kleinen Raum, weil ich immer darum bat, nicht gestört zu werden, wenn ich Düfte testete. Ich musste mich konzentrieren – die feineren Noten identifizieren und mir vorstellen, welche Gefühle oder Reaktionen sie im Kunden hervorrufen könnten. Manchmal schrieb ich gleichzeitig noch Marketingstrategien. Und ich hatte immer das Gespräch mit Davis von vor zwei Wochen im Hinterkopf und fragte mich, welche Düfte wohl für die Exklusivlinie geeignet wären. Mit einem Kopfschütteln nahm ich mir vor, mich auf die anstehende Aufgabe zu konzentrieren, bevor ich in mein Büro zurückkehrte, um eine E-Mail an unsere Vertriebspartner zu schreiben. Es war Ende November, und bald würde das Weihnachtsgeschäft richtig anlaufen.

Irgendwann hörte ich Lärm im Flur, obwohl die Tür geschlossen war.

Ich lauschte, um dann die Stirn zu runzeln, als ich zwei meiner neuesten Angestellten bewundernd quietschen hörte. Dann erklang eine vertraute Stimme.

»Natürlich können wir Fotos machen, Ladys.«

Jace besuchte mich. Das war seltsam. Und als ich auch noch Haileys Stimme hörte, fing ich wirklich an, mir Sorgen zu machen. War etwas geschehen? Wann immer wir uns unter der Woche trafen, taten wir das für gewöhnlich woanders, weil mein Büro ziemlich abseits lag.

Als Jace und Hailey den Raum betraten, musterte ich sie genau. Sie wirkten glücklich und unbeschwert, also entspannte ich mich ebenfalls.

»Was für eine Überraschung!« Eine sehr angenehme Überraschung. Ich wurde zwar nicht gerne unterbrochen, wenn ich Proben testete, aber für meine Geschwister machte ich eine Ausnahme.

»Wir dachten, wir besuchen dich mal«, meinte Hailey. »Außerdem haben wir Mittagessen mitgebracht.«

Sie hob eine Tüte hoch, und sofort knurrte mein Magen.

»Lasst uns nach oben gehen. Ich will nicht, dass dieser Raum nach Essen riecht. Das verkompliziert alles.«

Wir stiegen die Treppen nach oben und betraten den kleineren der zwei Pausenräume. Er war leer. Die meisten Angestellten verließen das Büro zum Mittagessen, und der Rest benutzte lieber den anderen Pausenraum, weil der einen Balkon hatte.

Meine Geschwister hatten Quinoa-Avocado-Salat mitgebracht. Ich musterte die beiden, als wir uns das Essen schmecken ließen. Das war kein zufälliger Besuch. Hailey hatte die Schultern leicht hochgezogen – was bedeutete, dass sie nicht entspannt, sondern im Arbeitsmodus war. Und Jace warf ihr immer wieder kurze Blicke zu.

»Also, Karten auf den Tisch, wir sind nicht nur zum Mittagessen hier«, sagte Hailey irgendwann. »Ich hatte eine Idee.«

»Ich höre.«

»Du weißt, dass unser Bruder hier ziemlich berühmt ist.«

Ich tat so, als müsste ich angestrengt darüber nachdenken. »Wirklich? Dessen war ich mir gar nicht bewusst. Aber ich glaube, zwei meiner Angestellten wollten tatsächlich Fotos mit dir schießen.«

Sein Ruhm war etwas ungewöhnlich, weil Fußball in den USA viel weniger Aufmerksamkeit bekam als Basketball oder Eishockey.

Doch mein Bruder war eher für sein Aussehen berühmt als für seine fußballerischen Fähigkeiten. Angefangen hatte alles vor ein paar Jahren, als er in einem großen Werbespot aufgetreten und das Internet hinterher förmlich explodiert war.

Dann hatte *GQ* eine Liste der attraktivsten Fußballspieler veröffentlicht, und Jace' Ruhm war aus dem Internet in die reale Welt übergeschwappt. In einer Stadt voller Stars bedeutete sein Ruhm eine Menge.

»Drei, um genau zu sein.« Jace lächelte verlegen.

»Und ich weiß, dass du ein Model für deine Männerdüfte brauchst«, fuhr Hailey fort.

»Ja«, sagte ich langsam.

»Sie hält große Stücke auf mich«, meinte Jace mit einem Augenzwinkern. »Jetzt, wo ich berühmt bin und alles. Vorher hätte sie mir nicht mal die Uhrzeit genannt.«

»Mach mich nicht wütend, bevor ich aufgegessen habe. Das könnte gefährlich werden«, warnte Hailey.

»Wow.« Ich sah Jace direkt an. »Und du wärst interessiert? Das hast du mir nie erzählt.«

»Du hast mich nie gefragt. Ich dachte, du bist vielleicht auf der Suche nach einem anderen Typ.«

Ich zog die Augenbrauen hoch. »Groß, gut aussehend und zum zweiten Mal in Folge attraktivster Fußballstar des Jahres? Du bist heiße Ware, Bruder. Wenn du dazu bereit bist, fände ich es toll.«

»Das bin ich.«

Hailey klatschte in die Hände. »Ich wusste doch, dass das klappen würde.«

»Wie kam es überhaupt dazu, dass ihr darüber gesprochen habt? Hast du dich an Hailey gewandt, um deine Marketingstrategien abzuwägen? Bist du nicht auf PR-Skandale spezialisiert, Schwesterherz?«

»Sie durchschaut alles«, murmelte Jace fast niedergeschlagen.

Hailey seufzte. »Jace brauchte meinen Rat in einer anderen Angelegenheit, aber letztendlich haben wir eben auch darüber gesprochen.«

In meinem Kopf schrillten die Alarmglocken. Wenn Jace Haileys Rat gebraucht hatte, war die Kacke wirklich am Dampfen.

»Jace … was ist passiert?«

Mein Bruder zögerte, dann sagte er: »Eine Frau hat an den Club geschrieben. Sie behauptet, dass sie mit meinem Kind schwanger ist, und hat gedroht, sich an die Presse zu wenden, wenn man ihr nicht meine Kontaktdaten übermittelt.«

Ich erstarrte.

»Stimmt es?«, fragte ich irgendwann.

Jace senkte das Kinn auf die Brust. »Echter Tiefschlag, Schwesterherz. Ich dachte, du würdest dich sofort auf meine Seite schlagen.«

»Ich stehe immer auf deiner Seite«, stellte ich klar. »Ich will nur alle Tatsachen kennen.«

»Nein, natürlich stimmt das nicht. Ich bin dieser Frau noch nie begegnet. Für gewöhnlich kümmert sich die PR-Abteilung des Clubs um solche Dinge, ohne uns auch nur darüber zu informieren. Anscheinend erfinden Leute alles Mögliche, um an unsere persönlichen Daten zu kommen.«

»Ich verstehe nicht. Wieso ist das dann diesmal ein Problem?«

»Sie hat sehr genau beschrieben, was ich an einem bestimmten Abend getan habe … als die Mannschaft gemeinsam unterwegs war, um einen Sieg zu feiern. Das schien glaubhaft und hat unsere PR-Abteilung zögern lassen. Was der Moment war, als ich mich Rat suchend an unsere liebe Schwester gewandt habe.«

»Die PR-Leute der L. A. Lords und ich haben die Bänder

aller Security-Kameras in dem Club durchgesehen. Über Facebook konnten wir herausfinden, wie die Frau aussieht«, erklärte Hailey. »Sie war an diesem Abend auch in dem Club und hat Jace beobachtet, weswegen sie auch so viele genaue Angaben machen konnte. Aber sie haben kein einziges Mal miteinander gesprochen und sie ist lange vor ihm gegangen.«

Ich erinnerte mich daran, wie sie bei unseren letzten zwei Familienabendessen miteinander geflüstert hatten. Ich hätte ja gefragt, warum sie uns nicht davon erzählt hatten, als ich ihnen von meinen Problemen mit Beauty SkinEssence erzählt hatte, doch ich kannte Haileys Arbeitsweise: Sie erzählte erst von einem Problem, wenn sie es gelöst hatte. Ich hatte allerdings nicht gewusst, dass auch Jace Anhänger dieser Philosophie war.

»Es hat eine Weile gedauert, bis wir die Aufnahmen bekommen und durchgesehen hatten, aber sobald sie mit den Beweisen konfrontiert wurde, hat sie ihre Anschuldigungen fallen gelassen«, erklärte Hailey. »Dann haben Jace und ich angefangen, uns über angenehmere Themen zu unterhalten… unter anderem darüber, dass er sich ja für deine Werbung ausziehen könnte.«

Jace stöhnte. »Ich habe lediglich Aufnahmen mit nacktem Oberkörper zugestimmt.«

»Wir werden ihn schon weichkochen«, flüsterte meine Schwester mir zu, jedoch so, dass Jace sie hören konnte.

»Wir werden nur tun, womit du dich wohlfühlst«, versicherte ich unserem Bruder.

»Aber du wirst mich davon überzeugen, dass ich kein Problem damit habe, mich auszuziehen?«, vermutete er.

Ich grinste. »Ich verspreche, das nicht zu tun.«

»Hey, du bist heute wirklich eine Spaßbremse.« Hailey

zog einen Schmollmund, dann sah sie auf die Uhr auf ihrem Handy. »Ich muss schon wieder weg.« Sie stand auf und drückte uns beiden einen Kuss auf die Wange. Jace dagegen blieb sitzen.

»Wir sind mit zwei Autos gekommen«, sagte er auf meinen fragenden Blick hin.

»Geht es dir gut?«, fragte ich, sobald Hailey verschwunden war.

»Ja. Ich hätte gut ohne dieses Drama auskommen können. Aber ich nehme an, das dürfte jedem so gehen.«

Jace war ein grundsätzlich unbekümmerter Mensch. So war er schon immer gewesen. Es war, als könnte ihn nichts belasten oder aus der Fassung bringen. Doch in letzter Zeit hatte ich eine Veränderung bei ihm wahrgenommen. Ich hatte nichts dazu gesagt, weil ich mich ehrlich bemühte, mich nicht mehr wie eine Glucke zu benehmen, aber jetzt wollte ich nicht länger den Mund halten.

»Dich belastet noch etwas anderes«, sagte ich langsam.

»Als ich beschlossen habe, Profifußballer zu werden, habe ich das getan, weil ich das Spiel liebe. In letzter Zeit scheint der Sport allerdings nur noch Nebensache zu sein. Seit diesem *GQ*-Artikel ist das alles echt nicht mehr auszuhalten. Ich kann mich nicht beschweren, der Ruhm hat mir auch viele Vorteile eingebracht, die ich genossen habe. Es ist nur …«

»Was?«

»Es wird ein bisschen zu viel. Der Druck, die Erwartungen. All diese Leute, die plötzlich aus ihren Löchern kriechen und sich mit mir anfreunden wollen. Ich beneide dich. Du hast all das hier aufgebaut, aber du selbst stehst nicht im Rampenlicht.«

»Bist du dir sicher, dass du das mit der Werbung machen willst? Das wird deine Berühmtheit nicht mindern.«

»Ich glaube, es ist Zeit, dass ich mich daran gewöhne und es für mich nutze. Und hör mir nur zu, wie ich hier sitze und mich über Erste-Welt-Probleme beschwere.«

»Hey, Probleme sind Probleme. Und ich glaube, es ist nur natürlich, mit Veränderungen zu hadern. So was ist ein Prozess wie alles andere auch.«

»Was, wenn ich einfach nicht für all das gemacht bin?«, fragte er leise. Ich konnte sehen, wie sehr ihn das alles belastete.

Für gewöhnlich versuchte ich mich in die Position der anderen Person zu versetzen, wenn ich Ratschläge verteilte oder jemanden bestärken wollte. Doch in diesem Fall fühlte ich mich überfordert. Meine Marke waren meine Produkte, nicht ich selbst, also hatte ich nie im Rampenlicht gestanden.

»Jace, du bist der wertvollste Spieler der L. A. Lords. Du spielst fantastisch. Nur das zählt. Der Rest ist zweitrangig. Aber ich bin mir sicher, wenn alles zu viel wird, kannst du Maßnahmen ergreifen, um ein wenig in den Hintergrund zu treten.«

»Ich weiß, aber irgendwie erscheint es mir dumm, mein Glück nicht auszunutzen. Ich weiß, dass diese Karriere nicht ewig dauern wird. Mit ein wenig Pech beendet eine Verletzung meine Karriere. All diese Werbeverträge bedeuten gutes Geld, das ich später noch brauchen werde. Mit Dads Worten ausgedrückt: Ich muss widerstandsfähiger werden. Es wird nicht mehr lange dauern. Ich kann vielleicht noch zehn Jahre spielen, und dann werden mich alle vergessen. Tut mir leid, dass ich so direkt bin. Aber ich musste mal meinen Frust ablassen.«

»Du musst dich nicht entschuldigen und kannst jederzeit mit mir reden.«

»Danke, Schwesterherz. Wie läuft es mit Beauty Skin-Essence?«

»Es fühlt sich an wie ein Pingpongspiel. Ihr Anwalt spielt den Ball zu uns, dann kontert mein Anwalt, und dann ist wieder ihrer dran. Die Rechtsanwaltskosten steigen. Ich will nicht mal darüber nachdenken. Also, nachdem du gerade hier bist…«

»O nein. Ich weiß genau, was du gleich fragen wirst.«

»Woher?«

»Du warst im Probenraum. Und du willst mich mitschleppen.«

»Die Sichtweise eines Mannes ist immer hilfreich.«

Jace grinste. Ich grinste zurück.

»Schön, ich werde dich begleiten. Aber nur, weil ich mich schuldig fühle, dass ich dir das alles aufgebrummt habe.«

»Ooooh. Ich habe dich auch lieb.«

Ich folterte meinen Bruder ungefähr eine Stunde lang, bevor wir es gut sein ließen. Ich wollte keine Nervensäge sein, aber es war unglaublich anstrengend, mehr aus Jace herauszubekommen als »Das ist okay« und »Das ist auch okay«. Ich brauchte das Eingemachte. Wäre er Teil einer Fokusgruppe gewesen, hätte ich ihn als wirklich harte Nuss gesehen.

»Hast du Zeit, einen Tee zu trinken?«, fragte ich, als wir zurück in den Pausenraum gingen. »Leta hat mir gerade geschrieben, dass sie in der Gegend ist und vorbeischauen will.«

Leta war eine gute Freundin von mir. Vor ein paar Jahren hatte ich sie auf einer Konferenz kennengelernt, und wir hatten uns sofort super verstanden.

»Sicher.«

Ich kniff die Augen zusammen. Er wirkte ein wenig zu erfreut. Ich kniff ihn in den Arm.

»Leta ist meine Freundin. Ich möchte dich bitten, sie nicht anzubaggern und damit alles seltsam zu machen.«

»Willst du damit andeuten, dass ich ihr das Herz brechen würde? Du hast scheinbar keinerlei Vertrauen in mich.«

»Du hast recht. Wenn es um dieses Thema geht, vertraue ich dir nicht.« Ich musterte ihn prüfend. »Außer du willst mir erzählen, du möchtest sesshaft werden?«

Jace wirkte schockiert. »Schwestern. Immer bereit, einem einen Dolch in den Rücken zu rammen.«

»Niemals.« Ich tätschelte ihm die Wange. Es hatte eine Zeit gegeben, als er die Aufmerksamkeit der Medien und die bedeutungslosen Affären genossen hatte. Doch jetzt schien Jace bereit für gewisse Veränderungen.

»Du hast meine Frage nicht beantwortet, also deute ich das als ja.«

»Val«, sagte er warnend.

»Komm schon, liefere mir ein paar Details. Beschreib mir deine Traumfrau.«

Er kniff die Augen zusammen. »Bitte sag mir, dass du nicht vorhast, mich zu verkuppeln.«

»Bist du verrückt? Dafür haben wir doch Pippa. Sie weiß, wie es geht. Ich frage lediglich aus schwesterlicher Neugier.« Und vielleicht wollte ich auch ein paar Infos aus ihm herauskitzeln, die ich an Pippa weiterleiten konnte. Vielleicht.

Unsere Cousine, Pippa Bennett-Callahan, war eine wunderbare Kupplerin. Und obwohl sie in San Francisco lebte, traute ich es ihr durchaus zu, ihre Magie auf Jace anzuwenden, wenn sie zu Besuch war.

Leta wartete in der Tür des Pausenraums auf uns. Sie winkte mir zu und schenkte Jace ein strahlendes Lächeln. O Mann. Der Charme meines Bruders machte sich bereits bemerkbar. Er musste sich dafür nicht mal anstrengen. Sein Lächeln hatte schon seit seinem dreizehnten Lebensjahr Herzen gebrochen. Der Rest seines Aussehens half auch nicht weiter. Und dasselbe galt für seinen Ruhm.

Nachdem es im Pausenraum ziemlich voll wurde, nahmen wir uns drei Tassen und gingen in mein Büro. Ich hatte dort auch einen Wasserkocher und eine Auswahl an verschiedenen Teesorten.

Wir unterhielten uns ungefähr eine halbe Stunde, bis Jace einen Anruf von seinem Trainer bekam und zu einer kurzfristig angesetzten Mannschaftsbesprechung aufbrechen musste.

»Mädel, dein Bruder wird jedes Jahr heißer«, meinte Leta, nachdem Jace verschwunden war. »Und ich sitze seit fast einem Jahr auf dem Trockenen. Er ist solo, oder?«

»Ähm … ja.«

Leta lächelte anzüglich. Ich konnte erkennen, dass sie mir am liebsten noch ein paar Fragen gestellt hätte, doch dann wurden wir von Carter unterbrochen.

»Anne hat mir nicht gesagt, dass du Gesellschaft hast.« Er sah zwischen Leta und mir hin und her.

»Sie dachte wahrscheinlich, Leta wäre mit Jace aufgebrochen. Carter, das ist meine Freundin Leta. Leta, Carter ist vor einer Weile mit seiner Kanzlei in die Gegend gezogen. Wir sind quasi Nachbarn. Er ist ein wunderbarer Anwalt.«

Carter sah mich erwartungsvoll an und wandte den Blick erst ab, als Leta ihm die Hand entgegenstreckte. Ich bemerkte ihr einladendes Lächeln und wie unverfroren sie ihn musterte. Ich starrte in meine Tasse, um ein paarmal tief durchzuatmen. Mein Magen verkrampfte sich. Leta flirtete gerne, und sie war wirklich schön. Unter den Wimpern heraus musterte ich Carters Miene, als er ihre Hand schüttelte. Er wirkte höflich. Eilig senkte ich den Blick wieder auf meine Tasse. Ich fürchtete mich davor, genauer hinzusehen und vielleicht noch etwas anderes in seinem Blick zu entdecken.

»Ich könnte einen guten Anwalt brauchen«, meinte Leta. »Hast du eine Visitenkarte?«

»Nicht dabei, aber Val kann dir meine Kontaktdaten geben.«

»Wunderbar. Ich hätte da ein paar Fragen. Wir sollten mal gemeinsam abendessen gehen. Ich lade dich natürlich ein.«

Inzwischen hatte ich einen Kloß im Hals. Fast gegen meinen Willen sah ich auf. Leta wirkte nicht, als hätte sie juristische Fragen an Carter. Vielmehr sah sie ihn an, als wollte sie ihm gleich die Klamotten vom Leib reißen. Was sollte das? Sie hatte bereits mit Jace geflirtet, und jetzt baggerte sie Carter an?

Und wo ich gerade von Carter sprach, er schaute unverwandt mich an. Seine Miene war hart, sein Blick durchdringend. Es folgte ein unangenehmer Moment, in dem Leta Carter ansah, weil sie offensichtlich auf eine Antwort wartete, während er den Blick auf mich gerichtet hielt.

Irgendwann sagte Leta: »Ich muss mich mal kurz frisch machen, bevor ich aufbreche. Dritte Tür rechts, oder?«

»Ja.«

Sobald Leta den Raum verlassen hatte, ging ich zu dem kleinen Tisch an der Wand, auf dem mein Tee aufgereiht stand.

»Willst du einen Tee? Ich habe gerade eine tolle Kräutermischung gekauft.«

»Nein, ich kann nicht lange bleiben. Ich wollte nur kurz vorbeischauen, um dich zu sehen.«

»Oh!« Mir wurde ganz warm.

»Ja.«

Seine Stimme klang angespannt, und das gefiel mir nicht.

»Carter, stimmt etwas nicht? Du benimmst dich seltsam.«

Ich goss mehr heißes Wasser in meine Tasse. Ich hatte nicht einmal gehört, dass Carter den Raum durchquert hatte, doch jetzt spürte ich seine Anwesenheit direkt hinter mir. Er legte die Hände an meine Taille. Mir wurde bewusst, dass er nicht geantwortet hatte, was bedeutete, dass tatsächlich etwas nicht stimmte.

»Du hast mich Leta als Anwalt und Nachbar vorgestellt. Nur als Nachbar.«

»Oh. Mir war nicht klar …«

Als er wieder sprach, lagen seine Lippen an meinem Nacken. Er flüsterte in diesem tiefen, verführerischen Tonfall, bei dem mir jedes Mal die Knie zitterten.

»Ich habe jede noch so kleine Stelle deiner Haut geküsst. Ich kann dich auf unterschiedlichste Weise zum Orgasmus bringen. Vielleicht sollte ich dich daran erinnern, dass ich definitiv mehr bin als nur ein Nachbar.«

Er ließ die Finger von meiner Taille nach vorne gleiten.

Seine Hände beschrieben lediglich kleine Kreise auf meinem Bauch, doch es war dieselbe Bewegung, mit der er mich intim liebkoste, wenn ich mich meinem Höhepunkt näherte. Ich schnappte nach Luft. Ich konnte nicht glauben, wie erregt ich bereits war.

»Hast du deiner Familie von mir erzählt, Valentina?«

»Meinen Schwestern und Landon. Will und Jace gegenüber habe ich noch nichts erwähnt, weil sie gerne mal in den Beschützermodus schalten.«

»Aber du wirst ihnen von mir erzählen?«

»Ja.«

Carter wirbelte mich herum, sodass wir uns gegenüberstanden, dann umfasste er mein Gesicht. Die Intensität seines Blickes, die harten Linien seines Gesichtes, die Anspannung in seinem Kiefer überraschten mich.

»Bist du dir sicher?«

»Ich bin mir sicher.«

Forschend sah er mir in die Augen, als versuche er, jeden meiner Gedanken zu lesen, jedes meiner Gefühle abzuschätzen. Ich wandte den Blick ab und starrte stattdessen auf seine Schulter. Ich konnte bloß hoffen, dass er meinen inneren Aufruhr nicht bemerkte. Beinahe fühlte ich mich überwältigt – weil die Hoffnung, das könnte sich zu mehr entwickeln als einer Liebschaft, mit der Angst kämpfte, dass mir wieder einmal das Herz gebrochen wurde.

Carter wollte, dass meine Familie von ihm erfuhr, doch gleichzeitig hatte er mich noch nicht gefragt, ob ich Zeit mit ihm und den Mädchen verbringen wollte. Wir schliefen jetzt seit ungefähr einem Monat miteinander. Ich hatte ihn als Nachbarn vorgestellt, weil ich nicht wusste, wie ich ihn sonst bezeichnen sollte. Ich wollte ihn mit keinem Etikett versehen, mit dem er sich nicht wohlfühlte.

Ich konnte mein innerliches Dilemma nicht in Worte fassen. Und als er seine Lippen an meinen Hals drückte, um eine Spur aus Küssen bis zu dieser empfindlichen Stelle direkt unter meinem Ohr zu ziehen, konnte ich nicht mal mehr klar denken.

»Großer Gott, Carter!«

»Ich liebe es, wenn du meinen Namen sagst.«

Er zog sich zurück, um den Daumen über meine Lippen gleiten zu lassen. Ich öffnete sie leicht und ließ kurz die Zunge über seine Haut fahren. Er schluckte schwer und starrte unverwandt auf meinen Mund. Damit hatte er nicht gerechnet. Doch schon im nächsten Moment überraschte er mich, indem er mich mit der Hüfte gegen den Rand des Tisches drängte. Er ergriff eine meiner Hände, dann umfasste er sanft mein Handgelenk und drückte zwei Finger auf meinen Pulspunkt, bevor er den Kopf senkte und genau diese Stelle küsste. Gott, ich war so erregt …

Er hob den Kopf wieder und sprach direkt an meinen Lippen: »Mache ich dich heiß?«

Mir war bewusst, dass mein Atem stoßweise ging. Mein gesamter Körper kribbelte. Aber trotzdem schüttelte ich neckend den Kopf. Carter zog die Augenbrauen hoch. Ich sah zwischen uns, als ich fühlte, wie seine Hand unter meine Bluse glitt und eine meiner Brüste umfasste. Dann zog er die Finger zurück und packte erneut meine Taille, ein selbstgefälliges Lächeln auf den Lippen.

»Was tust du?«, flüsterte ich.

»Ich gebe dir einen Vorgeschmack auf das, was später am heutigen Abend passieren wird.«

»Ach ja? Und das wäre?«

»Das überlasse ich deiner Fantasie.«

»Ich glaube, ich hätte da ein paar Ideen.«

»Natürlich hast du die. Unter deinem Bleistiftrock und den anständigen Blusen versteckt sich ein wildes Wesen.«

Ich schob die Unterlippe vor. »Willst du damit sagen, ich wäre leicht zu haben?«

»Nein, Süße. Ich nenne dich sexy.«

»Versuchst du mich dazu zu bringen, in meinem Büro anzügliche Dinge mit dir zu tun?«

»Vielleicht. Würdest du mitspielen?«

»Niemals.« Ich versuchte ihn von mir zu stoßen, ehe er auf weitere Ideen kam, doch der Mann bewegte sich keinen Zentimeter. »Was, wenn uns jemand gesehen hätte?« Ich deutete auf die offene Tür. Carter lachte, aber seine Augen funkelten. Ich schlug ihn leicht auf die Schulter. »Das meine ich ernst.«

»Mach so weiter, und ich schließe die Tür, drücke dich dagegen und sorge dafür, dass du kommst.«

Großer Gott! Ich merkte, dass er jedes Wort ernst meinte. Ein Teil von mir wollte ihn weiter anstacheln, damit er sein Versprechen einlöste, aber … verdammt. Wir waren in meinem Büro. Und Leta konnte jede Sekunde zurückkommen.

Wenn man vom Teufel sprach … Carter trat endlich einen Schritt zur Seite, als sich Schritte näherten.

Ich war mir gar nicht bewusst gewesen, wie besitzergreifend sein Halt an mir aussehen musste, bis ich Letas überraschten Blick sah. Wir lehnten am Pausentisch, Seite an Seite. Carter hatte einen Arm um meine Taille geschlungen, sodass seine Hand auf meiner Hüfte ruhte.

»Val«, meinte sie fast verlegen, »du hast mir nicht gesagt, dass ihr ein Paar seid.«

Im Augenwinkel konnte ich sehen, dass Carter lächelte. Und seine Hand bewegte sich keinen Zentimeter, als er antwortete: »Das sind wir.«

Carter

16

»Orangensaft kommt sofort«, rief ich April und Peyton zu. Vor zwei Tagen hatte die beiden eine Erkältung erwischt. Inzwischen fühlten sie sich wieder besser, waren aber noch nicht vollkommen gesundet, also hatte ich im Büro verkündet, dass ich auch heute von zu Hause aus arbeiten würde. Während ich darauf wartete, dass das Glas unter dem Entsafter sich füllte, kippte ich meine zweite Tasse Kaffee. Ich fühlte mich heute nicht wie ein Anwalt; eher wie ein Zombie. Ich war die ganze Nacht mit Peyton auf gewesen. Sie schlief kaum, wenn sie krank war, daher hatte ich mir angewöhnt, in solchen Nächten auf der kleinen Couch in ihrem Zimmer zu ruhen. Manchmal kroch sie zu mir, kuschelte sich an mich und bat mich, ihr Geschichten zu erzählen, weil das die Monster unter dem Bett davon abhielt, herauszukriechen.

Ich hatte die beiden im Wohnzimmer untergebracht, weil April kategorisch erklärte, dass sie nicht auch noch tagsüber in ihrem Zimmer festhängen wollte … und Peyton immer noch in dem Alter war, wo sie alles tat, was ihre Schwester sagte. Als ich den Orangensaft in den Raum trug, waren sie beide eingeschlafen. Aprils Lieblingsserie lief noch auf Netflix auf ihrem Laptop, der ziemlich unsicher auf ihrem Schoß ruhte. Vorsichtig stellte ich das Gerät zur Seite, wobei ich darauf achtete, die beiden nicht zu wecken. Sie brauchten Schlaf. Mir ging es eigentlich genauso, aber vorher musste ich noch unzählige geschäftliche E-Mails beantworten.

Meine Wohnung war in einer Mischung aus ultramodern und klassisch eingerichtet, doch der Einfluss der Mädchen war überall zu bemerken. Sie waren unordentlich, was mir allerdings gefiel. Mein Büro war das einzige aufgeräumte Zimmer weit und breit. Ich setzte mich hinter meinen Schreibtisch und entwarf Dokumente für drei Fälle gleichzeitig. Gegen Mittag wachten die Mädchen auf, und wir bestellten etwas zu essen. Als wir fertig waren, wurde mir klar, dass ich Val anrufen musste. Ich hatte den Anruf so lange aufgeschoben wie möglich, aber ich konnte die Mädchen heute Abend nicht der Nanny übergeben. Ich ließ sie einfach nicht gerne allein, wenn sie sich nicht wohlfühlten.

Ich hatte Pläne mit Val gemacht, und ich wollte sie wirklich sehen. Ich entfernte mich von den Mädchen, um den Anruf zu tätigen.

»Hey«, begrüßte ich sie, als sie abhob.

»Hey.«

»Hör mal, ich weiß, dass wir für heute Abend Pläne hatten… und es tut mir wirklich leid, absagen zu müssen. Ich kann heute die Wohnung nicht verlassen.«

»Was ist passiert?«

»Die Mädchen sind erkältet, und ich arbeite von zu Hause aus.«

»Oh, das tut mir leid.«

»Es geht ihnen schon besser, aber ich will sie nicht allein lassen.«

»Das verstehe ich natürlich.« Nach einem kurzen Zögern fügte sie hinzu: »Ich kann vorbeikommen, wenn du möchtest.«

Damit hatte ich nicht gerechnet.

»Das fände ich wunderbar.«

»Braucht ihr irgendwas?«

»Nein, uns geht es gut. Das Abendessen werde ich bestellen.«

»Ich kann gerne kochen.«

»Das musst du nicht machen.«

»Aber ich bin eine tolle Köchin.«

»Und sehr bescheiden.«

»Nicht, wenn es um meine Kochkünste geht.«

»Keine Sorge, wir brauchen nichts.«

»Ist es okay, wenn ich um halb acht Uhr vorbeikomme?«

»Sicher.«

Erst nachdem ich aufgelegt hatte, begann ich mich zu fragen, ob das wirklich eine so gute Idee war. Bisher waren unsere Begegnungen verspielt und locker gewesen, und ich hatte Val vom Rest meines Lebens ferngehalten. Wir hatten unsere gemeinsame Zeit in einer glücklichen Blase verbracht. Würde die Realität diese Blase zum Platzen bringen?

Aber letztendlich wollte ich Val so dringend sehen, dass ich diese Sorgen einfach beiseiteschob. Wir hatten schon Thanksgiving letzte Woche nicht zusammen verbracht, weil ich mit den Mädchen zu meinen Eltern geflohen war.

Punkt halb acht kam Val an. Peyton wartete bereits an der Vordertür. Sie tickte jedes Mal total aus, wenn sie jemand

Neuen treffen durfte, nur um sich zu verstecken, wenn sie dieser Person wirklich begegnete.

Und wie erwartet trat Peyton auch diesmal Schutz suchend hinter meine Beine, kaum dass ich die Tür geöffnet hatte.

Val grinste mich an, bevor sie vor Peyton in die Hocke ging.

»Hi, Peyton. Ich bin Valentina. Du kannst mich Val nennen. Das tun alle meine Freunde.«

Peyton legte vorsichtig den Kopf schräg, doch als Val ihr die Hand entgegenstreckte, trat sie hinter mir heraus.

»Ich bin deine Freundin?«, fragte sie misstrauisch.

»Wenn du das willst. Ich wäre auf jeden Fall gerne deine Freundin.«

Peyton schob sich näher heran, dann warf sie sich in Vals offene Arme und drückte ihr einen Kuss auf die Wange. Es war ein feuchter Kuss, aber Val schien das nichts auszumachen. Mir wurde ganz warm ums Herz, als ich die beiden beobachtete.

Val hatte geschummelt. Sie hatte den Mädchen Süßigkeiten mitgebracht, die April und Peyton sofort glücklich verschlangen.

»Val, du bist meine Heldin«, rief April. »Carter, mach dir Notizen.«

Ich warf meiner Nichte einen bösen Blick zu. Sobald April außer Hörweite war, drehte ich mich zu Val um. »Süßigkeiten?«

»Trostessen.« Sie zuckte mit den Achseln, als wäre das das Natürlichste auf der Welt.

»Normalerweise versuche ich sie gesund zu ernähren, wenn sie krank sind.«

Val wirkte, als müsste sie gegen ein Lächeln ankämpfen,

dann flüsterte sie: »Ich verrate dir ein Geheimnis. Niemand will gesundes Essen, wenn er krank ist. Das betont nur noch, wie schlecht man sich fühlt. Und wenn du mich fragst, hebt das nicht gerade die Laune.«

»Interessante Argumentation.«

Sie grinste. »Das mag eine etwas … andere Herangehensweise sein, aber hey, krank und schlecht gelaunt ist noch schlimmer als nur krank. Und schlechte Laune war im Connor-Haushalt genauso ansteckend wie Erkältungen. Also habe ich geschummelt und die Regeln gebeugt, um das zu verhindern. Und alle sind zu gesunden, verantwortungsvollen Erwachsenen herangewachsen, also fühle ich mich deswegen auch nicht schuldig.«

Val war wunderbar. Ich lehnte mich vor, um sie zu küssen. Eigentlich sollte es bloß ein kurzer Schmatzer werden, doch kaum hatte ich ihre Lippen gekostet, verzehrte ich mich nach mehr. Ich wollte mich in dieser Frau verlieren, sie tagelang erkunden. Als sie mich mit einem leisen Stöhnen belohnte, wurde ich noch gieriger. Aber ich konnte sie im Moment nicht berühren, also trat ich einen Schritt zurück.

»Du sorgst dafür, dass ich den Kopf verliere.«

»Hmmm … ich frage mich, woran das wohl liegen mag.«

»Könnte deine glatte Haut sein.« Ich küsste ihre Schulter. »Oder dieser atemberaubende Hintern.« Ich drückte ihn einmal, bevor ich meine Hand langsam nach vorne wandern ließ. »Oder deine enge, unglaubliche …«

»Carter.« Sie zischte meinen Namen förmlich. Ich grinste. »Du kannst so was doch nicht in der Nähe von Kindern sagen.«

»Sie können uns nicht hören. Und ich kann in deiner Nähe einfach nicht anders.«

»Bei dir klingt es, als wäre ich eine Art Sexgöttin.«

»Bist du ja auch.«

Sie kniff die Augen zusammen und tippte sich mit dem Zeigefinger auf die Wange. »Ich bin mir nicht sicher, ob du das ernst meinst oder ob du dich nur einschmeichelst, weil du irgendetwas haben willst.«

»Ich sage niemals Dinge, die ich nicht auch so meine. Aber das bedeutet nicht, dass ich mich nicht einschmeicheln will«, erklärte ich vollkommen ernst, ehe ich lachte. Gemeinsam schlossen wir uns den Mädchen im Wohnzimmer an. Ich schlug einen Film vor, doch April war nicht in der Stimmung dafür.

»Ich saß schon den ganzen Tag herum und habe ferngesehen. Ich langweile mich.«

Val biss sich auf die Unterlippe. »Was würdest du gerne tun?«

»Ich weiß nicht. Hey, wo hast du diesen Gürtel gekauft? Der ist cool.«

»In einem meiner Lieblingsonlineshops. Ich werde ihn dir zeigen.« Nach einem Moment fügte sie hinzu: »Magst du Kleiderschrankpartys?«

April merkte sofort auf. »Ich weiß nicht, was das ist, aber es ist eine Verbindung aus meinen zwei Lieblingswörtern, also bin ich dabei.«

»Wir sehen uns deine Klamotten an und finden heraus, wie wir sie kombinieren können, damit neue Outfits für dich dabei herauskommen.«

April wirkte zum ersten Mal seit zwölf Stunden aufgeregt. Peyton hing an meinem Hals wie ein Klammeraffe und schaute begeistert von ihrer Schwester zu Val.

»Das klingt toll.«

»Und in meinen Ohren eher unheimlich«, fügte ich hinzu, nur um auch etwas dazu zu sagen.

Val rutschte näher an April heran und flüsterte laut genug, dass ich sie hören konnte: »Sollen wir ihn für diesen Kommentar bestrafen, indem wir darauf bestehen, dass er mitmacht?«

»Nö, er wird uns bloß den Spaß verderben. Ich will lieber Zeit mit dir und Peyton allein verbringen.«

Bei diesem Gefrotzel verkrampfte sich mein Herz ein wenig. Und dann beschloss ich, sie zu überraschen.

»Wisst ihr, was? Ich werde mich euch anschließen.«

Val zwinkerte. April zog eine Grimasse.

»Schön, aber du musst versprechen, deine Meinung für dich zu behalten… außer sie ist positiv«, sagte April.

»Ich liebe deine Vorstellung von Demokratie. Ich werde den Laptop mitnehmen, denn ich muss noch ein paar Dinge erledigen.«

April führte uns in ihr Zimmer. Peyton, die sich nie etwas entgehen ließ, rannte neben ihr her, Val ein paar Schritte hinter den beiden. Verdammt, der sinnliche Schwung von Vals Hüften ließ mir das Wasser im Mund zusammenlaufen. Machte sie das absichtlich?

Als sie mir über die Schulter ein freches Lächeln zuwarf, hatte ich meine Antwort. Als Bestrafung schob ich mich näher an sie heran und kniff sie in den Hintern.

Val gelang es nicht, ihr überraschtes Quietschen zu unterdrücken, was Aprils Aufmerksamkeit erregte. Als sie sich umdrehte, setzte ich ein Pokerface auf. Ich fühlte mich, als hätten wir Rollen getauscht und ich wäre der Teenager, der versuchte, damit durchzukommen, seine Angebetete zu befingern.

Während April und Val fast alle Klamotten aus Aprils Schrank zogen und auf dem Bett ausbreiteten, setzte ich mich an Aprils Schreibtisch und versuchte, noch etwas zu arbeiten. Doch ich konnte mich nicht konzentrieren. Die Damen nahmen diese Angelegenheit sehr ernst. Selbst Peyton hing förmlich an Vals Lippen.

»Wie kommst du auf all diese Ideen? Ich hätte diese beiden Teile niemals miteinander kombiniert, aber es sieht toll aus«, rief April.

»Ich habe mal einen ganzen Tag bei einer Modeberaterin gebucht.«

»Du bist offiziell die coolste Person, die ich kenne.«

Val lachte. »Da bin ich mir nicht so sicher. Aber ich hatte zu diesem Zeitpunkt gerade meine Firma gegründet. Ich wusste, dass ich Gefahr lief, ziemlich in den Irrsinn abzudriften, nachdem ich damit nicht mehr an einen Dresscode gebunden war wie in meinem alten Job. Mein Modegeschmack war immer etwas seltsam, aber es gibt eine feine Grenze zwischen ›ein wenig anders‹ und ›lächerlich‹.«

»Also, ich finde, du bist der Hammer.«

Irgendwann während dieses Wortwechsels geriet mein Herzschlag aus dem Takt, weil mir klar wurde, dass die beiden wirklich Spaß hatten. Val behandelte die Mädchen nicht von oben herab oder fand sie nervig. Meine bisherigen Erfahrungen mit Frauen hatten sich so sehr davon unterschieden, dass ich mit so etwas nicht mal gerechnet hatte. Das war einer der Gründe, warum ich diese beiden Teile meines Privatlebens gerne voneinander getrennt hielt.

Als April sich die Haare zu einem Pferdeschwanz band, um eines der Outfits anzuprobieren, die Val entworfen hatte, war das wie ein Déjà-vu.

»Du siehst aus wie Hannah«, erklärte ich April. An manchen Tagen vermisste ich meine Schwester so sehr, dass ich die Sehnsucht als körperlichen Schmerz fühlen konnte.

»Tue ich wirklich, nicht wahr?« April grinste, dann erklärte sie Val: »Mom sieht auf allen Fotos aus wie ein Model. Sie war definitiv eine Fashionista.«

»Bin ich eine Fashionista?«, fragte Peyton und starrte in den Spiegel, als versuche sie, geheime Zeichen an sich zu entdecken.

Ich lachte, doch Val antwortete sofort: »Du bist dabei, eine zu werden.«

April zog los, um ihr Lieblingshalstuch aus dem Flur zu holen, mit Peyton auf den Fersen, aber ich hielt meine Augen auf Val gerichtet. Sie ertappte mich und errötete, ich wandte allerdings den Blick nicht ab. Obwohl ich am anderen Ende des Raums saß, füllte ein erotisches Knistern die Luft zwischen uns. Irgendwann beschäftigte Val sich damit, ein paar Klamotten auf dem Bett glatt zu streichen. Ich liebte die Momente, wo sie sich nicht traute, mich anzusehen, weil sie genau wusste, dass sie mir nicht widerstehen konnte, wenn sie es tat.

Kurz nach der Rückkehr der Mädchen verließ ich den Raum. Zum Teil, weil ich es nicht mehr ertragen konnte, Val so nahe zu sein, ohne sie zu berühren oder mir vorzustellen, wie unser Leben aussehen könnte, wenn sie ein echter Teil davon wäre … und zum Teil auch, weil die Beschäftigung einfach zu mädchenhaft für mich war. Als ich schließlich das dritte Dokument fertiggestellt hatte, war es zehn Uhr abends. Ich rieb mir die Augen, weil sie anfingen zu schmerzen. Ich hatte gerade ein Dokument mit ein paar Satzungen geöffnet, die ich anpassen wollte, als Val mein Büro betrat.

Sie lehnte sich neben mir an den Schreibtisch.

»Wie geht es den Mädchen?«

»Sie sind auf Aprils Bett eingeschlafen. Wir hatten solchen Spaß. April hat einen tollen Sinn für Mode. Und wir haben entdeckt, dass wir dieselbe Schuhgröße haben, was bedeutet, dass ich ihr irgendwann Schuhe leihen kann.«

Ich bedachte sie mit einem bösen Blick und brachte dann hervor: »Jedes einzelne Paar Schuhe, in dem ich dich bisher gesehen habe, war unpassend.«

»Was? Du fandest sie wunderbar.«

»An dir. Nicht an meiner minderjährigen Nichte.«

»Misst du oft mit zweierlei Maß?«

Ich stieß ein leises Knurren aus. Val grinste nur.

»Weißt du, du hattest mich beinahe davon überzeugt, dass du dieser lockere Onkel bist … aber das bist du nicht. Ich wechsle die Seite. Die Mädchen brauchen meine Unterstützung dringender.«

»Ich verstehe.«

»Ich finde es wunderbar, wie du die Erinnerung an ihre Eltern aufrechterhältst«, sagte Val plötzlich.

»Ich will nicht, dass die Mädchen die beiden vergessen. Besonders Peyton. Sie war noch ein Baby, als die beiden gestorben sind. Ich glaube, hin und wieder kleine Anekdoten zu erzählen, sorgt dafür, dass die zwei sich fühlen, als hätten sie ihre Eltern gekannt, ohne sofort traurig zu werden. Sie vermissen die beiden.«

»Und du vermisst deine Schwester.«

»Das tue ich. Anfänglich ist es mir fast ein wenig schwergefallen, April anzusehen, weil sie Hannah so ähnlich sieht. Ich hoffe, meine Schwester wäre zufrieden damit, wie ich ihre Mädchen großziehe.«

»Daran zweifle ich keine Sekunde.« Val beobachtete mich mitfühlend. »Wie ist es passiert?«

»Sie waren Ski fahren und wurden von einer Lawine weggerissen. Es war eine schmerzvolle Zeit, besonders, als die Suche noch lief. Wir haben alle gehofft, dass sie lebend gefunden werden, und dann ... es war wirklich hart.«

»Kann ich mir vorstellen.«

»Ich habe keine Ahnung, wie ich diese Zeit durchgestanden habe.«

»Du bist stark, Carter.«

»Meine Eltern waren am Boden zerstört. Besonders Dad.«

»Wie geht es ihm? Ich glaube, du hattest erwähnt, dass er eine Hüftoperation hatte.«

»Ich habe heute mit Mom gesprochen. Er erholt sich, aber nur langsam. Nur gut, dass sie bei ihm ist, auch wenn die Mädchen ihre Großmutter vermissen.«

Val warf einen Blick auf meinen Laptop. »Bist du damit fertig?«

Statt einer Antwort fuhr ich den Computer herunter, um dann sofort Val auf meinen Schoß zu ziehen.

»Danke, dass du heute vorbeigekommen bist.«

»War mir ein Vergnügen. Auch wenn ich befürchte, dass ich April ein paar Shoppingideen in den Kopf gesetzt habe, die gefährlich für deine Kreditkarte werden könnten. Vielleicht hätte ich dich vorher warnen sollen, dass ich gerne gefährliche Shoppingideen in Köpfe pflanze. Zumindest erzählen mir das meine Schwestern ständig.«

»Tun sie das?«

»O ja. Ich habe sie schon als Jugendliche mit dem Shoppingvirus angesteckt. Damals waren es überwiegend Secondhandshops, aber die meisten Leute unterschätzen diese

Läden total. Man kann dort echte Perlen finden. Ich hatte sogar eine Nähmaschine für Kürzungen oder Änderungen. Ich habe viele Nächte nach der Arbeit im Pub an dieser Maschine verbracht.«

»Das klingt, als wären deine Tage lang gewesen.«

»Waren sie.«

»Hast du dich je gefühlt, als würdest du gerade versagen?«

»Sehr oft.«

Das überraschte mich. »Ich fühle mich fast jede Woche so.«

Val drückte mir einen Kuss auf die Wange, dann küsste sie meinen Hals … was dafür sorgte, dass ich kaum mehr klar denken konnte.

»Ich betrachte das Ganze von außen, und ich kann dir versichern, dass du nicht versagst.«

»Aber du könntest voreingenommen sein, weil du mich so sehr magst.«

Sie richtete sich hoch auf und sah mir tief in die Augen. »Nö. Ich bin hundertprozentig objektiv.«

»Also hast du genäht, wenn du aus dem Pub nach Hause gekommen bist, hm? Und an der Idee für deine Firma gearbeitet?«

»Na ja, ich habe offensichtlich nicht alles gleichzeitig getan. Die Firmenideen habe ich erst entwickelt, als meine Geschwister alt genug waren, ihre eigene Kleidung zu ändern, ohne dabei den einen oder anderen Finger zu verlieren.«

»Freizeit gab es damals nicht für dich?«

Sie lachte. »So könnte man es ausdrücken. Als ich die Firma schließlich gegründet habe, waren allerdings alle schon älter. Sie brauchten mich nicht mehr so dringend, und ich wusste nicht mal, was ich mit all der Freizeit anfangen sollte. Also habe ich mehrere Jahre lang für drei gearbeitet.«

»Ich verstehe, was du damit sagen willst. Man ist quasi konditioniert, sodass man gar nicht mehr anders handeln kann. Überlastung wird die neue Normalität.«

»Genau. Alle haben mir ständig gesagt, ich solle es langsamer angehen lassen, aber ich wusste gar nicht wirklich, wovon sie reden. In meinen Augen tat ich doch gar nicht so viel. Inzwischen habe ich das alles besser im Griff. Ich habe eine Work-Life-Balance, und ich kann mein cooles Leben und meine Freizeit tatsächlich genießen.«

Für einen Augenblick erstarrte ich, weil ich nur hoffen konnte, dass mein nicht besonders »cooles« Leben Val nicht vertreiben würde. Denn ich brauchte diese Frau in meinem Leben. Val und ich hatten ähnliche Schicksalsschläge erlebt, nur dass wir uns in verschiedenen Phasen befanden. Sie hatte ihre geschäftigen Jahre bereits hinter sich und genoss ihre Freiheit, während ich noch gute zehn Jahre alle Hände voll zu tun haben würde.

Ich zog eine Spur aus Küssen über ihren Kiefer, dann über ihren Hals. Ein Schauder überlief ihren Körper. Ich verschob meine Lippen an ihr Schlüsselbein und schob den Riemen ihres Kleides zur Seite.

»Was soll ich nur mit diesem Kleid anstellen? Es bedeckt viel zu viel von deinem Körper.«

»Ausziehen?«

Ich lächelte an ihrer Haut, dann tastete ich nach dem Saum und schob ihn über ihre Knie und weiter nach oben, bis ich die gesamte Länge ihrer Beine sehen konnte.

Doch dann hallte Peytons Stimme durch die Wohnung. Sie rief nach mir.

Ich atmete tief durch. »Ich werde Peyton in ihr Zimmer bringen. Es könnte eine Weile dauern, bis sie einschläft. Willst du die Nacht hier verbringen?«

Mein Magen verkrampfte sich. Ich hatte eigentlich nicht vorgehabt, ihr das schon vorzuschlagen. Eigentlich hatte ich die Dinge langsam angehen lassen wollen, einen Schritt nach dem anderen. Aber jetzt wartete ich mit angehaltenem Atem auf ihre Antwort.

»Bist du dir sicher?«

»Wenn du das lieber nicht …«

»Ich möchte.«

Ich sah ihr tief in die Augen, um so vielleicht herauszufinden, was ihr das bedeutete. Blieb sie, weil wir im Bett Spaß haben konnten? Oder spürte sie ebenfalls, wie die Verbindung zwischen uns sich verfestigte? Wollte sie unsere Beziehung vertiefen? Oder wollte sie, dass alles so weiterlief wie bisher?

Peyton rief wieder nach mir und störte damit den Moment. Ich drückte Val einen Kuss auf die Stirn. »Komm. Ich zeige dir das Bad, damit du duschen kannst.«

17 Val

Ich ließ mir Zeit mit der Dusche. Als ich aus dem Bad trat, hörte ich, dass Carter in seinem Büro telefonierte. Anscheinend hatte es doch nicht allzu lange gedauert, Peyton ins Bett zu bringen. Dieses kleine Mädchen erinnerte mich so sehr an Hailey. So neugierig und süß, auch wenn Hailey niemals scheu gewesen war.

Ich schwang in Carters Schlafzimmer die Hüften zu einem Song in meinem Kopf, während ich mit halbem Ohr darauf lauschte, wann er sein Telefonat beendete – damit ich wusste, wann ich in den Raum stürmen und die Bühne für mich beanspruchen konnte. Als ich an seinem Büro vorbeikam, hörte ich die Begriffe *eidesstattliche Aussage* und *Zeuge,* also war es wohl ein geschäftliches Gespräch. Es wäre nicht anständig, ihn dabei ihn Versuchung zu führen, auch wenn ich genau das am liebsten getan hätte.

Als ich seine Stimme nicht länger hören konnte, zog ich den Bademantel enger um mich und schlich auf Zehenspitzen durch den Flur … bis mir einfiel, dass die Zimmer der Mädchen am anderen Ende der Wohnung lagen.

Der Ledersessel war dem Fenster zugewandt, als ich den

Raum betrat, doch ich wusste, dass Carter noch darin saß. Seine Gegenwart füllte den Raum. Ich hatte vorgehabt, ihn zu überraschen, aber er musste mich gehört haben, weil er den Stuhl herumschwang.

»Tut mir leid, dass es so lange gedauert hat. Ich dachte, du wärst inzwischen eingeschlafen.«

»Nö.«

»Schließ die Tür hinter dir, Val. Und verriegle sie.«

Ich schluckte. Sein voller Bariton jagte erwartungsvolle Schauder über meinen Körper. Sobald er das Klicken des Schlüssels im Schloss hörte, sprach er den nächsten Befehl aus. »Komm her.«

Ich blieb vor ihm stehen. Sofort richtete er sich höher auf, um eine Hand außen an mein Knie zu legen und sie langsam über mein Bein nach oben gleiten zu lassen.

»Sag mir, was du unter diesem Bademantel trägst.«

»Nichts.«

»Gute Antwort.«

Carter zog am Bademantel, bis er sich öffnete, dann küsste er die Unterseite einer Brust. Als er den Nippel in den Mund saugte, presste ich instinktiv die Schenkel zusammen. Carter erhob sich aus dem Ledersessel, fing meinen Mund ein und küsste mich leidenschaftlich. Er umfasste meinen Hinterkopf, neigte meinen Kopf, wie er ihn wollte. Er kontrollierte den Kuss vollkommen. Und es war eine wilde, gierige Begegnung. Bei jeder Berührung seiner Zunge wurden meine Knie weicher.

»Du bist hergekommen, um mich in Versuchung zu führen?«, fragte er an meinen Lippen.

»Absolut. Ich habe vor, all meine Verführungskünste anzuwenden, um dich ins Bett zu locken.«

»Ich will dich direkt hier im Büro nehmen, Valentina. Ich will in diesem Raum Erinnerungen an dich schaffen, damit ich mich – wenn ich allein hier bin – daran erinnern kann, wie es war, dich auf dem Schreibtisch auszubreiten und mich in dir zu versenken.«

Ich wurde allein von seinen Worten feucht. Als hätte er das geahnt, ließ er seinen Mittelfinger über meine Mitte gleiten und entriss mir damit ein Wimmern.

»Du reagierst so wunderbar.«

Er zog mir den Bademantel aus, schob den Sessel aus dem Weg und zog mich nach vorne, bis ich direkt vor dem Schreibtisch stand. Er stand hinter mir, küsste meinen Nacken und meine Schulterblätter, ehe er Küsse auf meinen Rücken niederregnen ließ.

»Beug dich vor, und spreiz weit die Beine für mich.«

Ich senkte mich auf die Ellbogen und tat wie geheißen. Carter hörte ein paar Sekunden lang auf, mich zu berühren, doch bevor ich seine Wärme vermissen konnte, fand sein Mund meine feuchte Mitte, und seine Zunge drang immer wieder in mich ein. Ich konnte den plötzlichen Ansturm auf meine Sinne kaum ertragen. Und als Carter zwei Finger auf meine Klitoris drückte, begannen meine Beine zu zittern.

Ich konnte mich nicht länger auf den Ellbogen halten, also ließ ich mich nach vorne sinken, bis meine Brüste sich gegen die kühle Tischplatte drückten. Da meine Hände sich nach Halt verzehrten, streckte ich die Arme aus, um die Tischkante zu packen. Ich umklammerte sie mit aller Kraft, während ich mich Carters Mund entgegenhob.

Ein Orgasmus überwältigte mich, ausgelöst von seinem Mund und seinen Fingern. Die Welle aus Lust schüttelte mich lange Zeit, und ich schwankte leicht, als ich mich aufrichtete.

Carter schlang die Arme um mich, das Gesicht an meinem Hals vergraben. Sein Atem glitt heiß und stoßweise über meine Haut. Ich spürte seine Erektion an meinem Hintern. Wir waren noch lange nicht fertig. Ein wenig wackelte ich mit dem Po und entlockte ihm so ein tiefes Stöhnen, ehe ich mich umdrehte.

Er lächelte, bevor er mich erneut küsste, dann hörte ich, wie er seine Gürtelschnalle öffnete, was mir verriet, dass er es nicht länger aushielt, nicht in mir zu sein. Ich zerrte an seinem Reißverschluss, dann schob ich eilig seine Hose nach unten. Er tat dasselbe mit seinen Boxershorts, danach trat er beide Kleidungsstücke zur Seite. Eine Minute später hatte er auch sein Hemd zur Seite geworfen und ließ sich in den Ledersessel sinken. »Reite mich.«

Mit rasendem Herzen trat ich vor, kletterte aber noch nicht auf seinen Schoß. Ich hatte noch andere Pläne, also sank ich stattdessen zwischen seinen Beinen auf die Knie.

»Was tust du?«

»Ich schenke dir schöne Erinnerungen.«

Ich wollte, dass er jedes Mal an diesen Abend dachte, wenn er in diesem Sessel saß. Ich ließ meine Handfläche über seine samtige Spitze gleiten, dann tiefer, um seine Hoden zu umfassen. Ich zog leicht daran, bevor ich seinen Penis in den Mund nahm.

»Val!«

Ich hob und senkte den Kopf, stützte mich mit einer Hand auf seinem Oberschenkel ab. Carter stöhnte immer wieder meinen Namen, doch er erlaubte mir nicht, ihn so lange zu verwöhnen, wie ich wollte.

»Ich will in dir sein.«

Er zog mich auf die Beine, half mir, auf seinen Schoß zu steigen. Der Sessel war breit genug, dass mein Unterschenkel Platz neben seinen Beinen fand. Zentimeter für Zentimeter ließ ich mich auf seinen Ständer herabsinken. Carter warf den Kopf in den Nacken und schloss die Augen. Ich bewegte mich in einem trägen Rhythmus. Ich liebte es, auf ihm zu sitzen. So konnte ich ihn berühren und küssen, wo auch immer ich wollte: seinen Bizeps, seine Schultern, seinen Hals. Ich liebte es, seinen Hals zu liebkosen. Als ich leicht an seinem Adamsapfel knabberte, bildete sich Gänsehaut auf Carters Armen.

»Küss mich«, befahl er, doch ich folterte weiter die empfindliche Haut an seinem Hals. Er übernahm das Kommando, packte meinen Hintern mit beiden Händen und beschleunigte meine Bewegungen. »Val, küss mich.«

Ich richtete mich auf. Sofort fing Carter meinen Mund ein. Unsere Zungen duellierten sich. Inzwischen bewegten wir uns beide. Er stieß von unten in mich, und ich warf mich ihm verzweifelt entgegen. Als er eine Hand zwischen uns schob und meine Klitoris umkreiste, stieg meine Erregung ins Unermessliche, bis ich glaubte, in Teile zerspringen zu müssen.

»Härter, bitte«, flüsterte ich.

Er stieß bereits härter in mich als jemals zuvor, doch ich wollte seine gesamte Leidenschaft. Ich wusste nicht, wie ich meine Gefühle in Worte fassen sollte, aber mein Körper übernahm das Reden für mich. Ich vergrub die Fingernägel in seinen Schultern, kratzte über seinen Rücken, als ich mich so schnell bewegte, wie ich konnte. Carter schien zu spüren, dass ich mehr brauchte, denn plötzlich hob er mich hoch, und mein Hintern landete auf dem Schreibtisch.

Carter schob die Arme unter meine Knie und zog mich an die Tischkante. Als er sich in mir vergrub, entzündeten seine Stöße ein Inferno in mir, das mich zu verschlingen drohte. In dieser Stellung konnte er meine Klitoris mühelos berühren, was er zu seinem Vorteil nutzte. Oh, und wie er das tat!

Sein Daumen berührte mich kaum, aber er trieb mich trotzdem in den Wahnsinn. »Das ist… oh, verdammt.«

»Genau so, Val. Ich will spüren, wie du kommst. Ich will dich hören.«

Ich wusste nicht, ob es der Druck auf meiner Klitoris war oder seine Worte – doch ich explodierte, verkrampfte mich um ihn und umklammerte mit den Händen Carters Schultern. Carter stieß weiter in mich, bis er schließlich ebenfalls aufstöhnte. Er sank nach vorne und stützte sich mit den Händen auf dem Tisch ab, wobei er leise aufschrie. Er stöhnte meinen Namen und drang weiter in mich ein, bis sein Höhepunkt endete. Dann ließ er seinen Kopf auf meiner Brust ruhen und atmete tief durch. Erst mehrere Minuten später zog er sich aus mir zurück und half mir auf die Beine. Meine Knie waren ein wenig weich. Und seinem breiten Grinsen nach zu urteilen, hatte Carter das durchaus bemerkt.

Besitzergreifend legte er eine Hand an meinen Rücken. »Ich werde hier drin nie wieder sinnvoll arbeiten können.«

Ich zuckte gespielt gleichgültig mit den Schultern, und er kniff mich in den Po. »Genau das war mein Plan.«

»Hopp, hopp. Kommt schon, nicht nachlassen. Die anderen werden jede Minute ankommen«, befahl ich eine Woche später, als ich alles für unser freitägliches Abendessen vorbereitete. Jace und Hailey waren früher gekommen, und ich hatte sie eingespannt, mir beim Kochen zu helfen. Für gewöhnlich mochte ich es nicht, wenn sich mehr als ein Koch in der Küche herumtrieb (außer es war ein singender Carter mit nacktem Oberkörper; für diesen Anblick hätte ich auch verbrannten Toast gegessen). Aber ich hatte mich heute an einem neuen Gericht versucht, und es hatte sich als komplizierter herausgestellt als gedacht.

»Hey, ich arbeite«, beschwerte sich Jace. »Ich stelle mich nur nicht besonders geschickt an.«

Hailey ging es nicht viel besser. Eigentlich war sie früher gekommen, weil sie mir alles über ihr letztes Date erzählen wollte, doch das musste nun warten, bis wir ungestört waren. Allerdings verriet mir der Schwung in ihren Bewegungen, dass es besser gelaufen war als bloß okay.

Ich hatte eine hektische Woche hinter mir, in der es mir endlich gelungen war, die »Im Dunkeln testen«-Methode anzuwenden. Das Prozedere hatte mich so sehr überzeugt, dass ich sie ab jetzt zum Teil meiner Routine machen wollte. Wann immer ich einen freien Moment gefunden hatte, war ich durch meine liebsten Onlineläden gesurft. Ich hatte April so viele Links geschickt, dass sie ihre gesamte Garderobe erneuern konnte … und ihr gesagt, sie sollte die Schuld für alle Outfits, die Carter vielleicht … unpassend fand, auf mich schieben. Ich konnte nur hoffen, dass Carter keine Panikattacke erleiden würde, wenn sie ihm die Auswahl zeigte.

»Wenn man bedenkt, was für hoffnungslose Fälle wir als Küchenhelfer sind, ist das doch ganz gut gelungen«, meinte Jace eine Weile später, als er das fertige Gericht kostete.

»Hey, stell dein Licht nicht unter den Scheffel«, antwortete ich, nachdem ich mir auch einen Löffel gegönnt hatte. »Das schmeckt toll. Bevor du weißt, wie dir geschieht, kannst du kochen. Und das ist eine attraktive Fähigkeit bei einem Mann.«

»Hey, genau! Was hat es damit auf sich, Jace? Val hat mir erzählt, dass du langsam bereit bist, sesshaft zu werden.«

»Du hast bereits die ganze Familie informiert?«

»Natürlich.«

Jace kniff die Augen zusammen. »Ich dachte, du hättest gesagt, du willst dich nicht einmischen?«

Ich riss die Augen auf. »Ich? Niemals. Aber ich habe mit Hailey darüber gesprochen. Und wenn sie sich einmischen will, kannst du das doch nicht mir anlasten, oder?«

»Meinetwegen musst du dir keine Sorgen machen, kleiner Bruder. Ich werde gar nichts unternehmen.« Hailey begann das Salatdressing zu mischen.

»Ooooh, Schwesterherz. Ich stecke in Schwierigkeiten. Du verwendest deine ›PR‹-Stimme. Die, die bedeutet, dass du den armen Trottel beruhigen willst, aber trotzdem tun wirst, was auch immer dir einfällt.«

Hailey hielt inne, die Salzmühle noch über der Schüssel, und sah Jace an. »Wann bist du so aufmerksam geworden?«

Jace zwinkerte. »Ist schon eine Weile her. Also, spuck es aus.«

»Nun ja … ziemlich viele meiner Freundinnen gehören zu deinem Fanclub.«

»Du willst mir nicht von irgendwem abraten wie unsere ältere Schwester hier?«

»Ich vertraue dir«, erklärte Hailey ernst.

»Das ist meine Hailey.«

Alle waren bereits angekommen und saßen am Tisch, als ich bemerkte, dass ich keine frischen Kräuter für den Salat geschnitten hatte. Also ging ich in den Vorgarten, um Thymian und Koriander zu holen. Ich saß gerade in der Hocke und brach kleine Zweige ab, als ich eine Stimme hörte.

»Verdammt, das ist mal ein verlockender Anblick.«

Ich richtete mich auf und hätte fast das Gleichgewicht verloren, als ich herumwirbelte, um Carter anzusehen.

Ich grinste breit. »Was tust du hier?«

»Du meintest, du wärst daheim, da dachte ich, ich überrasche dich.«

Er sah auf die Kräuter, dann zum Haus, aus dessen offenem Fenster Gelächter drang.

»Du hast Gesellschaft?«

»Ja. Meine gesamte Familie ist da. Freitägliches Familienabendessen, schon vergessen?«

Ich hatte ihn zweimal eingeladen, allerdings hatte er Freitagabend immer Pläne mit den Mädchen, also hatte ich nicht darauf bestanden. Da er mich letzte Woche gebeten hatte, in seiner Wohnung zu schlafen, hatte ich das Thema noch mal ansprechen wollen, aber irgendwie hatte es sich nicht ergeben. Doch jetzt war die passende Gelegenheit.

»Mir war nicht klar, dass das ein fester Termin ist.«

»Ich habe eine Tradition daraus gemacht, seitdem Will achtzehn geworden und ausgezogen ist. Es müsste schon etwas sehr Schlimmes passieren, dass ich das Abendessen am Freitag absagen würde.«

Carter schmunzelte. Gleichzeitig ließ er langsam den Blick über meinen Körper gleiten. Hitze stieg in mir auf. Ich war mir sicher, dass er das unzählige Male tun könnte und es mich niemals kaltlassen würde.

»Willst du dich uns anschließen?«, fragte ich, obwohl ich gleichzeitig versuchte, mir vorzustellen, was wohl passieren würde, wenn ich ihn mit meinen Brüdern bekannt machte. Er musste etwas in meiner Miene als Zurückhaltung gedeutet haben, weil er die Stirn runzelte.

»Wenn du das lieber im Familienkreis hältst, verstehe ich das.«

»Natürlich nicht. Ich fände es toll, dich und die Mädchen hier zu haben. Aber ich weiß, dass du freitags für gewöhnlich etwas vorhast. Wo sind die beiden gerade?«

»Zum Spielen bei Freundinnen.«

»Komm, lass uns reingehen. Aber ich warne dich, es kann ein wenig verrückt werden, wenn wir alle zusammen sind. Und meine Brüder schalten gerne in den Beschützermodus.«

Carter schenkte mir ein sündhaftes Lächeln. »Dafür hat man doch Brüder. Und ich muss noch mit dir über all diese Links sprechen, die du April geschickt hast.«

Ich schätzte das Glitzern in seinen Augen ab. Es lag irgendwo zwischen gefährlich und anzüglich, also verlor ich etwas das Gleichgewicht, als wir die Stufen zum Haus hinaufstiegen. Carter legte den Arm um meine Taille, die Hand an meiner Hüfte. Sofort breitete sich von dem Kontaktpunkt aus Hitze über meinen Bauch aus, um dann tiefer zu wandern.

Hmmm … ich hätte mir ein paar Küsse stehlen sollen, als die Chance dazu bestanden hatte.

Sobald wir das Wohnzimmer betraten, breitete sich Schweigen aus.

»Das ist Carter.« Ich machte eine Geste mit der freien Hand, weil ich in der anderen noch die Kräuter hielt.

Carter schüttelte allen die Hände. Ich konnte förmlich

sehen, wie sich die Zahnräder in den Köpfen meiner Brüder drehten. Sie wussten, dass ich mit Carter ausging. Ich hatte es ihnen erzählt, nachdem er und ich uns in meinem Büro unterhalten hatten, aber sie hatten nicht groß nachgehakt. Doch als ich nun Wills und Jace' Mienen betrachtete, wusste ich, dass sie ab jetzt eine Menge Fragen haben würden. Landon dagegen wirkte ruhig wie immer.

»Ich kümmere mich um die Kräuter«, bot Hailey an. Ich warf ihr einen dankbaren Blick zu, als ich ihr den Thymian und den Koriander gab. Ich hielt es nicht für klug, Carter mit Jace und Will in vollem Beschützermodus allein zu lassen.

Natürlich war es Will, der das Verhör begann. Er mochte zwar keine Dienstmarke mehr haben, doch seine Ermittlerinstinkte hatten darunter nicht gelitten. Ich warf einen Blick zu Paige, seiner Verlobten, die ihn genau beobachtete. Ich wusste, dass sie mir zu Hilfe eilen würde, falls Will zu hart ranging.

Die Atmosphäre war durchaus freundlich. Scheinbar würde ich weder Jace noch Will erwürgen müssen. Ein echter Fortschritt.

Ungefähr in der Mitte des Essens hatte ich mich entspannt, während wir uns über einen besonders lustigen Moment auf Loris und Grahams Hochzeit unterhielten.

Dann meldete sich Milo zu Wort, um Carter zu verkünden: »Dad hat mich um Erlaubnis gefragt, bevor er Mom geheiratet hat. Wenn du willst, kannst du mich auch um Erlaubnis bitten.«

Sofort hatte ich das Gefühl, meine Wangen stünden in Flammen. Mein Neffe meinte es gut und benahm sich anbetungswürdig wie üblich, aber ich konnte einfach nicht anders, als Carter aus den Augenwinkeln zu beobachten.

Kinder wiederholten gerne, was Erwachsene sagten … und ich wollte nicht, dass Carter dachte, ich hätte meiner Familie erzählt, ich hätte Erwartungen. Ich wollte ihn nicht verschrecken.

»Das werde ich mir auf jeden Fall merken«, antwortete Carter herzlich.

Nach dem Abendessen spielten wir Badminton.

»Willst du dich uns anschließen?«

»Gerne. Die Mädchen verbringen den ganzen Abend bei ihren Freundinnen.«

»Du hattest große Pläne, hm?«

»Du machst dir keine Vorstellung.«

Ich grinste, wobei ich versuchte, die Reaktion meines Körpers auf seine Worte zu ignorieren. Dieser Mann stellte eine ständige Gefahr für mich dar. Ich hatte vorgehabt, zum Dessert Eis zu servieren, doch zu meiner Überraschung musste ich feststellen, dass ich nicht mehr genug im Tiefkühlfach hatte.

»Planänderung«, erklärte ich der Versammlung. »Ich werde schnell einen Kuchen kaufen gehen.«

Ganz in der Nähe gab es eine Konditorei, die fantastische Kuchen verkaufte. Bevor ich ging, zog ich Carter ein Stück zur Seite und flüsterte: »Das Verhör tut mir leid.«

»Alles gut. Nichts, was Peytons und Aprils Verabredungen nicht auch von mir hören werden.« Er zwinkerte mir zu.

»Ignorier einfach alle Sätze, die die Begriffe *ernst* oder *Zukunft* beinhalten, okay?«

Carter antwortete nicht. Er nickte nur, doch seine Miene wirkte angespannt.

18 Carter

Wir gingen in Vals Garten, und ich wanderte direkt auf den Korb mit den Badminton-Schlägern zu. Will schloss sich mir an, wobei ich mir noch nichts dachte. Als dann aber Jace auf meiner anderen Seite erschien, vermutete ich, dass ich in die Enge getrieben werden sollte.

»Val hat uns erzählt, dass du zwei Nichten hast«, meinte Jace.

»April und Peyton. Sie sind tolle Mädchen. Beide auf dem besten Weg, echte Quälgeister zu werden.«

»Ah. Davon hatten wir auch ein paar in der Familie.«

»Hailey, oder?«

»Nein, ich war der ansässige Unruhestifter«, stellte Jace richtig. »Auch wenn Hailey natürlich versuchen wird, den Titel für sich zu beanspruchen. Glaub ihr kein Wort.«

Will zog die Augenbrauen hoch. »Ich musste euch beide gleichermaßen retten und decken.«

Jace schmunzelte. »Sicher, aber du wusstest nie, wer der Anstifter war, oder?«

Ich lachte, als ich mir vorstellte, wie Val sich mit all den Connors unter einem Dach herumschlagen musste.

Jace deutete mit dem Daumen auf Will. »Lass dich nicht davon täuschen, dass der hier bei der Polizei war. Er war selbst ein ziemlicher Unruhestifter.«

»Ich weiß. Val hat es mir erzählt.«

»Hat sie das?« Will wirkte niedergeschlagen. »Was hat sie dir noch erzählt?«

Ich hob kapitulierend die Hände. »Fragt sie selbst. Ich kann förmlich spüren, wie ihr beide euch gegen mich wendet, weil ich die Infos weitergebe. Tötet nicht den Überbringer.«

»Keine Sorge, das werden wir nicht.« Jace klang gut gelaunt, doch dann schob er hinterher: »Außer du brichst unserer Schwester das Herz.«

»Das habe ich nicht vor.«

Ich spürte, wie ich mich verspannte, als ich daran zurückdachte, was Val vor ihrem Ausflug zum Kuchenkaufen gesagt hatte. *Ignorier einfach alle Sätze, die die Begriffe* ernst *oder* Zukunft *beinhalten, okay?* Hatte das nur eine spielerische Warnung sein sollen, weil sie ahnte, dass ihre Brüder mich in die Enge treiben würden? Oder wollte sie wirklich bloß Spaß mit mir haben, nicht mehr?

Ein Muskel an meinem Kiefer begann zu zucken. Ich hatte auf jeden Fall nicht vor, sie gehen zu lassen.

Wie aus dem Nichts tauchte Hailey neben mir auf. »Sie schikanieren dich, oder?«

»Sie wollten gerade damit anfangen.«

Sie warf ihren Brüdern böse Blicke zu. Jace hob abwehrend die Hände. »Wir sind eure Brüder. Das ist unsere Aufgabe.«

»Genau«, fügte Will hinzu.

Hailey stemmte die Hände in die Hüften. »Will, das hätte

ich nicht von dir gedacht. Du befindest dich in einer glücklichen Beziehung, also dachte ich, du würdest lockerer. Stattdessen steckst du Jace an.«

»Schwesterherz, wir tun nur, was von uns erwartet wird«, konterte Jace.

Hailey machte eine wegwerfende Handbewegung, dann wandte sie sich mir zu. »Beachte Jace einfach nicht. Ich glaube, er ist in letzter Zeit besonders schlecht drauf, weil er immer noch solo ist.«

Jace rammte Hailey leicht den Ellbogen in die Seite. »Du bist auch solo.«

»Vielleicht auch nicht. Vielleicht stelle ich euch all meine geheimen Liebhaber ja bloß nicht vor.«

Sowohl Will als auch Jace wirkten zu sehr vor den Kopf gestoßen, um zu antworten. Hailey nutzte die Gelegenheit, sich bei mir einzuhängen. Als wir gingen, sah sie über die Schulter zurück.

»O Mann. Ich habe nur versucht, Val aus dem Rampenlicht zu zerren, aber ich glaube, ich habe mir gerade Monate mit Befragungen und überbehütendem Verhalten eingebrockt.«

Ich lachte leise. »Du bist eine tolle Schwester.«

»Nun ja, das bin ich, vielen Dank. Aber um ehrlich zu sein, waren Val und Lori bei quasi allem meine Wegbereiter. Na ja, überwiegend Lori. Val war in meiner Jugend eher wie eine Mutter für mich. Ich habe mich immer ein wenig schuldig gefühlt.«

»Weswegen?«

»Weil Val und Landon ihr Leben für uns einschränken mussten. Statt die Freiheiten von normalen Collegestudenten zu genießen, hatten sie … na ja, uns am Hals.«

»Hailey, Val hat von euch kein einziges Mal als Belastung gesprochen. Sie redet immer voller Zuneigung von euch allen.«

»Ich weiß. So ist Val. Aber ich weiß, dass sie eine Menge Dinge verpasst hat. Sie stellt sich selbst gerne in den Hintergrund, auch wenn das in dieser Hinsicht langsam besser wird. Nur für den Fall, dass du nicht zwischen den Zeilen lesen kannst… verwöhn sie anständig, okay?«

»Ja, Ma'am.«

Hailey grinste. »Du bist toll. Aber ich fühle mich verpflichtet, dir zu sagen, dass du dir nicht nur um meine Brüder Sorgen machen musst, falls du ihr das Herz brichst. Ich weiß, dass ich verglichen mit den beiden Kerlen nicht besonders beängstigend aussehe, aber ich kann eine Menge Schaden anrichten.«

»Zur Kenntnis genommen.«

»Ah, Val ist mit dem Kuchen zurück. Genau im richtigen Moment.«

Val stellte den Kuchen gerade auf einen kleinen Tisch neben der Hintertür, doch ihr Blick lag auf Hailey und mir, um dann zu Will und Jace zu gleiten, die sich mit zusammengesteckten Köpfen unterhielten.

Alle wollten vor dem Badminton-Spiel noch ein Stück Kuchen. Als alle sich ein Stück genommen hatten, bat Val mich, ihr dabei zu helfen, ein paar Gläser zu holen.

»Haben sie dir einen Vortrag gehalten?«, fragte sie atemlos, kaum dass wir das Haus betreten hatten.

»Ja.«

Sie war vollkommen außer sich, und das war wirklich süß.

»Ach du Scheiße, ich werde sie alle in den Hintern treten.«

»Das ist nicht nötig.«

»Hat Jace mitgemacht?«

»Ja.«

»Und Will?«

»Natürlich.«

»Aber Hailey nicht, oder?«

Ich konnte sehen, dass sie auf ein Nein hoffte, doch ich wollte nicht lügen.

»Sie hat mir ein paar interessante Einblicke in deinen Charakter verschafft, mich allerdings gewarnt, dass ich mir keine Sorgen um deine Brüder machen müsste, falls ich dir das Herz breche, weil sie allein schon genug Schaden anrichten kann.«

Val ließ mit geschlossenen Augen den Kopf hängen wie ein trauriger Welpe. »Du hast keine Ahnung, wie viele Pluspunkte du gerade damit sammelst, dass du noch hier bist.«

»Ich wusste gar nicht, dass du Buch führst.«

»Ich mag meine Pro/Contra-Listen.«

»Ich verstehe. Die Vorteile überwiegen die Nachteile?«

Als sie nickte, fügte ich hinzu: »Vielleicht solltest du ihnen die Liste zeigen.«

»Ähm, ich … vielleicht besser nicht.« Sie errötete.

»Wieso? Was steht denn auf der Liste?«

»Ähm … Dinge, die sie nicht sehen sollten?«

»Ich will Genaueres hören.«

Sie pikte mich in den Arm. »Wirst du nicht kriegen.«

»Oh, ich denke doch.«

Sie öffnete den Mund, zweifellos, um weiter mit mir zu diskutieren, doch ich küsste sie, bevor sie auch nur ein Wort sprechen konnte. Als ich mich zurückzog, starrte sie mich böse an, was bloß dafür sorgte, dass ich sie an die Wand pressen und mich in ihr versenken wollte.

»Also?«

»Willst du mich jedes Mal so küssen, wenn wir uns bei irgendetwas nicht einig sind?«

»Wenn das nötig sein sollte?«

»Dann sollte ich dir vielleicht öfter widersprechen.«

Für einen Moment war ich sprachlos, aber ich fing mich schnell und führte Val um eine Ecke, um sie eng an mich zu ziehen.

»Indem du mich in der Öffentlichkeit befingerst, sammelst du sicher keine Pluspunkte.«

Ich schob den Mund neben ihr Ohr. »Sie können uns nicht sehen. Aber bei dir sammle ich damit schon Pluspunkte, nicht wahr?«

Nach dem zu schließen, wie sie versuchte, ihren Kopf an meiner Schulter zu vergraben, hatte ich damit ins Schwarze getroffen.

»Ich wette, auf deiner Pro-Spalte stehen auch …«

»… nicht jugendfreie Aktivitäten, ja. Vielen Dank auch, dass du mich zwingst, das laut auszusprechen.«

»Und was würden deine Geschwister sagen, wenn sie davon wüssten?«

Sie stöhnte. »Sie müssen wirklich nicht alles wissen.«

»Keine Sorge. Ich werde dein Geheimnis wahren.«

Ich ließ meine Nasenspitze über ihren Hals gleiten und nahm ihren süßen Duft in mich auf.

»Neues Parfüm?«

»Ja. Gefällt es dir?«

»Ja. Mir läuft förmlich das Wasser im Mund zusammen.«

Ich drängte ihr die Hüften entgegen. Ihr Lachen ging in

einem leisen Stöhnen unter, und sie klammerte sich mit beiden Händen an mir fest.

»Herrgott noch mal! Du sorgst dafür, dass ich dich über die Schulter werfen und nach oben tragen will. Lenk mich ab.«

»Das Parfüm gehört zu einer neuen Kollektion. Wir experimentieren mit einem neuen Konzept, wo wir den Grundduft an die Läden liefern und die Kunden ihre eigenen Nachgerüche auswählen. Ich hatte mir überlegt, dass April und Peyton sicher gerne mal in unserem Labor damit herumspielen würden.«

Ich richtete mich hoch auf. Mein Blut rauschte in den Ohren.

»Nur wenn es für dich okay ist, natürlich«, fügte sie eilig hinzu.

»Das ist mehr als okay. Ich glaube, das fänden sie toll.«

»Das denke ich auch. Ich habe mir sogar schon überlegt, welche Auswahl ich den beiden jeweils präsentiere.« Sie hob den Blick und bemerkte meine Miene. »Was?«

»Nichts.«

Ich wusste nicht, wie ich in Worte fassen sollte, was mir alles durch den Kopf ging; wie ich ihr sagen sollte, wie viel es mir bedeutete, dass sie an April und Peyton dachte. Ich konnte nicht der Einzige sein, der tiefer in diese Beziehung involviert war, als wir erwartet hatten. Es konnte nicht sein, dass nur ich so empfand. Auf keinen Fall.

»Wir sollten wieder nach draußen gehen«, meinte ich. »Sonst vermuten sie noch, dass wir etwas im Schilde führen.«

»Oh, das vermuten sie schon, seitdem ich dich ins Haus geschleppt habe. Aber wir sollten ihnen keine Gelegenheit bieten, uns in flagranti zu erwischen.«

Ich lachte leise und zog Val noch einmal fest an mich, bevor wir uns den anderen wieder anschlossen.

Ich würde für diese Frau alles tun.

»April, sag mir, dass sich da eine zusätzliche Null eingeschlichen hat.« Entgeistert starrte ich auf die Endsumme in ihrem Einkaufswagen. Sechsundfünfzig Teile.

»Nö. Ich habe es übrigens schon von hundertacht Teilen eingekocht.«

Ich starrte meine Nichte verzweifelt an. Sie hatte mir die Liste vor einer Weile schon einmal gezeigt, doch seitdem war das Teil unendlich viel länger geworden.

»Wie hast du all diese Sachen überhaupt gefunden?«

»Val hat mich beraten. Sie meinte auch, du könntest mit ihr reden, falls du Beschwerden hast«, erklärte sie selbstbewusst. Dasselbe hatte sie bereits gesagt, als sie mir die Liste das letzte Mal unter die Nase gehalten hatte.

»Hat sie das?«

»Ja. Und übrigens: Du wirst noch zu spät zu deiner Verabredung kommen.«

»Und du hast mir diese Liste zufällig genau in dem Moment, in dem ich aufbrechen muss, gezeigt?«

Sie schenkte mir ein verlegenes Lächeln.

»Auch eine Taktik, zu der Val dir geraten hat?«

»Ja.«

»Reden wir später noch mal darüber, in Ordnung?«

»Okay. Kann ich wenigstens ein paar Teile schon bestellen?«

»Nein. Ich weiß, was du da versuchst, und es wird nicht funktionieren.«

April zog einen Schmollmund. Herrje, ich hatte es bis jetzt schon kaum geschafft, April etwas abzuschlagen. Wenn sie und Val sich verbündeten, war ich ein toter Mann. Angela, die Nanny der Mädchen, spielte im Wohnzimmer mit Peyton. Als sie mich sah, rannte die Kleine direkt in meine Arme und drückte mir einen ihrer herzlichen Küsse auf die Wange. Ich umarmte sie fest, küsste sie auf die Stirn und erinnerte sie daran, auf Angela zu hören, während ich weg war. Dann brach ich zu meiner Verabredung mit Val auf.

Ich hatte heute Abend große Pläne, und ich war durchaus bereit, einzugestehen, dass ich Hilfe gebraucht hatte, um alles auf die Beine zu stellen. Diese Hilfe hatte mir Hailey geliefert. Sie war begeistert gewesen, als ich sie am Morgen nach dem Familienessen angerufen hatte.

»Ich will sie ausführen, aber es soll etwas Besonderes werden. Irgendwelche Tipps?«

»Wo soll ich da bloß anfangen?«

Obwohl Hailey gerade mit Jace frühstückte, als ich anrief, fing sie sofort an, mir Informationen zu liefern. Hailey gab mir genug Munition für Verabredungen für die nächsten zehn Jahre. Es hatte mich zwei Wochen gekostet, alles für heute Abend zu organisieren. Haileys Enthusiasmus hatte ein Grinsen auf mein Gesicht gezaubert, besonders, als sie leise gemurmelt hatte: »Jace, du kannst ruhig mitschreiben. Jede Frau weiß solche Dinge zu schätzen.«

Ich hatte Jace stöhnen gehört, bevor er verkündet hatte: »Carter, du hast mich gerade den Löwen zum Fraß vorgeworfen.«

Val hatte heute von zu Hause aus gearbeitet, also holte ich sie dort ab. Die Eingangstür stand offen, und als ich ihren Namen rief, antwortete sie von oben.

»Ich komme sofort.«

Mir blieb der Mund offen stehen, als sie die Treppe nach unten stieg. Sie trug ein schulterfreies rotes Kleid. Es war eng und relativ kurz, und sie hatte es mit schwarzen Stöckelschuhen kombiniert, die ich wahrscheinlich den ganzen Abend über anstarren würde.

Sie beugte sich vor, um mir einen Kuss auf den Mund zu drücken, und sofort umfasste ich mit beiden Händen ihre Taille.

»Val, ich kann das Haus nicht verlassen, wenn du so aussiehst.«

»Wieso nicht? Du hast gesagt, wir machen einen Hubschrauberflug und gehen dann zu Abend essen. Haben sich die Pläne geändert?«

»Nein, haben sie nicht. Aber du siehst einfach…« Ich atmete tief durch. »Jeder Mann, der dich sieht, wird dich begehren.«

Sie verdrehte die Augen. Ich packte ihre Taille fester.

»Ich will der Einzige sein, der weiß, wie sexy diese Beine sind.« Ich verschob eine Hand an die Innenseite ihres Oberschenkels, und sofort stockte ihr für einen Moment der Atem.

»Wie atemberaubend diese Brüste sind.« Ich senkte den Kopf, um feuchte Küsse auf die Wölbung beider Brüste zu drücken. Als ich mich aufrichtete, konnte ich erkennen, dass ihre Nippel sich verhärtet hatten.

»Herrje, du trägst nicht mal einen BH.«

»Du kannst mir nicht befehlen, mich umzuziehen, Carter.«

Feuer brannte in ihren Augen. Ich fing ihren Mund zum Kuss ein, bevor sie noch ein Wort sagen konnte. Dann rieb ich mich an ihr und konnte mich kaum davon abhalten, sie in ihr Schlafzimmer zu tragen.

»Carter!« Sie gebot mir Einhalt und legte sich ein Seidentuch um die Schultern. Es war groß genug, dass der fallende Stoff ihre Brustwarzen verbarg. Ich stöhnte. Ich hatte den leisen Verdacht, dass Val gar nicht ahnte, wie sexy sie war.

»Ich kann nicht glauben, dass ich endlich mal einen Hubschrauberflug mache.« Val klang ganz aufgeregt, als wir auf den Ladebereich traten und den Hubschrauber zum ersten Mal sehen konnten.

»Ich dachte, es wäre schön, L. A. mal vom Himmel aus zu sehen.«

»Ich wollte das schon immer mal machen.«

»Ich weiß.«

»Du hast mit Hailey geredet.«

»Schuldig im Sinne der Anklage.«

»Versuchst du mich zu beeindrucken, Mister?«

Sie machte sich ja keine Vorstellung …

»Nur wir beide?«

»Ja. Ich wollte niemand anderen dabeihaben.«

Auf der Plattform stand die kleine Besatzung des Hubschraubers bereit. Einer der Männer musterte Val voller Interesse. Ich zog sie an mich und küsste sie gleich dort, vor allen Anwesenden. Mir war egal, wer uns beobachtete. Ich wollte meine Ansprüche klarstellen.

»Carter …« Val klang atemlos, als ich ihre Hand ergriff und sie zum Hubschrauber führte. Der Pilot erklärte uns, wie alles ablaufen würde, dann hoben wir auch schon ab.

Wir bekamen beide Headsets, damit der Pilot problemlos mit uns kommunizieren konnte … und um den Lärm zu dämpfen. Los Angeles war von oben gesehen einfach atemberaubend. Es war die Woche vor Weihnachten, und die Stadt leuchtete sogar noch heller als sonst.

»Das war so unglaublich«, rief Val, als wir wieder aus dem Hubschrauber traten. »Hattest du Spaß?«

»Ja. Auch wenn ich mir den Flug ein wenig anders vorgestellt hatte.«

»Inwiefern?«

»Nun, zum einen dachte ich, wir könnten uns dabei unterhalten.«

Sie grinste. »Das dachte ich auch. Ich hatte nicht geahnt, wie laut es sein würde. Aber zumindest konnten wir uns so besser auf den Ausblick konzentrieren.«

»Willst du damit andeuten, dass ich dich sonst abgelenkt hätte?« Ich wackelte mit den Augenbrauen.

»Absolut. Du stellst eine ziemliche Ablenkung dar, Mister.«

»Komm, Süße. Der heutige Abend ist noch nicht beendet.«

Unser nächster Stopp war das Restaurant, in dem wir zu Abend essen sollten. Ich hatte um einen Tisch gebeten, wo wir möglichst für uns waren.

»Du hast heute wirklich alles gegeben«, murmelte Val, als wir uns setzten.

»Nur das Beste für mein Mädchen.«

Val errötete.

»Übrigens, ich weiß, was zwischen dir und April läuft. Sie hat mir kurz vor meinem Aufbruch aufgelauert.«

Val lächelte verschmitzt und zuckte mit den Achseln. »Ein Mädchen muss tun, was ein Mädchen tun muss. Ich glaube, April und ich sind Seelenverwandte. Auf jeden Fall sind wir

Schuhfreundinnen. Dieses Mädchen hat jetzt schon einen tollen Geschmack.«

»Ihr beide werdet mich noch ins Grab bringen.«

»Zumindest werden wir es versuchen.«

Beim Essen unterhielten wir uns über den Flug und über den Besuch der Mädchen in Vals Labor letzte Woche. Ich wusste nicht, wer sich dabei mehr amüsiert hatte: Val oder April und Peyton.

»Willst du tanzen?«, fragte ich, sobald unsere Teller leer waren.

»Da sage ich nie Nein.«

»Darauf hatte ich gehofft.« Ich führte Val auf die Tanzfläche und legte eine Hand an ihre Taille, als ein langsamer Song gespielt wurde, wobei ich meinen Daumen über ihren Hüftknochen gleiten ließ.

»Carter, deine Hand liegt ein wenig zu tief. Das gefällt mir nicht.«

Ich konnte das Lächeln aus ihrer Stimme heraushören.

»Ich behaupte, du magst es.«

»Ich behaupte, du bist dreist.«

»Aber du stehst drauf.«

Sie seufzte. »Tja, was soll ich sagen? Groß, gut aussehend, klug und dreist geht für mich in Ordnung.«

Mein Herz raste wie wild, als ich meine Wange an ihre drückte. Ich konnte es klopfen hören. Wie sehr ging es für sie in Ordnung? Wir hatten uns darauf geeinigt, mit niemand anderem auszugehen, und alle wussten, dass wir ein Paar waren. Aber ich wollte wissen, ob Val sich eine gemeinsame Zukunft mit mir vorstellen konnte, ob sie unsere Beziehung genauso sah wie ich.

Ich wusste, dass mein Leben kompliziert war… aber ich

wusste auch, dass ich Val glücklich machen konnte. Nicht nur im Bett, sondern auch im restlichen Leben. Ich konnte nicht glauben, wie unsicher ich mich fühlte. Das sah mir gar nicht ähnlich. Nicht einmal bei meinen kompliziertesten Fällen hatte ich so sehr an mir selbst gezweifelt. Doch ich hatte auch noch nie vor einer Frau gestanden und war drauf und dran gewesen, ihr meine Gefühle zu gestehen. Ich hatte wirklich nicht damit gerechnet, dass so etwas je passieren würde.

»Was wir haben, macht mich so unglaublich glücklich, Val«, flüsterte ich an ihrer Wange. »Aber du bedeutest mir sehr viel, und ich will nicht, dass du unsere Beziehung bloß als Spaß betrachtest. Egal, wo ich bin oder was ich gerade tue, ich denke an dich. Ich will jeden wichtigen Moment mit dir teilen. Für gewöhnlich halte ich nicht viel von Etiketten, aber ich möchte gerne schauen, wo diese Beziehung hinführen kann. Was sagst du dazu?«

Ich fühlte, wie sie scharf einatmete. Alles in mir erstarrte. Wir bewegten uns immer noch mit aneinandergedrückten Wangen. *Sag Ja. Gott, sag bitte Ja.*

Es fühlte sich an, als müsste ich minutenlang warten, obwohl in Wirklichkeit wahrscheinlich nur ein paar Sekunden vergingen.

»Das fände ich wunderbar.«

Niemals zuvor war mir ein solcher Stein vom Herzen gefallen.

»Wirklich?«

Sie nickte, dann lehnte sie sich zurück und sah mich mit großen Augen an, Unsicherheit in ihrem Blick. »Du meinst das ernst, was du gerade gesagt hast, oder?«

»Wieso sollte ich es sagen, wenn ich es nicht ernst meine?«

»Weil du denken könntest, dass ich das hören will.« Sie verspannte sich in meinen Armen.

»Wovor fürchtest du dich, Val?«

»Vor der Hoffnung«, antwortete sie leise. »Ich war immer ein optimistischer, hoffnungsvoller Mensch. Nur leider passieren die Dinge, von denen ich träume oder auf die ich hoffe, meistens nicht... außer ich sorge selbst dafür. Doch manche Dinge kann man nicht allein...« Sie senkte den Blick. »Lass uns einfach sagen, ich habe ein paarmal versucht, mein Herz zu verschenken, aber niemand wollte es haben.«

Den letzten Satz stieß sie schnell hervor, als wollte sie ihn einfach hinter sich bringen. Ich hatte sie noch nie so offen sprechen hören. Ich umfasste ihre Wange und ließ den Daumen über ihre Unterlippe gleiten. Valentina Connor war mein Ein und Alles, aber ich wusste auch, dass wir die Sache langsam angehen lassen mussten. Das war alles unglaublich neu, und wir bewegten uns auf Treibsand. Wenn wir zu schnell voranschritten, würden wir darin versinken.

»Du musst keine Angst vor mir haben. Das verspreche ich dir.« Ich küsste sie. Sie öffnete sich mir auf eine Weise, wie sie es vorher noch nie getan hatte. Himmel, ich hätte sie am liebsten direkt hier auf der Tanzfläche genommen. Ich hielt sie eng an mich gedrückt, bis das Lied endete, dann flüsterte ich: »Lass uns nach Hause gehen, Val. Ich will mich in dir vergraben.«

Ihre Augen wurden groß, und sie senkte den Blick auf meinen Mund. Dann leckte sie sich die Lippen und nickte. Innerhalb von Minuten hatten wir das Restaurant verlassen.

Kaum hatten wir ihr Schlafzimmer betreten, ließ ich den Daumen über ihre nackte Schulter gleiten, dann küsste ich genau diese Stelle. Ich wollte ihren Körper mit meinen Händen und meinem Mund kartieren; wollte entdecken, was sie unendlich erregte. Dann wäre ich der einzige Mann, der den Schlüssel zu ihrer Lust hatte.

Ich fing ihren Mund ein. Im selben Moment packte ich den Stoff ihres Kleides und raffte ihn, bis ich die glatte Haut ihrer Beine unter meinen Fingern spürte. Ich schob eine Hand nach oben zwischen ihre Schenkel, bis mein Daumen ihr Höschen fand. Sie wimmerte leise, um dann zu stöhnen, als ich den Stoff zur Seite schob und ihre nackte Haut berührte. Sie war so erregt, dass ich meine Selbstbeherrschung verlor. Fast hätte ich sie gegen die Tür gedrückt und sofort genommen. Ich stoppte unseren Kuss gerade lang genug, um ihr das Kleid über den Kopf zu ziehen. Dann warf ich mein Hemd zur Seite und öffnete eilig meinen Gürtel. Der Rest meiner Kleidung verschwand in Sekunden.

»Carter!«

»Ich begehre dich so sehr.«

Ich trat einen Schritt zurück, um sie zu betrachten, ließ langsam den Blick über ihren Körper gleiten, um jede Rundung zu bewundern und in mich aufzunehmen, wie fabelhaft diese schwarze Spitze ihre blasse Haut betonte.

Ich wollte Val berühren, sie küssen und streicheln, doch wo sollte ich anfangen? Ich nahm Vals Hand und führte sie zum Bett.

»Leg dich hin, Val.«

Ihre Augen wurden groß, doch dann setzte sie sich erst auf den Rand der Matratze, um anschließend in die Mitte zu rutschen und sich auf die Ellbogen zu stützen. Sie hielt die Knie geschlossen, doch als ich ebenfalls aufs Bett stieg, umfing ich ihre Knöchel mit den Händen und spreizte ihre Beine. Ich berührte und küsste ihre Beine und knabberte an der empfindlichen Innenseite ihrer Schenkel, bis Val keuchte.

»Carter, bitte.«

Ich lächelte an ihrer Haut, während ich mich langsam ihrer Mitte näherte.

Als ich ihr Zentrum erreicht hatte, hob ich meinen Mund an ihren Bauch, um weiter nach oben zu gleiten, bis ich ihre Brüste erreicht hatte. Ich zog mit der Zunge kleine Kreise um ihre Nippel, saugte hin und wieder daran. Und jedes Mal, wenn ich das tat, überlief ein Schauder Vals Körper.

Ihre Hände waren überall: an meiner Brust, meinen Armen, auf meinem Rücken. Und dann schloss Val die Finger um meine Erektion und übte mit dem Daumen Druck auf die Spitze aus.

»Val! Süße!«

Ich beobachtete, wie wir uns gegenseitig liebkosten, schob eine Hand zwischen ihre gespreizten Schenkel, unter ihr Höschen, um erst mit einem Finger, dann mit einem zweiten in sie einzudringen.

Val keuchte meinen Namen. Als ich den Daumen auf ihre Klitoris drückte, verkrampften sich die Muskeln in ihrem Inneren um meine Finger. Ich sah ihr tief in die Augen, weil ich mir ihr Mienenspiel auf keinen Fall entgehen lassen wollte.

»Genau so. Du bist so sexy. Du reagierst so wunderbar.«

»Carter, du wirst …«

»Ich werde dir einen Orgasmus verschaffen, ja.«

Sie verkrampfte sich noch mehr um mich, und ihre Hüften verloren den Kontakt zum Bett. Mit der freien Hand drückte ich sie zurück auf die Matratze, um dann den Ansturm auf ihre Klitoris zu verstärken. Sie schloss die Augen.

»O. Mein. Gott.«

Die Bewegungen ihrer Hand an meinem Ständer verstummten, als wäre die Lust, die ich ihr bereitete, so allumfassend, dass sie nichts anderes tun konnte, als sich ihr zu ergeben.

»Carter, ich kann nicht…«

»Doch, du kannst. Gib dich der Lust hin.«

Meine Selbstkontrolle hing an einem seidenen Faden, der riss, als Val mit einem lustvollen Stöhnen gewaltig kam, die Augen fest geschlossen. Ich musste mich in ihr versenken.

Val

19

Mein Atem kam stoßweise, und ich hatte die Augen noch nicht wieder geöffnet… doch als ich hörte, wie Carter meinen Namen flüsterte, überlief ein wunderbarer Schauder meinen Körper, und ich bekam eine Gänsehaut.

Erneut baute sich gespannte Erwartung in mir auf. Ich war gerade erst gekommen, um Himmels willen! Der Stoff meines Höschens war eine Folter an meinem empfindlichen Fleisch.

Ich öffnete die Augen, als sich die Matratze zwischen meinen Beinen senkte. Carter lehnte über mir und hakte die Daumen unter die Seiten meines Höschens. Ich hob den Hintern gerade weit genug, dass er es über meine Beine nach unten ziehen konnte.

Er spreizte meine Schenkel noch weiter und legte sich dazwischen, bevor er sich erst einen meiner Knöchel, dann den anderen auf die Schulter legte. Ich fühlte, wie seine Erektion sich gegen meinen Po drückte, ehe er seine Wurzel packte. Ich dachte, Carter würde direkt in mich eindringen, doch er ließ nur die Spitze über meinen Eingang gleiten, in einer sanften Liebkosung, die mich in den Wahnsinn trieb. Meine Mitte pulsierte, und ich fühlte das Pochen in jeder Zelle. Unsere Blicke trafen sich, und ich stieß den Atem aus. Ich fühlte mich, als präsentierte ich ihm mehr als bloß meinen Körper, vertraute ihm mehr an als nur meine Lust. Carter sah mich an, als fühle er diese beängstigende Verbindung genauso tief wie ich.

Ich keuchte auf, als er in mich glitt und mich auf wunderbare Art ausfüllte. Er bewegte sich schnell, schien mit jedem Stoß tiefer in mich einzudringen, noch größer zu werden. Jede Bewegung trieb mich einem weiteren Höhepunkt entgegen ... oder vielleicht hatte der erste auch nicht ganz geendet.

Meine Bauchmuskeln verspannten sich – und als Carter den Daumen über meine Klitoris gleiten ließ, vergrub ich meine Fingernägel im Bettlaken. Ich verzehrte mich nach meinem Orgasmus. Doch Carter hatte andere Pläne.

Er zog sich aus mir zurück, drehte mich um und zog mich auf Hände und Knie. Ich wimmerte, weil ich den Kontakt vermisste; das Gefühl, von ihm ausgefüllt zu werden. Er drang nicht wieder in mich ein, also drängte ich mich ihm entgegen.

Er lachte leise, dann spürte ich seine Lippen auf meinem Rücken.

»Vermisst du es bereits, meinen Schwanz in dir zu spüren?«

Ich wimmerte wieder.

»Ja.« Ich war mir nicht sicher, ob er mich gehört hatte, weil ich das Wort so leise gesprochen hatte.

Carter ließ seine Lippen tiefer gleiten, an mein Kreuz, dann noch tiefer, auf eine meiner Pobacken. Kuss. Biss. Kuss. Biss. Carter wandte sich der anderen Pobacke zu und folterte sie auf dieselbe wunderbare Weise. Gleichzeitig ließ er zwei Finger um meine Klitoris kreisen, ohne sie je wirklich zu berühren. Er erweckte das empfindliche Nervenbündel zum Leben, ohne es tatsächlich in Flammen zu setzen. Und seine Zunge glitt über meine empfindlichste Stelle, wo bisher der Stoff des Strings gelegen hatte. All das zusammengenommen machte mich fast wahnsinnig.

Als er endlich, endlich wieder in mich stieß, fühlte ich ihn noch intensiver.

»Verdammt, deine Erregung macht dich wunderschön.«

Ich drückte meine Wange auf die Matratze, sodass Carter mein Gesicht im Profil sehen konnte. Mein errötendes Gesicht. Als ich eine Hand an meine Klitoris führte, berührten sich unsere Finger.

Ich zog die Hand zurück, presste die Handfläche aufs Bett und warf mich ihm entgegen, um noch das letzte Quäntchen Lust zu finden. Carter rieb unerbittlich meine Klitoris, während er in mich stieß. Noch nie in meinem Leben hatte ich ein so allumfassendes ursprüngliches Verlangen erlebt. Meine Muskeln brannten, als ich mich in seinem fiebrigen Rhythmus bewegte. Meine Muskeln zuckten, als die Anspannung immer höher stieg, weil der Orgasmus sich gnadenlos aufbaute.

Ich streckte beide Arme nach hinten, um Carters Schenkel zu umklammern und ihn noch anzutreiben.

Dann explodierte ich. Mein Blick verschwamm. Als ich ein paar Sekunden später fühlte, wie er in mir zuckte, hatte ich das Gefühl, vor Lust vergehen zu müssen.

Nachdem wir uns sauber gemacht hatten, lagen wir nebeneinander im Bett. Carter hielt mich in den Armen, und ich lächelte an seiner Brust.

»Was hat es mit diesem Lächeln auf sich?« Er flüsterte, als müsse er seine Kraft erst zurückgewinnen.

»Mir gefällt, dass du verschwitzt bist. Und dass du mit mir kuschelst.« Und dass er mich mit dieser spektakulären Verabredung umworben hatte, bevor er seinen Gefühlen so offen Ausdruck verliehen hatte. Ein Teil von mir fragte sich immer noch, ob ich mir das alles nur eingebildet hatte. Ich schämte mich fast ein wenig dafür, dass ich meine Unsicherheit so offengelegt hatte. Doch als Carter mich gefragt hatte, wovor ich mich fürchtete, war es mir einfach nicht möglich gewesen, die Unbeteiligte zu spielen.

Spielerisch knabberte ich an seiner Schulter. Ehe ich wusste, wie mir geschah, hatte Carter sich auch schon wieder auf mich gerollt und hielt meine Hände über meinem Kopf fest.

Offensichtlich hatte er sich nicht vollkommen verausgabt.

»Wie kannst du das mit mir anstellen?« Seine Lippen schwebten über einem meiner Nippel. Ich wollte gerade fragen, wovon er sprach, doch als seine Erektion an meinem Schenkel spielte, schnappte ich nach Luft.

»Manchmal kann ich dich nicht fassen.«

Er hob den Kopf und sah mich direkt an. Er hatte meine Worte als Herausforderung aufgefasst.

Gott stehe mir bei!

Die Weihnachtszeit verlief im Connor-Clan immer etwas chaotisch. In der nächsten Woche verbrachten Carter und die Mädchen Weihnachten bei uns. Es war einfach wunderbar, April und Peyton der Familie vorzustellen. Peyton war am Anfang ziemlich scheu und still gewesen, doch sie war aufgetaut, sobald ihr klar geworden war, dass wirklich jeder ein Geschenk für sie hatte. April dagegen war vollkommen begeistert von Jace. Sie war eigentlich kein Fußballfan, war ihm aber in den sozialen Medien gefolgt, seit er auf dem *GQ*-Cover erschienen war. Ich hatte gehört, wie sie Carter später am Abend offiziell zum »coolen Onkel« erklärt hatte, weil er Jace kannte.

Beim nächsten freitäglichen Abendessen bat April meinen Bruder um ein Autogramm. Es dauerte eine weitere Woche, bis sie den Mut fand, um ein gemeinsames Foto zu bitten. Doch inzwischen konnte ich voller Überzeugung erklären, dass die Mädchen sich mit dem Connor-Clan wohlfühlten … weswegen ich auch davon ausging, dass ich sie nicht überfordern würde, wenn ich ihnen zwei Personen aus meiner Bennett-Verwandtschaft vorstellte.

Pippa und Sebastian waren in L. A. Da sie morgen früh nach San Francisco zurückfliegen würden, konnten sie nicht an unserem freitäglichen Familienessen teilnehmen, also hatte ich sie heute schon eingeladen, am Donnerstag.

Ich würde April und Peyton von der Schule abholen und sie direkt mit zu mir nach Hause nehmen.

Unglücklicherweise hatte von meinen anderen Geschwistern niemand Zeit, aber das verschaffte mir die Chance, mit meinem Freund und den Mädchen anzugeben.

Sobald ich die beiden an der Schule aufgesammelt hatte, fuhren wir direkt nach Hause, wo Carter sich mit uns treffen sollte.

Auf der Fahrt kauten die Mädchen mir fast ein Ohr ab.

»Und jetzt weiß ich nicht, was ich tun soll«, meinte April nachdenklich. »Soll ich ihm zurückschreiben oder nicht?«

»Mach ruhig.«

April grinste mich an. »Werde ich.«

Peyton hatte andere Probleme. »Val… ich brauche ein Kostüm für das Festival. Kannst du mit uns einkaufen gehen? Biiiiiiittte.«

»Das Festival ist nächsten Dienstag, oder?« Nachdem Carter und ich nun aktiv versuchten, unsere Leben so zu gestalten, dass wir mehr Zeit füreinander hatten, hatte er auch mir den Zeitplan der Mädchen gegeben.

»Ja.«

»Wir werden Samstag shoppen gehen, okay?«

Peyton klatschte in die Hände und nickte aufgeregt. Carter war bereits am Haus, als wir ankamen. Ich hatte angeboten, die Mädchen abzuholen, weil ihre Schule auf dem Rückweg von einem Meeting lag. Ich liebte es, Zeit mit den beiden zu verbringen und Spaß mit ihnen zu haben. Wir waren uns seit diesem unglaublichen Abend bei Carter nähergekommen.

Außerdem schmiedeten die Mädchen und ich ziemlich oft hinter Carters Rücken Pläne, was wahrscheinlich der Grund dafür war, dass er uns jetzt erst einmal musterte, als säßen wir im Zeugenstand.

»Welche Geheimnisse habt ihr diesmal vor mir?«, fragte er.

»Keine. Wir gehen nur am Samstag einkaufen, um ein Kostüm für Peyton zu besorgen«, antwortete ich aalglatt.

Er zog eine Grimasse. »Geht klar. Ich bereite mich auf ein paar Stunden reine Folter vor.«

April verdrehte die Augen, dann verschwand sie mit Peyton im Haus. Ich nutzte die Gelegenheit, mit ihr allein zu sein, und flüsterte: »Ich verspreche dir, dich nach der Einkaufstour großzügig zu belohnen.«

Ach, das Funkeln in seinen Augen war einfach wundervoll.

Kurz darauf kamen meine Bennett-Cousins an, und wir bestellten etwas zu essen.

Sie waren auf einer Geschäftsreise für ihr Unternehmen, Bennett Enterprises. Sie fertigten fantastischen Schmuck und standen gerade in Verhandlungen mit Blair – einer von Hollywoods heißesten Schauspielerinnen –, sie zum Gesicht der Firma zu machen.

Sebastian war der CEO und Pippa die Chefdesignerin. Von den insgesamt neun Geschwistern arbeiteten fünf im Familienunternehmen. Ich freute mich immer darauf, mich von ihnen auf den neuesten Stand bringen zu lassen. In den vergangenen Jahren hatten wir uns hauptsächlich auf Hochzeiten gesehen (alle neun waren verheiratet) oder wenn sie geschäftlich in der Stadt waren.

»Wie schade, dass sonst niemand kommen konnte«, meinte ich.

Pippa wedelte mit der Hand. »Wir haben uns einfach zu kurzfristig angekündigt. Aber wir wollten uns persönlich mit Blair treffen, um herauszufinden, wie sie als Mensch ist, bevor wir den Vertrag mit ihr unterzeichnen.«

»Bisher hat noch nie jemand die Firma auf diese Weise vertreten. Wir gehen damit ein großes Risiko ein, aber sie ist international bekannt – besonders in Europa«, merkte Sebastian an.

»Ihr strebt die Weltherrschaft an, hm? Ich werde immer in Ehrfurcht vor deinem Hirn erstarren«, erklärte ich Sebastian ehrlich.

»Ich mache das alles nicht allein. Alle arbeiten hart.«

»Er spielt nur hin und wieder gern den Bescheidenen«, spottete Pippa.

»Meine Ehefrau würde dir da vehement widersprechen.«

»Ich kann nicht glauben, dass Ava tatsächlich zugestimmt hat, sich ein Büro mit dir zu teilen.«

Sebastian grinste anzüglich. »Was? Ich bin der CEO. Wenn ich mir ein Büro mit meiner Marketingleiterin teilen will, die zufällig auch meine Ehefrau ist, wieso sollte ich das nicht tun? Das ergibt Sinn. Synergie-Effekte.«

»Hmmm. Deswegen hat es dich auch Jahre gekostet, Ava zu überzeugen. Weil diese Synergie-Effekte ja so unglaublich produktiv sein werden.« Pippa schmunzelte, doch dann schoss ihr Blick zu April und Peyton. Ich wusste genau, dass sie deutlicher geworden wäre, hätten keine Kinder am Tisch gesessen. Ich konnte mir gut vorstellen, dass diese Synergie-Effekte eine Menge heiße Küsse beinhalteten … mindestens.

»Übrigens, ich habe gesehen, dass Jace in einer eurer Social-Media-Kampagnen auftaucht«, meinte Pippa.

Ich grinste. »Ja. Und er rockt!«

»Schade, dass er nicht hier ist.« Pippa schenkte mir ein verschwörerisches Lächeln. Sie liebte es, Jace gnadenlos aufzuziehen.

Danach machte ich mich daran, Sebastian und Pippa über ihre internationalen Pläne auszufragen. Ich war neugierig, doch gleichzeitig machte mich das Gespräch auch nervös. Ich hatte vergeblich darauf gehofft, dass der Rechtsstreit mit Beauty SkinEssence ohne Prozess gelöst werden konnte. In sechs Wochen war der Gerichtstermin angesetzt, und ich wurde mit jedem Tag unruhiger.

Doch für den heutigen Abend beschloss ich, dieses Problem aus meinen Gedanken zu verdrängen und stattdessen die Gesellschaft meiner Cousins und meines Freundes zu genießen.

An einem sonnigen Morgen zwei Wochen später traf ich Anne fast weinend an ihrem Schreibtisch an.

»Was ist los?«

»Du hast es nicht gelesen?«

»Was gelesen?«

Sie drehte den Monitor zu mir um, und mir rutschte das Herz in die Hose. Ein Wirtschaftsblatt hatte einen Artikel über den drohenden Prozess geschrieben, und ich kam darin nicht besonders gut weg. Sie verwendeten Begriffe wie »Hochstaplerin« und »falsches Spiel«. Eine Insiderquelle bei Beauty SkinEssence hatte ihnen ihre Seite der Geschichte geschildert – aber da das Blatt mich nicht um ein Interview gebeten hatte, war klar, dass es sich hier nicht um neutralen Journalismus handelte. Das war der Auftakt einer Schmutzkampagne von Beauty SkinEssence.

Trotz der Tatsache, dass mir ein kalter Schauder über den Rücken lief, legte ich Anne beruhigend eine Hand auf die Schulter.

»Das bedeutet gar nichts, Anne. Der Richter trifft die Entscheidung, nicht die Presse.«

Ich wollte meinen Angestellten ein Vorbild sein. Sie sollten darauf vertrauen können, dass ich sie auch in schwierigen Zeiten sicher führte – das war mir wichtig.

Doch im Verlauf der nächsten Woche wurden meine Führungsqualitäten auf die Probe gestellt wie nie zuvor. Drei weitere Wirtschaftsblätter griffen die Story auf, und da bisher nur die Leute von Beauty SkinEssence zu Wort gekommen waren, lag der Fokus auf ihrem Blickwinkel.

Als PR-Profi war Hailey meine Beraterin.

»Ruf die Journalisten an, und schildere ihnen deine Sicht der Dinge.«

»Das habe ich durchaus vor, aber ich will noch mehr tun.«

Letztendlich kontaktierte ich jeden einzelnen Journalisten und veröffentlichte zusätzlich auf der Firmenwebsite einen offenen Brief, den ich mit Haileys Hilfe formuliert hatte. Einige der Journalisten wollten meine Einlassungen aufgreifen, andere wirkten eher skeptisch.

Allerdings nagte an mir, dass diese Magazine in Geschäftskreisen einen Namen hatten und ein Richter eventuell davon ausgehen könnte, dass sie nur über Fakten berichteten, statt Vermutungen zu verbreiten.

Anscheinend teilte mein Anwalt diese Meinung.

»Das können Sie nicht ernst meinen. Der Prozess beginnt in drei Wochen«, blaffte ich ins Telefon.

»Ms Connor, es tut mir leid, aber... mein aktueller Gesundheitszustand erlaubt es mir nicht, weiterhin so viel zu arbeiten.«

»Wieso sagen Sie mir nicht einfach, was der wahre Grund ist?«

»Der Fall erhält zu viel öffentliche Aufmerksamkeit. Und wenn der Richter nicht zu Ihren Gunsten entscheidet... unsere Kanzlei möchte diese Art von negativer Berichterstattung vermeiden.«

»Mit so einer müssen Sie aber rechnen«, stieß ich durch zusammengebissene Zähne hervor. »Glauben Sie wirklich, es fällt positiv auf Sie zurück, dass Sie Ihre Klienten einfach fallen lassen, wenn Sie nicht glauben, einen Fall gewinnen zu können?«

»Sich zurückzuziehen ist besser, als zu verlieren.«

»Das ist eine wirklich grauenhafte Firmenphilosophie.«

Wut stieg in mir auf. Ich versuchte mich zu beruhigen,

indem ich den kleinen Stressball knetete, den Hailey mir vor ein paar Tagen geschenkt hatte. Es half nicht.

Ich hatte kaum aufgelegt, als Landons Name auf dem Display aufleuchtete. Manchmal fragte ich mich, ob er spüren konnte, wenn ich mich aufregte, weil sein Timing echt unheimlich war.

»Wie läuft's?«

»Nun, ich hätte gerne gesagt, dass ich gute Neuigkeiten habe, aber mein Anwalt hat gerade das Mandat niedergelegt.«

Sobald ich ihm erzählt hatte, was geschehen war, begann Landon meinen Ex-Anwalt auf übelste Weise zu beschimpfen.

»Ich werde mich umhören. Wir hatten bei unseren Deals schon Kontakt zu einer Menge Anwälten.«

»Danke. Mach das. Ich muss in zehn Minuten in ein Meeting, das meinen gesamten Nachmittag in Anspruch nehmen wird. Aber erst will ich noch mit Carter reden. Er ist in der Branche und kann mir vielleicht auch jemanden empfehlen.«

20 Carter

»Carter, komm schon. Übernimm den Connor-Fall nicht«, sagte Anthony.

Ich hatte meine zwei Partner in den Sitzungsraum gebeten, um sie über meine Pläne zu informieren.

»Ich bitte euch nicht um Erlaubnis.«

Ich hatte mich in dem Moment entschieden, als Val mir die Nachricht geschrieben hatte, in der sie mich um Empfehlungen für Anwälte bat, weil ihr Anwalt das Mandat niedergelegt hatte. Ich hatte ihren Anruf verpasst, da ich gerade mit einem Klienten gesprochen hatte, und sie saß derzeit in einem Meeting, aber ich würde später mit ihr reden.

»Der Fall hat zu viel Publicity«, fuhr Anthony fort. »Und der Gerichtstermin ist schon in drei Wochen. Wenn du verlierst, wird uns das eine Menge Klienten kosten.«

»Ich habe nicht vor, ihn zu verlieren. Und noch einmal: Ich bitte euch nicht um Erlaubnis.«

»Wir sind alle Partner«, erinnerte mich Zachary. »Du kannst nicht unseren Ruf für irgendeine Frau riskieren, mit der du ausgehst.«

Ein paar Sekunden lang herrschte Schweigen. Ich konnte bereits spüren, wie die Ader in meiner Schläfe pulsierte.

»Zachary, wenn ich du wäre, würde ich jetzt die Klappe halten«, grollte ich schließlich. Val war nicht einfach irgendeine Frau.

»Hör mal, Carter, ich würde diesen Fall nicht mal mit der Kneifzange anfassen«, warf Anthony ein. »Wir können dich nicht davon abhalten, den Fall zu übernehmen ... aber ist sie dieses Risiko wirklich wert?«

»Ja. Ja, das ist sie.«

Ich wollte Vals Fall übernehmen. Ich wollte für sie kämpfen. Ich war ein verdammt guter Anwalt. Ich konnte nicht einfach danebenstehen, während sie in solchen Schwierigkeiten steckte. Also schaute ich ungefähr zu der Zeit, wo ihr Meeting enden sollte, in ihrem Büro vorbei.

Es war offensichtlich, dass alle bis auf Val bereits nach Hause gegangen waren. Ich konnte bloß ihren Rücken sehen, doch ihre Anspannung war unübersehbar. Sie stand hoch aufgerichtet, und ihre Schultern wirkten steif. Sie hatte telefoniert, aber sie musste mich gehört haben, weil sie ein eiliges »Ich rufe dich später an« murmelte, bevor sie das Telefon auf den Tisch legte und mich über die Schulter ansah.

Ich ging direkt zu ihr, schlang einen Arm um ihre Taille und schob sie an den Rand des Schreibtisches. Dann küsste ich sie, tief und leidenschaftlich. Sie erwiderte den Kuss, wenn auch zuerst nur zögernd. Als ich mehr verlangte, gab Val nach, stöhnte leise an meinen Lippen, vergrub eine Hand in meinem Haar und schlang ein Bein um mich, um mich enger an sich zu ziehen. Ich wollte ihr alle Anspannung nehmen, all ihre Sorgen vertreiben.

Ich zog mich ein wenig zurück, dann legte ich einen Finger unter ihr Kinn, um ihren Kopf zu heben.

»Hey«, begrüßte ich sie.

»Hey.«

»Was hast du heute so getan?«

»Konsolidierung, überwiegend. Landon hat ein paar Kanzleien gefunden. Aber diejenigen, mit denen ich bisher gesprochen habe, schrecken davor zurück, so spät in den Fall einzusteigen. Hast du irgendwelche Empfehlungen für mich?«

Richtig. Sie hatte in ihrer Nachricht um Empfehlungen für Anwälte gebeten. Das hatte ich vollkommen vergessen.

»Val, ich will dich vertreten. Ich will dein Anwalt sein.«

Sie blinzelte zu mir auf. »Was?«

Okay. Irgendwie hatte ich mir eine begeistertere Reaktion ausgemalt.

»Ich weiß, dass du gesagt hast, wir wollten Berufliches nicht mit Privatem mischen, aber inzwischen liegen die Dinge anders.«

»Ich weiß. Aber was ist mit deiner Kanzlei? Hast du mit deinen Partnern gesprochen?«

»Ich habe sie über meine Entscheidung informiert, ja. Sie waren nicht gerade begeistert … aus genau denselben Gründen, wie sie dir ein früherer Anwalt genannt hat. Mir ist das vollkommen egal. Wieso zögerst du? Warum hast du mich nicht einmal gefragt, ob ich deinen Fall übernehmen will?« Meine Worte klangen harsch, aber ich war auch ein wenig sauer darüber, dass sie nicht einmal daran gedacht hatte.

Mein Herz raste, als ich im Kopf alle Möglichkeiten durchging. Der Anwalt in mir fragte sich, ob Val meiner Kompetenz nicht vertraute. Der Mann in mir fürchtete, dass sie die

Trennung zwischen Beruf und Privatleben deswegen aufrechterhalten wollte, weil ihre Gefühle für mich nicht so tief waren wie meine für sie.

»Das ist riskant für dich, Carter. Ich fand es einfach nicht fair, dich darum zu bitten.« Sie fing an, nervös die Hände zu ringen.

»Ich biete es dir an.«

»Es ist nur …« Ihre Stimme verklang, dann atmete sie tief durch, bevor sie weitersprach. »Niemand außerhalb meiner Familie wollte bisher so für mich in die Bresche springen.«

»Val, ich will für dich kämpfen. Ich will diesen Fall für dich gewinnen. Stimm einfach zu.«

Sie nickte. Ich atmete tief durch, dann beugte ich mich vor und ließ meine Lippen über ihre gleiten.

»Sollen wir gleich anfangen?«

»Nein. Ich werde morgen früh aufstehen und mir alle Unterlagen ansehen. Aber heute Abend möchte ich, dass du das alles vergisst, okay?«

»Okay. Danke, dass du den Fall übernimmst und für mich da bist.«

»Hier gehöre ich hin. An deine Seite. Im Guten wie im Schlechten. Es wird sicherlich nicht immer alles glattgehen, aber du kannst in allen Höhen und Tiefen auf mich zählen. Ich verspreche dir, dass du dich auf mich verlassen kannst.«

»Danke.«

Vals Stimme zitterte ein wenig, als fände sie diese Vorstellung wunderbar, hätte aber gleichzeitig auch Angst davor. Ich verstand sie. Wir hatten beide schon Rückschläge erleiden müssen, und es hatte entweder mit Herzschmerz oder Enttäuschungen oder beidem geendet.

»Also, wie willst du mich das alles vergessen lassen?«

»Du meinst, mein angeborener Charme reicht nicht aus?« Ich wackelte mit den Augenbrauen.

Sie grinste. »Ich weiß nicht. Ich glaube, du musst schon eine Schippe zulegen.«

Ich schob eine Hand unter ihren Rock, streichelte ihren Oberschenkel. Ihre Augen begannen zu funkeln, und sie leckte sich die Lippen.

»Hmmm … vielleicht sollte ich einem so hinterhältigen Mann doch nicht vertrauen. Du denkst ja immer nur an das Eine.«

Ich legte den Kopf schräg. »Diesmal nicht.«

»Wirklich? Was tut deine Hand dann unter meinem Rock?«

»Die ist dazu da, dir beim Entspannen zu helfen. Das ist das Einzige, was heute zählt.«

»Nein, nein. Ich schulde dir Entspannung.« Sie kniff gespielt streng die Augen zusammen. »Tatsächlich wüsste ich da etwas, was uns beide entspannt.«

»Willst du mir verraten, woran du denkst?«

»Nö, ich glaube, ich quäle dich lieber noch eine Weile.«

Sofort ging ich zum Angriff über. Ich zog die Hand unter ihrem Rock hervor und beugte mich vor. Val wich meiner plötzlichen Bewegung aus und fing sich mit den Händen ab. Ich nutzte die Chance und kitzelte sie unter den Achseln.

Val lachte laut. Ich war so stolz darauf, dass es mir gelungen war, sie heute Abend zum Lachen zu bringen.

»Hör auf, hör auf. Stopp.«

»Willst du es mir immer noch nicht verraten?«

Sie schüttelte den Kopf. Ich änderte meine Taktik und umfasste stattdessen ihre Taille.

Dann ließ ich meine Nasenspitze langsam über ihren Hals

gleiten. Sie zitterte, und ich genoss, wie ihr Körper auf mich reagierte. Ihre Hüften glitten ein Stück nach vorne, als suche sie meine Nähe. Als ich ihren Busen durch den Stoff ihrer Bluse umfasste und mit dem Daumen Kreise um ihre Nippel beschrieb, drückte sie mit einem leisen Stöhnen den Rücken durch.

»Ich werde es schon noch aus dir herausbekommen.«

»Oh, dessen bin ich mir sicher.«

Ich vergrub mich in den Unterlagen, sah mir alles genau an, um dann meine eigene Arbeit noch mal zu überprüfen. Das alles erledigte ich zusätzlich zu meinen anderen Fällen, was bedeutete, dass ich früh aufstand und bis spät in die Nacht arbeitete.

Selbst als abgebrannter Student, der jeden Job hatte annehmen müssen, der sich ihm bot, hatte ich nicht so viel um die Ohren gehabt. Also waren die Nachrichten, mit denen Mom mich überfiel, wirklich das Letzte, was ich brauchen konnte.

Ich gönnte mir gerade ein Mittagessen von einem Imbisswagen in der Nähe des Gerichtsgebäudes, als sie anrief. Ihren Namen auf dem Display zu sehen überraschte mich, weil sie normalerweise abends anrief.

»Mom, ist alles okay?«, fragte ich, kaum dass ich abgehoben hatte.

»Ja und nein. Wir müssen reden.«

»Ist dir etwas zugestoßen? Oder Dad?«

»Nein, nichts in der Art.«

»Okay.«

Ich stand an einem der kleinen Tische um den Imbisswagen, also hielt ich mir das andere Ohr zu, um den Verkehrslärm auszublenden.

»Schieß los.«

»Ich habe viel nachgedacht und … ich kann nicht wieder nach L. A. kommen, Carter.«

»Was?«

»Dein Dad braucht mich hier. Er erholt sich nur langsam, und selbst danach wird er mich brauchen. Ich kann ihn einfach nicht mehr so lange allein lassen.«

»Willst du, dass ich jemanden anstelle, der euch hilft?«

»Nein, das ist nicht nötig. Aber ich kann nicht mehr zwischen L. A. und Montana hin- und herjetten, wie ich es bisher getan habe.«

»Ihr könntet beide hierherziehen«, schlug ich vor. »Dad müsste nicht mal die Plantage verkaufen. Ich kann euch beide unterstützen.«

»Du weißt doch, wie stur er ist. Er will hierbleiben. Wir könnten die Mädchen auch zu uns nehmen.«

»Die Mädchen bleiben bei mir, Mom. So hat es Hannah gewollt. Und sie wollen das auch, genau wie ich.«

»Es tut mir leid, dass ich dich so damit überfalle, aber ich denke jetzt schon eine Weile darüber nach, und na ja … je früher du es weißt, desto früher kannst du eine Nanny organisieren. Ich weiß doch, dass Angela im Herbst aufhört.«

Tatsächlich hatte Angela mir gerade mitgeteilt, dass sie uns schon viel früher verlassen würde als erwartet, weil sie einen Praktikumsplatz an einem Forschungszentrum für Kinderpsychologie erhalten hatte, wo sie bereits nächste Woche anfangen sollte. Das brachte mich in die Bredouille, doch ich hatte ihren Vertrag aufgelöst, denn … seien wir ehrlich … das war eine Chance, die sie sich einfach nicht entgehen lassen konnte. Ich hatte sogar darüber nachgedacht, Mom zu bitten, früher wiederzukommen. Ich konnte ihre Entscheidung nachvollziehen, aber ich freute mich nicht darauf, »Suche nach Kinderbetreuung« auf meine To-do-Liste zu schreiben, da ich doch bereits so schon genug um die Ohren hatte.

Ich würde einfach die Zähne zusammenbeißen müssen und mich bestmöglich für alle einsetzen.

Am selben Abend verkündete ich die Nachricht allen Betroffenen. Als Erstes sprach ich mit Val.

»Es wird sich nicht viel ändern, Carter. Du bist für die Mädchen ein wichtiger Teil ihres Lebens.«

»Ich weiß.« Und ich liebte die beiden aus tiefstem Herzen.

»Und ich bin jederzeit für dich da. Nur für den Fall, dass du das noch nicht mitbekommen hast, ich habe massenweise Erfahrung mit Kindern. Das wird sich noch als nützlich erweisen, da bin ich mir sicher. Und jetzt koche ich uns ein schnelles Abendessen, während du mit den Mädchen redest.«

Ich lachte, überrascht, wie locker sie mit der ganzen Sache umging. Aber andererseits: Hier ging es um Val. Sie beschwerte sich nie über ihr Schicksal.

Ich redete in Aprils Zimmer mit den Mädchen. Wir saßen zusammen auf dem Bett – bis zu dem Moment, wo ich ihnen mitteilte, dass ihre Großmutter auf der Plantage bleiben würde. Dann stemmte sich Peyton auf ihre kleinen Beine und schlang die Arme um meinen Hals.

»Sie hat uns nicht mehr lieb?« Das Zittern in ihrer Stimme zerriss mir fast das Herz.

»Natürlich liebt sie euch, Mäuschen. Aber dort ist ihr Zuhause, und Opa braucht sie. Er kann nicht mehr ständig allein sein.«

April kaute an den Fingernägeln. Peyton sagte nichts,

doch ihr kleiner Körper begann zu zittern, und sie brach in Schluchzen aus. Ich geriet in Panik, als ich versuchte, sie zu beruhigen.

»Wir werden super klarkommen, das verspreche ich.«

»Aber was, wenn wir Oma brauchen?«, fragte Peyton, nachdem das Weinen abgeklungen war. »Was, wenn wir Mädchenfragen haben?«

»Du kannst sie immer anrufen.«

»Aber vielleicht geht sie nicht dran«, meinte April vernünftig. »Können wir Val fragen?«

Ich hätte diese Frage wirklich mit Val diskutieren sollen, bevor ich antwortete, doch die Mädchen beobachteten mich mit so hoffnungsvollen Mienen, dass ich einfach nichts anderes sagen konnte als: »Ja, natürlich.«

»Und wenn Val auch weggeht?«, drängte Peyton.

Treffer mitten ins Herz, Kleine. Ich konnte erkennen, wie sehr die beiden sich vor dieser Möglichkeit fürchteten. Verdammt, mir ging es genauso. Ich fühlte mich, als stünde ich auf Treibsand und könnte jeden Moment einsinken.

»Mädchen, was auch immer geschieht, ich verspreche euch, dass wir das gemeinsam bewältigen.«

Das Abendessen war eine stille Angelegenheit, und direkt danach gingen die Mädchen ins Bett.

»Geht es dir gut?«, fragte Val sanft, als wir allein im Wohnzimmer waren. Wir hatten uns zusammen auf der Couch zusammengerollt.

»Ehrlich gesagt versuche ich immer noch, alles zu begreifen. Ich werde mich nach einer neuen Nanny umsehen müssen.«

»Ich werde dir helfen. Und ich kenne den Zeitplan der

Mädchen sowieso schon. Wir können uns die Aufgaben teilen, bis du jemanden gefunden hast.«

Mein Magen verkrampfte sich. »Bist du dir sicher? Die Mädchen spannen mich ganz schön ein, und ohne meine Mom … sie werden dich als weibliche Bezugsperson betrachten.«

»Damit hatte ich gerechnet. Ich kann eine tolle Ersatzmutter sein, auch wenn ich das jetzt selbst behaupte. Du kannst gerne meine Geschwister fragen.«

Ich zog Val auf meinen Schoß, sodass sie rittlings auf mir saß. »Daran zweifle ich keine Sekunde.«

»Wo liegt dann das Problem?«

Ich beschloss, die Karten offen auf den Tisch zu legen. »Das ist zu viel.«

Vals Schultern sanken nach unten, dann rutschte sie nach hinten, als wolle sie von meinem Schoß steigen. Ich konnte förmlich sehen, wie sie schrumpfte.

»Du … du willst die Dinge langsamer angehen lassen?«

»Nein, Val. Das habe ich damit nicht gemeint. Ich will die Dinge nicht langsamer angehen lassen. Manchmal habe ich das Gefühl, ohne dich in meiner Nähe könnte ich nicht mal atmen. Aber ich bin mir durchaus bewusst, dass das mehr ist, als du erwartet hast.«

»Ich will Teil von eurem Leben sein. Wieso solltest du denken, dass mir das zu viel wird?«

»Ganz am Anfang, kurz nachdem April und Peyton bei mir eingezogen waren, habe ich ein paar schlechte Erfahrungen mit Frauen gemacht.«

»Carter, wenn überhaupt, sorgt die Art, wie du deine Nichten liebst und Verantwortung für sie übernimmst, nur dafür, dass du mir noch mehr bedeutest.«

Ich umfasste ihre Wangen, drückte ihr erst einen Kuss auf die Stirn, dann auf ihre Lippen. Der Kuss begann sanft, doch als mir ihre Worte wirklich bewusst wurden, kam schnell meine Zunge ins Spiel. Ich bedeutete ihr etwas. Val wollte mich, April und Peyton.

Ich strich sanft über ihre Brüste, dann liebkoste ich ihre Nippel, bis sie sich aufrichteten. Ich verschob eine Hand an ihren Hintern und zog sie an mich, bis ihre Mitte sich an meine Erektion drängte. Ich stöhnte leise und umfasste mit der anderen Hand ihren Hinterkopf.

»Schling die Beine um meine Hüften.«

Sofort folgte sie meiner Aufforderung, und zusammen mit ihr stand ich auf.

Val fing schon auf dem Weg ins Schlafzimmer an, mein Hemd zu öffnen. Sobald wir angekommen waren, schloss ich die Tür hinter uns, drückte sie dagegen und zog ihr das Kleid über den Kopf. Sie keuchte, als meine Erektion sich gegen den feuchten Stoff ihres Höschens drückte. Ihre Hände zuckten, dann bohrte sie die Fingernägel in meine Oberarme.

Ich stöhnte, rieb mich an ihr, trieb sie in den Wahnsinn.

Sanft biss ich ihr in die Unterlippe, als ich ihre Beine nach unten sinken ließ. Sobald sie sicher stand, flog der Rest unserer Kleidung durch den Raum. Ich verzehrte mich voller Verzweiflung nach ihr und fand es wunderbar, zu sehen, dass sie ebenso auf meine Küsse und Liebkosungen reagierte. Kaum dass sie nackt war, zog ich eine Spur aus Küssen von ihrem Hals, zwischen ihren Brüsten hindurch bis zu ihrem Nabel, dann noch tiefer. Ich ließ meine Zunge einmal über ihre Klitoris gleiten, bevor ich wieder aufstand und ihre Brüste küsste, um im Anschluss ihre Nippel in den

Mund zu saugen und mit meiner Zunge zu verwöhnen. Mit jeder Berührung wurden ihre Knie weicher. Sie griff zwischen uns und umfasste meine Erektion. Ich pulsierte in ihrer Hand.

Ich packte ihre Taille und drehte sie um, sodass ich uns beide in dem Spiegel an der gegenüberliegenden Wand sehen konnte.

Sie stemmte die Unterarme auf die Kommode vor sich, als ich ihren Hals und ihre Schultern küsste. Ich berührte ihre Brüste, knetete ihre Nippel. Anspannung stieg in meinem Körper auf, immer höher.

»Carter, ich brauche dich.«

»Ich weiß, dass du das tust, Liebes. Aber vorher musst du mir etwas versprechen.«

Ich schob meinen Ständer zwischen ihre Beine.

»Was?«, keuchte sie.

»Du darfst niemals an meinen Gefühlen für dich zweifeln. Versprichst du mir, dass du das nicht mehr tust?«

Unsere Blicke trafen sich im Spiegel. Ich konnte Vals Ängste erkennen und wollte sie beruhigen. Sie leckte sich die Lippen, in dem offensichtlichen Versuch, klar zu denken, doch ich machte es ihr nicht leicht. Ich begann meine Hüften leicht zu bewegen. Das Gefühl ihres Pos an meinem Schambein machte mich fast verrückt.

»Val«, flehte ich, ohne meine süße Folter zu unterbrechen.

»Okay, versprochen.«

Ich zog mich ein kleines Stück zurück, dann drehte ich sie um, schob die Hände unter ihren Hintern und hob sie hoch. Mein Ständer war zwischen uns gefangen, rieb über ihre Klitoris. Sie wimmerte leise, als ich sie zum Bett trug. Ich hatte sie kaum auf die Matratze gelegt, als ich auch schon so tief wie möglich in sie glitt. Ihre Beine zitterten, ihr stockte der Atem.

»Oh, verdammt«, stöhnte ich leise.

Hart und unerbittlich stieß ich in sie, katapultierte sie so schnell einem Orgasmus entgegen. Als ihre inneren Muskeln sich um mich verkrampften, verlangsamte ich meine Bewegungen, um sie sanft wieder auf die Erde zu führen.

Sie schrie frustriert auf, warf mir die Hüften entgegen – bis ich eine Hand auf ihren Bauch legte, um sie in die Matratze zu drücken.

»Ich werde dir Lust schenken, Liebes. Ich verspreche es.«

Die Botschaft war klar. Ich würde sie zu meinen Bedingungen befriedigen, und sie hatte keine andere Wahl, als mir ihr sexuelles Empfinden anzuvertrauen. Ich hielt mich vollkommen unbeweglich, als ich die Finger über ihre Klitoris tanzen ließ und mich gleichzeitig vorlehnte, um einen Nippel in den Mund zu saugen.

»Oh, verdammt, verdammt, verdammt. Carter!«

Lust erfüllte mich. Sie nahm ihren Anfang dort, wo wir verbunden waren, um dann nach und nach meinen gesamten Körper zu erfüllen. Niemals zuvor hatte sich ein Orgasmus so langsam aufgebaut. Meine Muskeln verspannten sich. Als ich sie küsste, um den Schrei ihres Orgasmus mit den Lippen aufzufangen, gab ich mich meinem eigenen Höhepunkt hin.

Die Wochen bis zum Prozess waren brutal. Die meiste Zeit war ich auf Autopilot, außer wenn es darum ging, Vals Fall vorzubereiten. In der Nacht vor dem Gerichtstermin erhob ich mich erst um drei Uhr morgens von meinem Schreibtisch.

Val lag nicht im Bett, also sah ich im Wohnzimmer nach, weil ich damit rechnete, dass sie dort eingeschlafen war. Letztendlich fand ich sie in Peytons Bett. Meine Nichte hatte sich an Val gekuschelt, die sie schützend im Arm hielt. Das war ein so friedlicher, herzerwärmender Anblick, dass ich fast vor dem Bett auf die Knie gesunken wäre. Ich wollte mir das Privileg erwerben, das jeden Tag zu sehen. Nichts wünschte ich mir mehr.

Vorsichtig hob ich Val in meine Arme. Sie rührte sich leicht, kuschelte den Kopf an meine Schulter.

»Ich bin in Peytons Bett eingeschlafen.«

»Ich weiß. Ich bringe dich ins Schlafzimmer. Du riechst nach Muskat.«

»Mmmm… die Mädchen und ich haben ein neues Kuchenrezept gefunden und es ausprobiert. Wie viel Uhr ist es?«

»Drei.«

»Also ist es bereits Morgen.« Blinzelnd öffnete sie die Augen, dann konnte ich spüren, wie ihr Puls sich beschleunigte, als ich sie auf mein Bett legte und neben sie glitt. »Ich habe Angst, Carter.«

»Musst du nicht. Wir werden gewinnen, das verspreche ich dir.« Ich küsste ihre Wange, dann ihren Hals. »Schlaf, Süße. Tut mir leid, dass ich dich daran erinnert habe.«

Sie vergrub die Nase in meinem T-Shirt und atmete tief meinen Duft ein. Ich hielt sie die ganze Nacht in den Armen, während ich über den Fall nachdachte. Ich würde Val nicht enttäuschen.

21 Val

Am Vormittag des Gerichtstermins fühlte ich mich, als bewegte ich mich durch das Leben einer anderen Person. Wie ferngesteuert zog ich mich an und frühstückte. Und bevor ich wusste, wie mir geschah, lenkte Carter den Wagen auch schon auf einen Parkplatz ein paar Blocks vom Gericht entfernt. Ich schwitzte wie verrückt. Meine Handflächen waren feucht, und dasselbe galt für meinen Haaransatz in meinem Nacken. Ich bemühte mich wirklich, alles aufzunehmen, was Carter sagte, doch meine Panik sorgte dafür, dass mein Blut in den Ohren rauschte und ich ihn kaum verstehen konnte. Ich wusste sowieso bereits alles, was er mir sagte. Wir waren das Programm für den heutigen Tag schon mehrere Male durchgegangen.

»Val«, sagte Carter sanft, sobald wir aus dem Wagen gestiegen waren, »hör mir zu. Alles wird gut.«

»Wie kannst du so ruhig sein? Für dich steht auch eine Menge auf dem Spiel. Deine Geschäftspartner sind gerade nicht gut auf dich zu sprechen.«

»Mir ist vollkommen egal, ob sie gut auf mich zu sprechen sind oder nicht.«

»Wie? Wie kann dir das egal sein?«

»Weil ich mich auf das konzentriere, was wichtig ist. Und im Moment zählt nur, diesen Fall zu gewinnen. Du bist mir wichtig, Val. Der Rest ist nebensächlich. Ich bin ein sehr guter Anwalt, Val. Ich werde Lösungen finden. Versuch, dich auf das Positive zu konzentrieren. Deine Familie steht hinter dir. Und du hast mich, Val.«

Bei seinen Worten schmolz ich fast dahin. Carter ging rational an die Sache heran. Ich versuchte, dasselbe zu tun, doch ehrlich, in solchen Situationen hatte ich schon immer mit meinen Gefühlen gekämpft. Ich konnte bloß daran denken, dass mein geschäftlicher Ruf leiden würde, wenn etwas schiefging. Ich konnte deswegen Bestellungen und Verträge verlieren und so die Jobs meiner Angestellten aufs Spiel setzen.

Ganz zu schweigen davon, dass es einen großen finanziellen Verlust bedeuten würde, wenn ich die Anti-Aging-Linie vom Markt nehmen musste und der Richter entschied, dass ich Beauty SkinEssence Entschädigung zahlen musste.

Carter würde auch eine Menge verlieren. Ich konnte einfach nicht glauben, dass er so viel für mich riskierte.

»Es funktioniert nicht, oder?«, fragte er.

Ich schüttelte den Kopf. Doch bevor ich mehr tun konnte, hatte Carter meinen Mund bereits zu einem Kuss eingefangen und drückte mich gegen eine der Betonwände um den Parkplatz. Aber hallo, das war nicht der übliche *Ich wünsche dir einen schönen Tag*-Kuss. Er war sinnlich und so heiß, dass ich ihn fast angesprungen hätte.

»Was tust du da?«, fragte ich fordernd, als wir Luft holen mussten.

»Ich lenke dich von allem ab, solange wir noch Zeit dafür haben.«

Ich lachte. »Ich fürchte, dazu sind nicht mal deine außergewöhnlichen Küsse fähig.«

Er kniff die Augen zusammen, dann ließ er eine Hand unter meine Bluse gleiten und umfasste über dem BH eine meiner Brüste.

»Befingerst du mich?«

»Tue ich. Und wenn du nicht aufhörst, tue ich noch Schlimmeres.«

O Mann… das Funkeln in seinen Augen verschaffte mir eine ziemlich gute Vorstellung davon, was er meinte.

»Du bist hinterhältig, bist du dir dessen bewusst?« Halbherzig schob ich seine Hand zur Seite… nur um mir sofort zu wünschen, ich hätte es nicht getan, weil sogleich all meine Sorgen wieder in mir aufstiegen. Doch es war Zeit, mich zusammenzureißen und mich dem Tag zu stellen.

Carter drückte den ganzen Weg zum Gericht die Hand an mein Kreuz. Meine Familie wartete vor dem Gerichtssaal, und ich lächelte.

»Ich kann nicht glauben, dass ihr alle hier seid«, murmelte ich, als ich den Blick über meinen Clan gleiten ließ. Landon umarmte mich besonders fest.

»Das wird schon, Zwerg«, flüsterte er. Das war Dads Spitzname für mich gewesen.

»Das weiß ich«, sagte ich so gefasst, wie es mir eben möglich war. Ich wollte meinen Zwilling nicht enttäuschen.

In der nächsten halben Stunde funktionierte ich wieder wie ferngesteuert. Im Gerichtssaal warf ich kaum einen Blick zu den Vertretern von Beauty SkinEssence und ihrem Anwalt.

Ich saß so aufrecht wie möglich, den Kopf hoch erhoben. Ich hatte schon viel Schlimmeres als das hier durchgemacht.

Ich würde nicht zulassen, dass sie meine Angst spürten. Ich würde mich nicht einschüchtern lassen.

Als Erstes hatte der Anwalt des Klägers das Wort. Wie erwartet präsentierte er rücksichtslos die »Beweise« und stellte mich im schlechtesten Licht dar. Dann erhob sich Carter von seinem Platz. Er dominierte mühelos den Gerichtssaal, als er seinen scharfen Blick über die Jury und den Richter gleiten ließ.

Ich achtete darauf, dem gegnerischen Anwalt in die Augen zu sehen und so neutral wie möglich zu sprechen, als er mich befragte.

»Wie ich bereits unzählige Male erklärt habe, folgen alle Kosmetikfirmen den Trends und den Anforderungen des Marktes und versuchen, ihnen gerecht zu werden. Die gleichzeitige Entwicklung eines Produktes ist nichts Ungewöhnliches. Das alles war von Anfang an darauf ausgerichtet, mich einzuschüchtern«, beendete ich meine Ausführungen. Ich ertappte Carter dabei, wie er mich quer durch den Saal ansah.

Niemals zuvor hatte ich mich so geliebt gefühlt. Ich fühlte seinen Blick wie eine beruhigende Umarmung, und zum ersten Mal am heutigen Tag hatte ich das Gefühl, mit meiner Angst umgehen zu können.

Carter machte sich daran, einen Beweis nach dem nächsten für die Integrität meiner Firma anzuführen und eine Chronik der Ereignisse zu präsentieren. Das alles war das Ergebnis seiner wochenlangen Arbeit auf Grundlage dessen, was mein erster Anwalt vorbereitet hatte. Nach unzähligen Fallprüfungen war dies der Höhepunkt.

Unsere Beweise bestanden nur aus Indizien, doch dasselbe galt für die Präsentation der Gegenseite. Das Produkt konnte nicht patentiert werden. Letztendlich lag die Entscheidung beim Richter.

Bis zum Urteilsspruch vergingen zehn Tage. Ich hielt mich in meinem Büro auf, als Carter mit Papieren in der Hand in den Raum stürmte.

»Der Richter hat zu deinen Gunsten entschieden. Die Gegenseite muss alle Gerichts- und Anwaltskosten übernehmen plus eine saftige Strafe für den diffamierenden Artikel zahlen.«

Ich las jedes Wort des Urteilsspruches mindestens fünf Mal, bevor ich ihn wirklich verarbeiten konnte, dann warf ich mich in Carters Arme. Lachend drückte er mich an sich.

»Danke, danke, danke«, murmelte ich. Überrascht stellte ich fest, dass er mit mir in den Armen rückwärtsging.

»Was tust du?«, flüsterte ich. Als er mit glühendem Blick auf mich herabsah, hatte ich meine Antwort. Ein wunderbares Kribbeln überlief meine Haut. Dann breitete sich Hitze in meinem Körper aus, als Carter die Tür schloss, um sofort seinen Mund auf meinen zu senken. O Gott, dieser Kuss!

Carter zog sich ein kleines Stück zurück, ließ den Daumen erst über meine Ober-, dann über meine Unterlippe gleiten. Aus seinen Augen leuchtete dieselbe Wärme und Gefühlstiefe wie vor zehn Tagen im Gerichtssaal.

»Du warst in dieser ganzen Sache einfach fantastisch.«

»Ich? Du hast doch alles gemacht.« Wir hatten kaum über den Prozess gesprochen, nachdem er vorbei war, weil ich nicht ständig darüber hatte spekulieren wollen, wie der Richter wohl entscheiden würde. Das hätte mich in den Wahnsinn getrieben. Carter zog mich näher an sich, und die

Hand an meinem Rücken glitt tiefer, bis sie fast an meinem Hintern lag. »Du hast ausgesehen, als wolltest du dem gegnerischen Anwalt den Kopf abreißen«, sagte ich. »Aber aufgrund von Insiderinformationen weiß ich zufällig, dass du viel mehr bist als nur ein erbarmungsloser Anwalt.«

»Wie willst du feiern?«

»Nun, ich werde morgen alle in der Firma zum Mittagessen einladen. Und vielleicht könnte ich heute alle Connors zu einem frühen Abendessen zusammentrommeln?«

»Klingt gut.«

Ich wusste, dass alle mit angehaltenem Atem darauf warteten, von mir zu hören, also setzte ich mich sofort ans Telefon.

Zwanzig Minuten später hatten wir einen Plan entworfen. Carter zog los, um die Mädchen von der Schule abzuholen und sich im Restaurant mit mir zu treffen. Es war halb leer, als ich ankam. Zwei Kellner schoben mehrere Tische zusammen, um eine große Tafel zu bilden. Meine Schwestern kamen als Erste an. Sie zogen mich in eine Connor-Sandwich-Umarmung, kaum dass sie mich entdeckt hatten. Kurz darauf kamen auch meine Brüder.

Alle brachten ihre besseren Hälften und die Kinder mit, also waren wir eine riesige Gruppe, aber ich feierte gerne mit Stil. Carter, April und Peyton kamen als Letzte.

April grinste mich an und zeigte mir die hochgereckten Daumen. Peyton dagegen warf sich sofort in meine Arme.

»Carter hat erklärt, dass die Bösen nicht gewonnen haben. Also machst du dir jetzt keine Sorgen mehr?«, fragte sie.

»Nein, Mäuschen. Mache ich nicht.«

Sie drückte mir einen Kuss auf die Wange, und ich wuschelte ihr durch die Locken.

»Ms Dodger hat gesagt, dass es nächste Woche einen Kuchenverkauf gibt. Kannst du mir helfen, Cookies zu backen?« Leise fügte sie hinzu: »Onkel Carter kauft sie immer.«

Ich lachte und hob sie auf einen Stuhl. »Mach dir keine Sorgen, wir werden Cookies backen.«

Während alle sich Plätze suchten und die Karte lasen, zog ich Carter zur Seite, in einen kleinen Flur im hinteren Teil des Restaurants.

»Val?«

»Ich muss dich warnen. Obwohl du deine Haut für mich zu Markte getragen hast, könnten meine Brüder dir trotzdem die eine oder andere unangenehme Frage stellen. So sind sie einfach. Nimm es nicht persönlich.«

»Ich habe dir doch schon gesagt, dass mir das nichts ausmacht. Und ich gehe davon aus, dass meine Antworten ihnen gefallen werden, wenn sie mich wirklich ins Kreuzverhör nehmen.« Er lachte leise, dann legte er die Hände an meine Wangen. »Du bist eine unglaubliche Frau, Val, und ich liebe dich.«

Das hatte ich natürlich gehofft – auch wenn ich mir nicht erlaubt hatte, allzu zuversichtlich zu sein, nur für den Fall, dass ich mehr in unsere Beziehung hineininterpretierte, als da wirklich war. »Ich erwarte nicht von dir, dass du die Worte erwiderst, aber ich wollte, dass du es weißt.«

Ich vergrub das Gesicht an seinem Hals, lächelte an seiner Haut. »Ich liebe dich auch. So sehr.«

Er legte die Arme um mich und zog mich eng an sich. »Ich gehe nirgendwohin, Val. Ich gehöre zu dir.«

Ich atmete Carters männlichen Duft ein und schmolz förmlich in seinen Armen dahin. Dann hob Carter eine Hand an meinen Hinterkopf, vergrub die Hand in meinen Haaren und hob meinen Kopf, um mich zu küssen, bis meine Mitte pulsierte. Ich presste die Schenkel zusammen, doch es war unmöglich, die Hitze zu ignorieren, die sich dort gesammelt hatte.

»Ich kann es kaum erwarten, dich ganz für mich zu haben.«

Das leidenschaftliche Versprechen in seiner Stimme ließ mich erschauern. »Diese Party wird ungefähr drei Stunden dauern.«

Er musterte mich mit glühendem Blick. »Drei Stunden, und dann gehörst du mir.«

22 Carter

Wir kehrten zum Rest der Versammlung zurück, doch ich konnte den Blick nicht von Val abwenden. Es gefiel mir, sie so zu sehen: glücklich und sorglos. In den letzten Wochen hatte man ihr stets angemerkt, dass sie sehr viel belastete. Ich war froh, dass dies mit dem heutigen Tag der Vergangenheit angehörte.

Val war erfolgreich. Viele hätten sie gerne zu Fall gebracht. Ich würde mich zwischen sie und jeden stellen, der das versuchte – und dann würden diese Leute gezeigt bekommen, wie skrupellos ich sein konnte. Niemand würde an mir vorbeikommen.

Val liebte mich. Ich hatte keine Ahnung, was ich getan hatte, um das zu verdienen – um *sie* zu verdienen.

Alle unterhielten sich fröhlich, als Val und ich uns setzten. Sie sah sich unauffällig am Tisch um, als versuche sie einzuschätzen, ob jemand unsere Abwesenheit bemerkt hatte.

Jace grinste, weil er ihr sofort auf die Schliche kam. »Keine Sorge, Schwesterherz. Wir alle haben gesehen, wie ihr um die Ecke verschwunden seid. Will und ich haben sogar gewettet, wie lange es dauern wird, bis ihr wieder auftaucht. Er dachte tatsächlich, ihr würdet gar nicht zurückkommen.«

Will stöhnte. Jace zwinkerte seiner Schwester zu. »Aber ich hatte ein wenig mehr Vertrauen in dich. Ich wusste, dass du uns nicht sitzen lassen würdest.«

»Natürlich nicht.« Val errötete. Sie war wirklich anbetungswürdig.

Hailey musterte Jace und Will mit hochgezogenen Augenbrauen. »Ihr beide treibt die Familienschikane in ganz neue Höhen.«

»Wir haben von den Besten gelernt«, konterte Jace.

Landon, der ein paar Stühle entfernt war, räusperte sich. »Jace, ich habe meine Meinung geändert. Du wirst diese Rede nicht halten.«

»Vielen Dank auch für dein Vertrauen.«

Val blinzelte. »Eine Rede?«

Jace stand auf und hob sein Champagnerglas. Die Gespräche am Tisch verstummten. »Ich weiß, dass Landon der Redenmeister in der Familie ist, aber ich möchte ein paar Worte sagen. Wir sind alle stolz auf dich, Val, und wir werden dir immer Rückendeckung geben … komme, was wolle. Ich hoffe, du weißt das, aber ich wollte es trotzdem noch mal sagen. Wir sind alle sehr glücklich, dass mit dem heutigen Tag deine Probleme gelöst sind. Und wir möchten Carter unseren Dank aussprechen, dass er in die Bresche gesprungen ist und auf Val aufgepasst hat. Auf Val und Carter.«

Vals Lächeln war ein wenig zittrig, während wir alle anstießen, also drückte ich unter dem Tisch ihre Hand.

Als wir uns unser Essen schmecken ließen, forderte Hailey Vals Aufmerksamkeit.

»Wir machen gerade Pläne für einen Mädelsabend. Wir hatten schon lange keinen mehr«, meinte Hailey.

»Ich weiß. In letzter Zeit war alles ein wenig verrückt.«

»Nun, ich akzeptiere kein Nein als Antwort.«

Val nickte, dann sagte sie: »Okay. Carter, kannst du meinen Terminkalender auf dem Handy aufrufen? Meine Finger sind klebrig von den Chicken Wings.«

Ich nahm ihr Handy vom Tisch und rief ihren elektronischen Kalender auf. Irgendetwas stimmte da nicht. Die meisten Meetings an den Nachmittagen waren ausgestrichen. Ich blätterte zu den letzten Wochen zurück und sah, dass all ihre Nachmittagstermine rot durchgestrichen waren. Wurden erledigte Termine automatisch ausgestrichen? Nein, daran konnte es nicht liegen, weil die eingetragenen Termine an den Vormittagen ganz normal aussahen.

Wir hatten immer noch niemanden gefunden, der sich nachmittags um April und Peyton kümmerte – was bedeutete, dass Val und ich abwechselnd in der zweiten Tageshälfte von zu Hause aus arbeiteten. Ich hatte darauf beharrt, jeden Nachmittag Homeoffice zu machen, und falls das mal nicht klappte, musste April eben allein auf Peyton aufpassen. Doch Val hatte nichts davon hören wollen.

Ich war so mit meiner Arbeit beschäftigt gewesen, dass mir gar nicht aufgefallen war, wie viel Val abgesagt hatte.

»Dieser Abend hier ist frei«, verkündete Val.

Hailey klatschte in die Hände und fragte sofort beim Rest der Frauen am Tisch nach, um den Termin dann für festgenagelt zu erklären. April warf mir böse Blicke zu, weil sie Val fragen wollte, ob sie zum Mädelsabend mitkommen konnte. Doch ich hatte ihr erklärt, dass sie diese Frage erst stellen durfte, wenn sie achtzehn war.

Ich hatte das Thema von Vals abgesagten Meetings nicht während der Feier aufs Tapet bringen wollen, aber auf dem Weg zum Auto sprach ich sie darauf an.

»Val, ich habe mir deinen Kalender angesehen. Du hast mir gar nicht gesagt, dass du in den letzten Wochen so viele deiner Nachmittagstermine gecancelt hast.«

»Natürlich wusstest du das. Ich habe dir gesagt, dass ich mir Zeit freigeschaufelt habe.«

»Sicher, aber du musst doch nicht die Dinge absagen, die dir wichtig sind.«

»Ich habe sie nicht abgesagt, sondern nur verschoben.«

Damit war das Thema für sie scheinbar erledigt. Doch ich fühlte mich danach nicht besser.

In der nächsten Woche achtete ich genauer auf Vals Zeitplan und versuchte sicherzustellen, dass sie selbst nicht zu kurz kam. Der Mädelsabend hatte stattgefunden, aber sie sagte weiterhin nicht nur private Treffen, sondern auch geschäftliche Meetings ab.

»Da fahre ich nächstes Jahr hin«, sagte sie an einem Abend, als wir ins Bett glitten, nachdem ich sie gefragt hatte, ob sie Karten für das Wein-Festival in Florida gekauft hatte, von dem sie mir erzählt hatte. Sie lächelte bei den Worten, doch ich machte mir trotzdem Sorgen.

»Fahr dieses Jahr. Ich will, dass du Spaß hast.«

»Aber ich habe Spaß mit dir«, antwortete sie. »Du weißt zufällig genau, wie du mich gut unterhalten kannst.« Sie senkte die Stimme zu einem Flüstern, als sie hinzufügte: »Lass mich dir ein Geheimnis verraten: Du bist sehr gut darin.«

Ich lachte und zog sie in meine Arme. »Was sollte ich ohne dich anfangen, hm?«

»Du würdest mich schrecklich vermissen.«

»Glaubst du?«

»Davon bin ich hundertprozentig überzeugt.«

»Zufällig hast du damit recht.«

Ich hielt sie eng an mich gedrückt, als ihr Atem gleichmäßig wurde. Ich allerdings konnte nicht schlafen.

Ein paar Tage darauf kam ich erst sehr spät aus dem Büro. Ich war überzeugt gewesen, Val schlafend vorzufinden, doch stattdessen saß sie über einen Stapel Papiere gebeugt auf der Couch und schrieb wie besessen.

»Wieso bist du so spät noch wach, schöne Frau?« Ich küsste sie auf den Scheitel, aber sie hob einen Finger.

»Gib mir eine halbe Stunde. Ich bin gerade im Flow, mache Notizen für eine mögliche neue Duftlinie für Sephora. Sie haben erwähnt, dass sie sich vorstellen könnten, unsere Kooperation weiterzuführen, und ich platze förmlich vor Ideen. Es sollen unbedingt Lilien darin vorkommen. Ich liebe einfach den sinnlichen Duft dieser wunderschönen Blumen. Ich will alles aufschreiben, bevor ich noch etwas vergesse. Heute Nachmittag bin ich nicht dazu gekommen.«

Ich setzte mich in den Sessel gegenüber der Couch und beobachtete sie. Ihre konzentrierte Miene war atemberaubend anzusehen. Sie strahlte förmlich Energie aus. Ich lächelte, doch dann spürte ich einen Stich in der Brust, als mir etwas einfiel, was Hailey mir bei diesem ersten Familienessen anvertraut hatte; darüber, dass Val früher immer nur nachts die Zeit gefunden hatte, ihre Ideen auszuarbeiten.

Ich schluckte gegen einen Kloß in meinem Hals an.

Ich war klug genug, das Thema nicht anzusprechen. Wann immer ich das getan hatte, hatte sie abgewiegelt. Ich musste meine Taktik ändern.

Deswegen schlich ich mich am nächsten Abend in der Küche an Val heran, nachdem ich Peyton ins Bett gebracht hatte. Ich hielt im Türrahmen an, um sie zu beobachten. Sie trug eine Jogginghose und ein enges Top, und ihr Haar war zu einem Zopf geflochten. Außerdem tanzte sie gerade, mit dem Pfannenheber als improvisiertem Mikrofon. Ich lachte, und sie wirbelte überrascht zu mir herum.

»Ich hatte dich gar nicht gehört. Wieso lachst du?« Sie stemmte beide Hände in die Hüften. »Nicht über meine Tanzfähigkeiten, hoffe ich. Falls doch, solltest du jetzt besser lügen. Ich bin sehr stolz auf meine Moves.«

»Hey, immer langsam. Ich lache über nichts Besonderes. Ich habe einfach nur die Aussicht genossen.«

Sie schenkte mir ein Lächeln, bevor sie ihre Aufmerksamkeit wieder auf den Ofen richtete, in dem ein Kuchen war. Ich ging hinter sie, legte die Hände an ihre Taille und wirbelte sie herum.

»Ich will mit dir reden.«

»Oh-oh. Das hört sich nicht gut an.«

»Da irrst du dich.« Ich zog den Gutschein aus meiner Hosentasche und ließ ihn vor ihrer Nase baumeln.

»Was ist das?«

»Eine Überraschung.«

Ein aufgeregtes Funkeln erschien in ihren Augen. Sie leckte sich die Lippen, dann wackelte sie mit den Augenbrauen. »Gib her. Ich liebe Überraschungen.«

Ich zog den Gutschein aus dem Umschlag und ließ ihn

wieder vor ihr baumeln. Es war einfach zu süß zu beobachten, wie sie versuchte, die Worte auf dem Papier zu entziffern. Dann entriss sie mir den Gutschein.

»Karten für das Wein-Festival. Und ein Voucher für drei Nächte in einem Hotel«, sagte ich.

»Oh, das ist toll. Wann fahren wir? Nachdem du die Mädchen bei deinen Eltern abgesetzt hast?«

April und Peyton hatten bald eine Woche Ferien, und meine Eltern hatten darauf bestanden, dass ich sie zu ihnen brachte.

»Nein, das ist nur für dich und eine Person, die du mitnehmen willst.«

»Du kommst nicht mit?«

»Nein.«

»Ich verstehe nicht.«

»Ich werde während deinem Ausflug mit April und Peyton bei meinen Eltern bleiben. Dann haben wir nach deiner Rückkehr ein paar Tage ganz für uns, bevor ich die Mädchen wieder abhole. Fahr zum Festival, und nimm mit, wen immer du willst. Fahr mit Hailey und Lori oder einer deiner Freundinnen. Mach ein Mädelswochenende daraus.«

Sie starrte auf den Gutschein, ehe sie mich erneut ansah. »Wieso beharrst du so darauf, dass ich ohne dich fahre?«

»Ich will, dass du dich entspannst. Du musst viele Mädelsgespräche nachholen. Und ich denke, ein wenig Zeit für dich selbst wird dir guttun.«

Das Lächeln erstarb auf ihren Lippen. »Was meinst du damit?«

»Ich weiß, dass du deinen Freiraum brauchst, gerne Dinge mit deinen Schwestern unternimmst.«

Erneut senkte Val den Blick auf den Gutschein. Sie starrte

so lange darauf, dass ich mich fragte, ob sie wirklich die Angaben darauf las oder einfach nur meinem Blick auszuweichen wollte.

»Was ist los, Carter?«

»Du hast dir die letzten Wochen für mich und die Mädchen förmlich ein Bein ausgerissen. Das ist nicht in Ordnung. Du brauchst Zeit, dich zu entspannen.«

Sie löste sich aus meiner Umarmung und ging zum Küchenfenster, um sich an das Fensterbrett zu lehnen.

»Ich verstehe. Also war es vollkommen in Ordnung, dass du meinen Fall übernommen hast, obwohl das für dich einige Risiken beinhaltet hat, und es war auch in Ordnung, dass du sechzehn Stunden am Tag gearbeitet hast, weil du ihn zusätzlich zu deinen anderen Fällen übernommen hast – aber was ich tue, ist nicht in Ordnung?«

»Der Fall war schnell vorbei«, wies ich sie darauf hin.

Val verschränkte die Arme vor der Brust. »Wenn sich der Prozess also in die Länge gezogen hätte, hättest du den Fall hingeschmissen?«

»Nein, natürlich nicht. Hör mal, das ist einfach nicht dasselbe.«

»Doch, ist es. Du warst für mich da, als ich dich gebraucht habe, und jetzt bin ich für dich da.«

Ich fuhr mir mit der Hand durch die Haare, frustriert, dass sie meinen Standpunkt einfach nicht verstehen konnte.

»Du hast mir erzählt, dass du keine Zeit für dich selbst hattest, als du dich um deine Geschwister kümmern musstest. Dass du erst seit ein paar Jahren eine Work-Life-Balance hast. Ich will dir nicht das Gefühl vermitteln, du müsstest das aufgeben.« Ich atmete tief durch, weil ich genau wusste, dass meine nächsten Worte Val aufregen würden… doch ich musste es aussprechen, wenigstens einmal. Sonst würde diese Angst ewig an mir nagen. Jetzt war sie im Alltagstrott gefangen… aber was, wenn sie eines Tages aufwachte und einfach das Gefühl hatte, dass sie das alles nicht mehr wollte?

Einige meiner Beziehungen waren mir um die Ohren geflogen, weil ich nun einmal Anhang hatte; und diese Frauen hatten mir bei Weitem nicht so viel bedeutet wie Val.

Sie war die Eine für mich.

Vielleicht war es nicht fair, ihr das alles so direkt zu sagen. Aber ich musste mir absolut sicher sein, dass sie uns nicht eines Tages einfach abschreiben würde.

»Nutz die Zeit auf dem Weingut, um über alles nachzudenken und herauszufinden, ob es wirklich das ist, was du willst. Bist du glücklich?«

Sie riss den Kopf zurück und blinzelte heftig. »Natürlich ist es das, was ich will. Wieso sagst du so was?«

»Weil es einen Tribut von dir fordert…«

»Dann muss ich eben ein paar Dinge umorganisieren. Keine große Sache. Ich wusste immer, dass ich eines Tages in der Firma langsamer machen muss, wenn ich Kinder will… die ich auf jeden Fall will.« Sie brach ab und senkte den Blick auf den Boden. »Willst du keine Kinder?«

»Doch, will ich. Auf jeden Fall.«

»Dann hör auf, so einen Unsinn zu reden. Ich muss über gar nichts nachdenken. Ich liebe dich, und ich liebe April und Peyton.«

»Val…«

»Komm mir nicht so.«

Ich ging auf sie zu, doch sie wich mir aus. Die Botschaft war klar.

»Danke für die Karten und den Voucher. Ich werde zum Festival fahren. Allerdings nur, weil ich nicht will, dass die Gutscheine verfallen. Aber mach so was bitte nicht noch mal. Triff keine Entscheidungen für mich. Das mag ich gar nicht. Und jetzt muss ich noch eine Viertelstunde warten, bis der Kuchen fertig ist, und währenddessen wäre ich gerne allein.«

Val

23

In den nächsten Tagen gingen Carter und ich ausgesprochen höflich miteinander um – wie man es nach einem Streit tat, der immer noch nicht beigelegt war und man wusste, dass die andere Person an ihren Überzeugungen festhielt, man sich aber trotzdem nicht wieder in die Haare kriegen wollte. Unsere Begegnungen waren beinahe frostig. Ich hatte das Gefühl, dass die Mädchen durchaus etwas bemerkten, was mich mit tiefen Schuldgefühlen erfüllte.

Am nächsten Morgen hatte ich Hailey und Lori angerufen. Sie waren ganz begeistert von der Idee eines mehrtägigen Ausflugs. Das Festival zog sich über zwei Wochen, und die Gutscheine waren nicht an bestimmte Tage gebunden.

Nachdem Lori an jedem Wochenende Hochzeiten hatte, mussten wir unter der Woche fahren. Hailey hatte ihren Chef um ein paar freie Tage gebeten. Zwei Stunden später gab sie mir Bescheid, dass es klappte. Allerdings konnte sich keine von beiden länger als zwei Tage freinehmen, also flog ich schon voraus, um die drei Nächte im Hotel auszunutzen.

Meine Maschine nach Florida ging am Nachmittag desselben Tages, an dem Carter mit den Mädchen nach Montana flog.

»Viel Spaß bei euren Großeltern«, wünschte ich den Mädchen, als ich die drei am Flughafen absetzte.

»Danke, Val.«

Ich umarmte die beiden fest, bis April kicherte und Peyton begeistert quiekte.

»Hab du auch Spaß, okay?«, murmelte Carter, bevor er mir einen Kuss auf die Stirn drückte.

»Sicher.«

Er wirkte, als wolle er noch etwas sagen, doch dann schüttelte er nur den Kopf und zog mit den Mädchen los. Meine Brust wurde eng, als ich ihnen zum Abschied winkte. Danach eilte ich in Carters Wohnung, um für meine eigene Reise zu packen. Ich musste auch noch zu meinem Haus fahren, aber da ich ein paar grundlegende Dinge zu Carter gebracht hatte, wollte ich erst die einsammeln.

Ich hasste Kofferpacken, also schaltete ich gleich mal die Musik auf meinem Handy an, nachdem ich die Wohnung betreten hatte. Meine Lieblingslieder machten immer alles besser. Doch heute konnten sie den Druck nicht mildern, der auf mir lag. Ich rieb mir die Brust und wünschte mir, zwischen Carter und mir wäre alles wieder normal. Selbst die Verabschiedung am Flughafen hatte ein wenig kühl gewirkt.

Ich wusste, dass es ihm zwar leidtat, mich verletzt zu haben, er gleichzeitig aber immer noch davon ausging, dass er recht hatte. Zumindest hatte er seine idiotischen Argumente nicht noch einmal laut geäußert. Allein bei der Erinnerung an unseren Streit wurde ich schon wieder wütend, doch ich schüttelte den Kopf. Wenn ich diese Gefühle jetzt zuließ, würde ich mich nur mit mir selbst streiten.

Nachdem die Musik nicht half, wechselte ich die Taktik und rief meine Assistentin an, während ich durch die Wohnung wanderte, um Dinge einzusammeln.

»Anne, lies mir die To-do-Liste für die nächsten drei Tage vor.«

»Bist du schon wieder am Multitasken?«

»Du kennst mich.«

Sie ratterte eine unendlich lange Aufgabenliste herunter, die mit den Worten endete: »Und der Vertrag wurde gerade gebracht. Es wäre toll, wenn du ihn noch unterschreiben könntest, bevor du die Stadt verlässt.«

»Sicher, ich schaue vorbei. Obwohl ich nicht verstehe, warum wir nicht endlich die Ära der elektronischen Unterschriften willkommen heißen«, murmelte ich.

Ich konnte nicht so richtig packen, während ich telefonierte, also beendete ich das Telefonat. Ehrlich, ich hatte gehofft, das Gespräch würde den ständigen Fluss negativer Gedanken in meinem Kopf stoppen.

Bald schon wurde deutlich, dass ich sehr viel mehr als nur ein paar notwendige Dinge zu Carter gebracht hatte.

Mein Gott, mein Zeug war überall. Im Schlafzimmer lagen auf fast jeder verfügbaren Oberfläche Kleidungsstücke von mir, und ich fand auch welche auf dem Sessel im Wohnzimmer. Mein Make-up und meine Pflegeprodukte nahmen im Regal hinter dem Spiegel im Bad zwei von drei Fächern ein. Meine Peelings und Haarspülungen belagerten die Dusche. Carters Duschgel und sein Shampoo standen in der hintersten Ecke. Ich fand sogar ein paar Klamotten von mir in Peytons Zimmer.

Wann hatte ich seine Wohnung übernommen?

Hatte ich es mir zu gemütlich gemacht? Hatte ich mich zu sehr aufgedrängt?

O Gott, das hatte ich wirklich, nicht wahr? Ich hatte die Zeitplanung der Mädchen übernommen und mich in das Auswahlverfahren für die neue Nanny eingemischt. Carter hatte mir mehrmals mitgeteilt, dass ich nicht so viele Aufgaben übernehmen musste … Ich hatte gedacht, ich hätte ihm damit etwas Gutes getan, hätte mich nützlich gemacht. Aber wenn irgendwer das Wort »aufdringlich« im Wörterbuch nachschlug, hätte eigentlich mein Bild auftauchen müssen. So war ich schon als Kind gewesen. Und nachdem meine Eltern gestorben waren, hatte sich diese Tendenz noch verstärkt. Zum Teil, weil ich tatsächlich die Organisation des Familienlebens hatte übernehmen müssen, und zum Teil, weil es einfach meinem Charakter entsprach.

Ich kannte keine andere Art, meine Liebe zu zeigen. Ich stürzte mich kopfüber hinein und wollte an sämtlichen Bereichen des Lebens meiner geliebten Menschen teilhaben.

Zum ersten Mal, seitdem mir bei unserem Streit der kalte Schweiß ausgebrochen war, sah ich das Ganze mit anderen Augen. Der Gutschein brannte mir förmlich ein Loch in die Tasche. Ich versuchte mich zu beruhigen. Es war sehr aufmerksam von Carter gewesen. Ich verbot mir, dieses Geschenk zu etwas zu machen, was es nicht war. Doch Carter hatte mir auch gesagt, ich solle darüber nachdenken, ob unsere Beziehung wirklich das war, was ich wollte. Was, wenn er mich gebeten hatte, darüber nachzudenken, weil auch er noch einmal darüber nachdenken musste?

Wollte er mir so schonend beibringen, dass er unsere Beziehung überdenken wollte? Bei diesem Gedanken blieb mir fast das Herz stehen. Das konnte nicht sein. Carter hielt nichts von sanften Andeutungen. Er war entschlossen und leidenschaftlich. Wenn er etwas zu sagen hatte, legte er die Worte nicht auf die Goldwaage. Aber vielleicht gab es von dieser Regel auch Ausnahmen …

Ich zweifelte nicht daran, dass Carter mich liebte … doch womöglich hatte er nicht mit meiner aufdringlichen Art gerechnet. Vielleicht überschattete diese Seite von mir das Glück, das ich in sein Leben brachte. Hatte ich ihm die Luft zum Atmen genommen?

Ich ließ mich auf Peytons Bett sinken und zog ihren Teddy in die Arme. Er roch nach Kirschen, genau wie Peyton. Ich lächelte, doch mein Herz war schwer und mein Kopf voller Gedanken und Unsicherheiten.

Ich konnte nichts anderes mehr sehen als meine Sachen, die überall herumlagen. Das belastete mich noch mehr. Als ich wieder aufstand, wurde mir für einen Moment schwindelig.

Ich wusste nicht mal, wo ich mit dem Packen anfangen sollte. Letztendlich begann ich im Schlafzimmer, bevor mir ein paar Dinge einfielen, die ich im Wohnzimmer verteilt hatte. Und diese Schuhe im Flur … die hatte ich ganz vergessen. Ich machte mir mental eine Liste, was ich auf meinen Ausflug mitnehmen musste.

Als ich mich erneut im Schlafzimmer umsah, schlug mein Herz so schnell, dass ich fast fürchtete, es würde mir aus der Brust springen.

Dann beschloss ich, einfach all meine Sachen mitzunehmen – nur für den Fall, dass Carter sein Revier zurückhaben wollte und das bloß nicht so ausgedrückt hatte, um meine Gefühle nicht zu verletzen.

Meine Beine fühlten sich schwer an, als ich durch die Wohnung schlurfte, um Kleidung und andere Besitztümer einzusammeln. Meine Augen brannten, und mir fiel das Atmen schwer, als trüge ich ein zu eng geschnürtes Korsett.

Ich schaute im Büro vorbei, um die Papiere zu unterschreiben. Ehe ich aufbrach, ging ich noch ins Labor. Meine Chefchemikerin war noch da.

»Nicole, falls du Anregungen brauchst, kannst du mich jederzeit anrufen.«

Nicole schüttelte den Kopf. »Ich werde auch mal drei Tage ohne dich überleben. Aber bevor du gehst, habe ich noch etwas Schönes für dich.«

Sie zeigte mir zwei kleine Phiolen, dann sprühte sie aus jeder etwas auf ein Testpapier.

»Heute neu entworfen.«

Ich hielt die Papierstreifen unter meine Nase und wollte sie sofort umarmen.

»Du hast eine Gehaltserhöhung verdient. Die sind fantastisch.«

Nicole gab mir die Phiolen, und ich steckte sie ein. Ich liebte es, Düfte zu testen. Doch heute gelang es nicht mal meinen geliebten Parfüms, meine Gedanken aus der Panikzone zu halten, als ich nach Hause fuhr. Ich musste noch die Sachen abstellen, die ich eingepackt hatte, aber nicht für meinen Ausflug brauchte.

Ich fuhr mit dem Taxi zum Flughafen, wobei ich mir wünschte, meine Schwestern hätten sich mir heute Abend schon anschließen können – auch wenn ich nicht mutig genug war, ihnen meine Ängste anzuvertrauen.

Ich schämte mich, dass ich meinen Unsicherheiten erlaubte, mich so vollkommen zu beherrschen.

Ich führte eine erfolgreiche Firma, und ich hatte in meinem Leben bereits viele Herausforderungen gemeistert. Eigentlich hatte ich ein gesundes Selbstbewusstsein, doch im Moment war es ganz schön angeknackst.

Ich trieb mich selbst mit den Sorgen in den Wahnsinn, fragte mich ständig, ob mein aufdringliches Naturell den Mann vertrieben hatte, den ich liebte; ob ich seine Gefühle für mich schlichtweg erstickt hatte.

Carter

24

Um drei Uhr morgens landete ich in Los Angeles. Die Mädchen blieben noch bis Ende der Woche bei meinen Eltern – was bedeutete, dass Val und ich vier ganze Tage nur für uns haben würden, sobald sie zurück war. Ich hatte sie so sehr vermisst. Ich hatte ihr von allem erzählen wollen: von einem Witz, den Peyton gemacht hatte, einem Kuchen, von dem ich glaubte, sie könnte ihn mögen.

Ich hatte mich kaum davon abhalten können, ihr ständig Nachrichten zu schreiben. Aber ich wollte, dass Val sich richtig erholte. Sie hatte mir ein paar Bilder vom Weinberg und dem Hotel geschickt, und es freute mich, dass sie Spaß hatte. Sie hatte es verdient.

Und sobald sie zurückkam, würde sie ganz mir gehören.

In meiner Wohnung ging ich direkt ins Schlafzimmer, weil ich einfach nur schlafen wollte. Doch dann stoppte ich im Türrahmen und musterte den Raum. Irgendetwas war anders. Ich sah mich um. Die Wohnung war insgesamt viel zu ordentlich. Val ließ ihr Zeug gerne überall herumliegen … was mich nicht störte. Die Mädchen taten dasselbe, und das machte die Wohnung gemütlicher. Hatte sie aufgeräumt, bevor sie aufgebrochen war? Oder war die Reinigungsfirma in der Zwischenzeit hier gewesen?

Doch die Angestellten der Firma fassten keine Kleidung an, außer sie lag auf dem Boden, und diese Sachen legten sie dann immer aufs Bett. Nein, Val musste etwas getan haben.

Ich sah in den Schrank. Ihre Kleidung war verschwunden. Hatte sie all diese Sachen für ihren Ausflug gebraucht? Eher unwahrscheinlich. Val hatte genug Kleidung für drei Personen in meine Wohnung geschleppt. Als ich das Bad kontrollierte, beschleunigte sich mein Pulsschlag. Sie hatte gefühlt eine Million Flaschen und Tiegel überall verteilt … und all das war jetzt verschwunden. Ich öffnete den obersten Knopf meines Hemdes, weil ich das Gefühl hatte, ich könne nicht richtig atmen.

Wieso hatte sie alles mitgenommen? Sie konnte all diese Sachen auf keinen Fall für eine dreitätige Reise brauchen.

Ein unmöglicher Gedanke drängte sich in meinen Kopf. Hatte Val mich verlassen?

Ich klammerte mich mit beiden Händen am Waschbecken fest, bis meine Knöchel weiß hervortraten.

Das konnte nicht sein. Wir hatten jeden Tag telefoniert. Unsere Gespräche waren kurz gewesen, und Val hatte länger mit den Mädchen gesprochen als mit mir, aber ich hatte mir nicht viel dabei gedacht. Hätte ich das tun sollen?

Seit unserem Streit war Val kühler zu mir gewesen, doch ehrlich, das hatte ich auch verdient. Ich hatte vorgehabt, sie wie eine Prinzessin zu verwöhnen, sobald sie vom Weingut zurück war und wir Zeit für uns allein hatten, um ihr zu zeigen, wie viel sie mir bedeutete.

Sie hatte ihre Meinung nicht geändert, oder? Ich ging ins

Wohnzimmer und goss mir ein Glas Bourbon ein. Ich hatte Val gesagt, sie solle sich die Zeit nehmen, in Ruhe darüber nachzudenken, ob sie glücklich damit war, dass ich Anhang mit in die Beziehung brachte; ob es das war, was sie wirklich wollte.

Hatte sie festgestellt, dass sie in Wahrheit nicht glücklich war? Hatte sie beschlossen, dass sie die Mädchen und mich nicht wollte?

Das schien unmöglich. Ich erinnerte mich daran, wie wütend sie an dem Abend geworden war, als ich das angedeutet hatte; konnte immer noch die Empörung hören, mit der sie mir erklärt hatte, dass sie die Mädchen liebte. Aber vielleicht war ihr einiges klar geworden, sobald sie einmal aus dem Alltagstrott ausgebrochen war und Zeit zum Nachdenken gehabt hatte.

Ich stand immer noch an der kleinen Bar, mit dem Rücken zum Wohnzimmer, weil ich einfach nicht sehen wollte, wie leer der Raum wirkte. Ich wollte nicht wahrhaben, was das bedeuten konnte … weil ich nicht damit umgehen konnte.

Wenn Val unsere Beziehung beenden wollte … welchen besseren Weg hätte es gegeben, als einfach ihre Sachen einzusammeln und zu verschwinden? Was sollte ich den Mädchen erzählen? Oder würde sie uns die Höflichkeit erweisen, sich mit uns hinzusetzen und alles zu erklären? Ich wusste nicht, was schlimmer gewesen wäre: Aus Vals eigenem Mund zu hören, dass sie uns verlassen wollte, oder mit der Unsicherheit leben.

Die Mädchen liebten Val. Sie zählten auf sie. Verdammt, ich liebte Val.

Nachdem ich jede Hoffnung auf Liebe aufgegeben hatte, hatte ich Val gefunden. Und sie war zu einem so wichtigen

Teil meines Lebens, meines Selbst geworden, dass ich nicht einmal mehr sagen konnte, wer ich ohne sie war.

»Carter Sloane hat wieder zugeschlagen«, rief Zachary am nächsten Morgen. Ich war nicht in der Stimmung für ein Gespräch mit ihm. Ich hatte die ganze Nacht nicht geschlafen, weil meine Ängste mich wachgehalten hatten.

Wir hatten eine Telefonkonferenz, weil ich angekündigt hatte, von zu Hause aus arbeiten zu wollen.

»Ich hätte deinem Bauchgefühl vertrauen sollen. Der Connor-Fall war unglaublich gut für uns.«

Zachary las gerade die neueste Presseberichterstattung über unsere Firma. Ich gab mir nicht mal Mühe, Interesse zu heucheln, weil ich dieses Telefonat so schnell wie möglich hinter mich bringen wollte. Heute war ich einfach nicht bei der Sache.

»Übrigens, wir haben eine Anfrage erhalten, jemanden zu vertreten… rate mal, von wem?« Voller Stolz nannte er den Namen einer Fortune-500-Firma.

Im Moment war mir auch das vollkommen egal – was einiges aussagte, nachdem ich von einem solchen Klienten geträumt hatte, seitdem wir die Kanzlei eröffnet hatten.

»Schön, das zu hören«, sagte ich schließlich.

»Was stimmt nicht mit dir?«

»Es ist einfach kein guter Tag.«

Ich fühlte einen dumpfen Schmerz im gesamten Körper, als hätte ich mir eine Grippe eingefangen. Vals Namen zu hören hatte das Gefühl bloß verstärkt. Nach der Telefonkonferenz öffnete ich meinen Laptop, nur um ihn sofort wieder zu schließen. Ich war einfach nicht in der richtigen seelischen Verfassung, um zu arbeiten, verdammt noch mal.

Ich starrte über die leere Wohnung hinweg. Die Frage, was hier los war, trieb mich fast in den Wahnsinn. Ich empfand eine allumfassende Verzweiflung, die ich einfach nicht abschütteln konnte. Es war die reine Folter, nicht zu wissen, was hier geschah. Irgendwann wurde ich schwach und schrieb Val.

Carter: Bin gestern Abend nach Hause gekommen und habe gesehen, dass all deine Sachen verschwunden sind. Großer Waschtag?

Ich umklammerte mein Handy, als die Worte »Val schreibt« auf dem Bildschirm erschienen.

Val: Nicht direkt.

Ein scharfer Schmerz durchfuhr meine Brust, als hätte mir jemand eine heiße Nadel zwischen die Rippen gerammt, tief genug, dass sie am Rücken wieder austrat.

Carter: Was willst du damit sagen?

Val: Meine Sachen waren überall … ich war quasi in deine Wohnung gezogen, aber das hatten wir nie besprochen. Und ich habe mich ständig in die Angelegenheiten der Mädchen eingemischt … ich dachte, es wäre dir vielleicht lieber, wenn ich nicht so aufdringlich bin.

Ich starrte die Worte an. Sie hatte was gedacht?

»Aufdringlich«, was für ein Quatsch!

Ich spielte unruhig am Handy herum, bevor ich mir mit der Hand durchs Haar fuhr. Also hatte ich zu Recht angenommen, dass sie ihre Kleidung nicht einfach ohne Grund mitgenommen hatte. Aber war das nur eine Ausrede, mich abzusägen, statt es mir direkt zu sagen?

Ich schloss die Augen, ließ den Kopf in den Nacken sinken und atmete tief durch. War es möglich, dass ich sie bereits verloren hatte?

Nein, das konnte nicht sein.

Ich zwang mich, so logisch wie möglich zu denken, obwohl ich gleichzeitig vor Panik wie gelähmt war. Ich kannte Val jetzt seit Monaten und konnte mit Sicherheit sagen, dass sie nicht zu den Menschen gehörte, die Spielchen spielten. Wenn sie unsere Beziehung hätte beenden wollen, wäre sie nicht einfach ohne eine Erklärung verschwunden.

Außer sie dachte, es wäre einfacher, es nicht persönlich durchzuziehen.

Herrgott noch mal, wieso ging ich sofort vom Schlimmsten aus? Vielleicht, weil ich bereits einige Enttäuschungen hinter mir hatte. Aber dasselbe galt für Val, nicht wahr? Ich las mir ihre Nachricht noch einmal durch. Ihre Worte klangen, als hätte sie viel darüber nachgedacht. Ich kannte meine Val gut genug, um die Puzzlestücke zusammenzufügen und zu verstehen, was in ihrem Kopf vor sich ging.

Carter: Wir werden ein ernstes Gespräch führen, wenn du zurückkommst. Ich hole dich vom Flughafen ab.

Val: Das musst du nicht.

Carter: Das war keine Frage.

Ich hatte das schon mehrfach angeboten, doch sie hatte immer darauf bestanden, dass es keinen Grund gab, mich dem Verkehr auszusetzen. Allerdings wollte ich keine Minute länger von ihr getrennt sein als unbedingt nötig.

Ich zählte die Stunden, bis ihr Flieger endlich landete, und fuhr zu früh zum Flughafen.

Als Val endlich aus dem Gate trat, atmete ich auf. Sie war allein, weil ihre Schwestern nur noch Plätze in einer späteren Maschine bekommen hatten.

Verdammt, sie sah in diesem leuchtend gelben Kleid einfach fantastisch aus. Ich konnte es kaum erwarten, nach Hause zu kommen. Ich wollte ihren Mund und ihre Haut kosten. Ich wollte mich in ihr versenken, bis sie meinen Namen schrie und endlich verstand, dass sie mir gehörte. Ich würde ihr genau zeigen, wie perfekt wir füreinander waren.

Val

25

Wortlos schnappte sich Carter mein Gepäck und meine Hand, um unsere Finger zu verschränken.

»Auch ein Hallo an dich«, sagte ich. »Wohin gehen wir?«

»Zum Auto, dann in meine Wohnung. Wir müssen reden.«

Ich war schon nervös, seitdem wir getextet hatten. Carter hatte nicht mal versucht, mich zu küssen, aber er hielt meine Hand. Das musste doch ein gutes Zeichen sein, oder?

Ich musterte ihn, wie er groß und gut aussehend mit entschlossenen Schritten neben mir ging. Gott, wie sehr ich diesen Mann liebte!

Die Autofahrt war nervenaufreibend und unbehaglich. Carter hatte erklärt, er wolle reden, aber jetzt sagte er nichts. Er war mir so nahe, und doch schien er so weit entfernt. Um meine Unruhe zu verbergen, begann ich über das Festival zu reden. Als wir schließlich seine Wohnung betraten, fühlte ich mich, als liefe ich über glühende Kohlen.

Sobald Carter die Tür der Wohnung hinter uns geschlossen hatte, stieß ich hervor: »Carter, bist du wütend auf mich?«

Er stellte meine Koffer neben die Tür, bevor er sich zu

mir umdrehte. Er hatte die Zähne zusammengebissen. »Was glaubst du?«

Ich schluckte schwer, dann lehnte ich mich gegen die Wand und starrte auf meine Hände herunter. Als ich hörte, wie er näher kam, hob ich langsam den Kopf. Er stemmte beide Hände neben meinen Schultern an die Wand. Er war mir so nahe, dass unsere Lippen sich fast berührten.

»Ich dachte, du wolltest mich verlassen, Val. Weißt du, wie sich das angefühlt hat?«

Ich riss die Augen auf. »O Gott, Carter. Auf die Idee war ich nicht gekommen. Es tut mir leid. Das war nicht meine Absicht. Ich dachte nur ...«

»Was?«

Mit schwacher Stimme gab ich zu: »Ich hatte Angst, dass du mich vielleicht gebeten hast, noch mal über unsere Beziehung nachzudenken, weil du genau das auch tust. Ich weiß, dass ich herrisch sein kann und meine Nase in alles stecke und ... ich meine, ich bin quasi eingezogen. Wir haben nie darüber geredet, aber mein Zeug war überall.«

Carter löste die Hände von der Wand, um stattdessen mein Gesicht zu umfassen. Er fing meinen Mund mit seinem ein. Die Berührung elektrisierte mich. Der Kuss war leidenschaftlich und fordernd. Carters Zunge duellierte sich mit meiner, bis meine Hände am Saum seines T-Shirts zerrten, auf der verzweifelten Suche nach Hautkontakt. Ich wusste kaum, wie mir geschah, als Carter mich hochhob und über seine Schulter warf.

»Carter, bist du verrückt?«, quietschte ich, halb lachend.

»Du treibst mich in den Wahnsinn.«

Er ging ins Schlafzimmer, wo er mich auf das Bett legte und sich sofort über mich schob, um mich in die Matratze zu drücken. Seine Knie lagen rechts und links neben meinen Schenkeln, seine Unterarme umrahmten meinen Oberkörper.

»Vertrau mir, ich liebe jeden Teil von dir, Val. Ich schwöre es. Und das werde ich auch immer tun.«

Ich schlang die Arme um seinen Hals und schmiegte mich an ihn. »Ich verspreche, dass ich dir vertrauen werde. Aber ich will, dass du das umgekehrt auch tust.«

»Versprochen.«

»Du dachtest, ich hätte dich verlassen?«

Er schloss die Augen. »Ein schwacher Moment. Wird nicht wieder vorkommen.«

Er küsste mich erneut, genauso drängend wie vorhin, dann verschob er seinen Mund an meinen Hals, ließ ihn langsam zu meinen Brüsten sinken. Irgendwie war es ihm gelungen, mein Kleid bis zur Taille nach oben zu schieben, sodass er es mir nun über den Kopf ziehen konnte. Sein Blick glitt kurz über meinen Körper, dann ließ er Küsse auf meine Schlüsselbeine niederregnen, wobei er nur kurz innehielt, um meinen BH zu öffnen. Er liebkoste einen Nippel mit der Zunge, den anderen mit den Fingern. Ich hob ihm die Hüften entgegen, doch Carter drückte mich mit einer Hand auf die Matratze und kontrollierte so meine Bewegungen.

»Und in Bezug auf den anderen Punkt hast du recht. Wir haben nie darüber gesprochen, dass du einziehen könntest. Das sollten wir sofort in Ordnung bringen.«

»Jetzt sofort?«, wimmerte ich.

»Ich habe im Moment das Sagen, also ja.«

»Nein, hast du nicht«, forderte ich ihn heraus, obwohl mein gesamter Körper sich anfühlte, als stünde er in Flammen.

Er sah mit einem teuflischen Lächeln auf mich herunter,

dann drückte er einen Kuss zwischen meine Brüste. Ich bewahrte die Fassung und zog die Augenbrauen hoch, um ihm das auch zu beweisen. Als Reaktion spreizte Carter meine Beine und legte sich dazwischen.

»Zurück zu unserer Diskussion. Wir sollten offiziell zusammenziehen. Mir ist egal, ob wir hier wohnen, in deinem Haus oder ob wir uns etwas Neues kaufen.«

»Mir ist das auch egal. Ich will einfach nur, dass wir zusammen sind.«

»Ich würde auf der Stelle mit dir zum Standesamt gehen und dich heiraten.«

»Das würdest du tun?«

»Ja.«

Mein Herz raste. »Das fände ich wunderbar«, flüsterte ich. »Aber ich glaube, dann würde Lori uns beide umbringen. Sie plant schon seit Jahren im Kopf die Hochzeiten für Hailey und mich.«

Carter lachte an meiner Haut, dann ließ er seinen Mund tiefer sinken, bis sein Kinn auf meinem Schambein lag. Als Nächstes sank er noch tiefer, um mir das Höschen auszuziehen. Hektisch entkleideten wir uns gegenseitig, woraufhin ich mich daranmachte, jede noch so kleine Stelle seines Körpers zu erkunden. Es gelang mir, eine Spur aus Küssen bis zu seinem Nabel zu ziehen, bevor Carter mich auf den Rücken drehte und sich über mich schob.

Die Spitze seiner Erektion drückte sich an meine Mitte. Ich verzehrte mich so sehr nach ihm, dass ich kurz davorstand, ihn anzubetteln. Ich hob die Hüften, doch Carter wich zurück und lächelte teuflisch.

»Du bist zu ungeduldig. Ich will dich erst erkunden. Ich habe dich vermisst.«

Ehe ich protestieren konnte, drückte er seinen Mund auf eine meiner Brüste und schob gleichzeitig die Finger zwischen meine Beine. Ich umklammerte mit beiden Händen sein Kopfende, als seine Zunge um meinen Nippel kreiste. Dann presste er den Daumen auf meine Klitoris, was mich dazu brachte, vor Lust zu zucken. Meine inneren Muskeln pulsierten.

Als Carter endlich, endlich in mich glitt, tat er das so langsam, dass meine Schenkel vor Anspannung zitterten, weil es mich unglaublich erregte.

Ich würde Carter nicht verlieren. Er gehörte mir. Er wollte mir gehören, wollte mich lieben und sich von mir lieben lassen.

Ich schrie leise auf, als er ganz in mich glitt. Mit jedem Stoß verlor ich mich mehr in meiner Lust. Das Gefühl war unglaublich intensiv, so allumfassend, dass ich kaum noch atmen konnte. Meine Scham verkrampfte sich, als ich fühlte, wie er in mir anschwoll. Ich kam so heftig, dass mir fast schwarz vor Augen wurde. Ich fand Carters Mund und küsste ihn, bewegte mich in seinem Rhythmus, bis ich ihn mit mir in den Orgasmus riss.

Es vergingen ein paar Minuten, bis wir wieder sprechen konnten. Wir lagen auf der Seite, und Carter hatte einen Arm um mich gelegt.

»Ich habe es vermisst, dich so zu halten. Habe es vermisst, dich beim Schlafen zu beobachten, aufzuwachen und dich heimlich dabei zu beobachten, wie du dich im Dunkeln anziehst«, sagte er.

»Du beobachtest mich heimlich?«

»Ja.«

»Jeden Morgen?«, hakte ich nach.

»Und jeden Abend. Und falls du dich zwischendrin einmal umziehst, beobachte ich dich auch.«

»Ist Spionieren nicht illegal?«

»Du bist so verdammt sexy und schön, dass es illegal wäre, dich nicht zu beobachten.«

Ich kuschelte mich enger an ihn, nur um überrascht seine harte Erektion an meinem Rücken zu spüren. »Noch mal?«

»Ich habe dir doch gesagt, dass ich dich vermisst habe. Ich werde die nächsten Tage damit verbringen, dir zu zeigen, wie sehr.«

»Du bist so ein Schmeichler. Und das nur, damit ich bei dir im Bett bleibe.«

»Hast du etwas dagegen?«

Ich drehte mich zu ihm um, einen Arm unter mein Kissen geschoben. »Ähm, nein. Reicht meine nackte Anwesenheit in deinem Bett nicht aus, dir zu beweisen, dass du mich von deinen hinterhältigen Plänen überzeugt hast?«

Er rollte uns herum, bis ich unter ihm lag, und drückte seine durchtrainierte Brust an meinen Körper. »Nein, ich werde mehr Beweise verlangen müssen.«

»Und ich werde sie dir nur zu gerne liefern.«

Val

Epilog

»Ich weiß, dass du mich ausspionierst«, sagte ich eines Freitagnachmittags ein paar Wochen später und sah lächelnd über die Schulter. Ja, Carter stand im Türrahmen meines Schlafzimmers. Ich saß auf dem Bett, mit dem iPad auf dem Schoß, und tippte gerade eine E-Mail.

»Das ist nicht Spionieren, Liebes. Ich habe dich nur… betrachtet.«

»Also bist du nicht hier, um mich davon zu überzeugen, dass wir uns im Raum einschließen und die Welt dort draußen ignorieren sollten?«

»Das würde ich vielleicht tun, wenn das Umzugsunternehmen nicht in zehn Minuten kommen würde.«

Ich konnte immer noch nicht glauben, dass es wirklich so weit war. Carter und die Mädchen zogen bei mir ein. Heute. Mein Haus hatte drei Schlafzimmer, und das Grundstück war groß genug, dass wir jederzeit anbauen konnten. Wir hatten Freitag als Umzugstag gewählt, weil so eine Menge Connors zur Verfügung standen, die alle ihre Hilfe angeboten hatten.

Ich wandte mich wieder meiner E-Mail zu, spürte jedoch

die ganze Zeit über Carters Blick auf mir. Als ich hörte, wie die Tür geschlossen wurde, riss ich den Kopf hoch.

»Was tust du?«

»Jetzt, wo ich so darüber nachgedacht habe, ist mir eine Menge eingefallen, was man in zehn Minuten tun kann.«

Ich grinste. »Das hatte ich schon vorhergesehen.«

»Wirklich?«

»Hmmm. Was glaubst du, warum ich mich hierher zurückgezogen habe, um meine E-Mail zu schreiben?«

»Wem schreibst du überhaupt?«

»Davis' Enkel. Er war im Ausland, aber nun ist er zurück und will sich persönlich mit mir treffen.«

Davis war von den Probedüften, die wir ihm präsentiert hatten, so beeindruckt gewesen, dass er uns gebeten hatte, die Produktion der Linie für ihn zu beschleunigen, damit er sie ein halbes Jahr früher als ursprünglich geplant in die Läden bringen konnte.

Carter kletterte so schnell zu mir aufs Bett, als hätte ich mich nackt ausgezogen.

»Aha. Der alte Mann sollte besser damit aufhören, euch verkuppeln zu wollen.«

»Hat er bereits. Ich habe ihm erzählt, dass ich diesen fantastischen Mann kenne, der von seinem Plan nicht allzu begeistert ist.«

»Gut.« Das Wort klang warnend, als hätte er am liebsten noch eine Drohung hinterhergeschoben. Ich lachte leise.

»Was?«

»Gar nichts.«

Carter kniff die Augen zusammen. Schon im nächsten Moment legte er mein iPad zur Seite und zog mich in seine Arme.

»Ich liebe dich, Val. Ich hatte solches Glück, dass ich dich getroffen habe. Es wird mir eine Ehre sein, dich für den Rest meines Lebens zu lieben. Ich gehöre dir mit Haut und Haaren.«

»Und ich gehöre dir«, flüsterte ich munter, als ich die Arme um seinen Hals schlang.

Zehn Minuten später mussten wir uns beeilen, rechtzeitig nach unten zu kommen. Ich bemühte mich, nicht allzu schuldbewusst zu wirken, als ich mir das Haar glatt strich. Will und Paige kamen gleichzeitig mit dem Umzugsunternehmen an, und Jace tauchte ein paar Minuten später auf.

Es war früher Nachmittag, also blieb uns vor dem Abendessen gerade genug Zeit, die Kisten und ein paar Möbel zu verteilen, damit das Haus nicht wie ein Lagerraum aussah.

April und Peyton würden in einer Stunde nach Hause kommen. Wir hatten endlich eine neue Nanny für sie angestellt. Sie holte die beiden von der Schule ab und verbrachte Zeit mit ihnen, wenn Carter und ich mit Sitzungen beschäftigt waren. Doch um ehrlich zu sein, mochte ich es inzwischen, nachmittags eine ruhigere Kugel zu schieben und Zeit mit den Mädchen zu verbringen. Meinem Team machte es nichts aus, wenn ich hin und wieder von zu Hause aus arbeitete. Und auch Carters Partner unterstützten ihn. Eine Weile war das Verhältnis zwischen Carters Partnern und mir etwas angespannt gewesen, weil ich nun einmal wusste, dass sie ihm davon abgeraten hatten, meinen Fall zu übernehmen. Aber irgendwann hatte ich ihnen versichert, keinen Groll zu hegen. Jeder stand gerne auf der Sonnenseite des Lebens. Das war ganz normal. Und ich genoss es sehr, dass bei mir alles gut lief, seitdem das

Magazin, das die ursprüngliche Schmutzkampagne gegen mich angeführt hatte, in einem neuen Artikel ein Loblied auf mich gesungen hatte. Die Anti-Aging-Linie war letzte Woche auf den Markt gekommen und hatte tolle Besprechungen erhalten. Da die Markteinführung der Konkurrenzlinie zur selben Zeit stattgefunden hatte, würden wir wahrscheinlich nicht viel Profit damit machen, doch ich machte mir deswegen keine allzu großen Sorgen. So lief es manchmal einfach.

Ein paar Stunden später wirkte das Haus wieder halbwegs ordentlich, und der Rest meiner Familie war angekommen. Ich ging in die Küche, um das Abendessen vorzubereiten. Ich wollte Brathähnchen machen – Jace' Lieblingsessen. Für gewöhnlich achtete ich darauf, seine Diätvorschriften zu beachten, aber heute war Trostessen angesagt, weil sein Team ein Spiel verloren hatte.

April und Peyton »halfen« mir. Was im Klartext hieß: Während wir beide ein Auge auf Peyton hatten, berieten April und ich darüber, wie wir ein Paar Stiefel für sie bestellen konnten, die Carter als »zu erwachsen« einstufen könnte. Das waren sie nicht. Ich arbeitete immer noch an Überzeugungsstrategien, daher dachte ich diesmal darüber nach, mich für die gute Sache zu opfern und einfach zu behaupten, ich hätte die Schuhe als Geschenk für April ausgesucht.

Carter fühlte sich womöglich überrumpelt, aber es wurde sowieso Zeit, dass ich April und Peyton in die Techniken des Hinterhalts und der Geheimen-Connor-Intervention einführte. Peyton war noch ein wenig jung dafür, aber ich war mir sicher, dass April das schaffen konnte. Wir Frauen mussten zusammenhalten. Da ich mein Leben lang von überbehütenden Brüdern umgeben war, wusste ich genau, dass die

Mädchen jemanden brauchten, der ihre Interessen vertrat. Und ich meldete mich freiwillig für diese Aufgabe.

April presste die Lippen zusammen, als Carter die Küche betrat. Er sah misstrauisch zwischen uns hin und her.

»Was führt ihr jetzt schon wieder im Schilde?«

Was? Woher wusste er das? Schauten wir schuldbewusst? Verdammt, er war Anwalt. Er war wahrscheinlich darauf trainiert, einem seine Schuldgefühle sofort anzusehen. Also wendete ich eine meiner Lieblingstaktiken an, um ihn abzulenken: Ich kaute ihm ein Ohr ab.

»Willst du mein Brathähnchen probieren? Es ist köstlich.«

»Gerne.«

»Das ist Jace' Lieblingsgericht. Sein Team hat gerade verloren, und ich koche es, damit er nicht so schlecht gelaunt ist. In meiner Familie ist schlechte Laune ziemlich ansteckend.«

»Wenn wir jetzt hier leben, gehören wir dann auch zur Familie?«, fragte Peyton.

Ich zog meine Gabel wieder aus dem Brathähnchen und wirbelte zu Peyton herum. Sie sah mit großen Augen erwartungsvoll zwischen Carter und mir hin und her. April regte sich nicht. Carter zog mich an seine Seite. »Willst du es ihnen sagen?«

Ich nickte, dann ging ich in die Hocke. Peyton rannte direkt in meine Arme.

»Natürlich gehörst du auch zu meiner Familie.«

»Oma und Opa auch?«

»Ja.«

Ich hatte die beiden letzte Woche zum ersten Mal getroffen, als sie eingeflogen waren, um die Mädchen zu besuchen und mich offiziell kennenzulernen. Sie waren tolle

Menschen. Mrs Sloane schien definitiv dauerhaft nach Los Angeles ziehen zu wollen. Mr Sloane beharrte darauf, auf seiner Plantage bleiben zu müssen, doch ich hatte förmlich gesehen, wie seine Entschlossenheit jedes Mal ins Wanken geriet, wenn die Mädchen darauf bestanden, dass sie mehr Zeit mit ihm verbringen wollten.

Ich war nicht umsonst dafür bekannt, Hinterhalte und Interventionen zu organisieren, also hatte ich fest vor, in absehbarer Zeit in Bezug auf die Sloanes etwas in der Art in die Wege zu leiten.

Peyton drückte sich fester an mich und schlang die Arme um meinen Hals. Ich hatte Hailey bereits erzählt, dass Carter und ich heiraten wollten, also hatte am nächsten Tag natürlich der gesamte Connor-Clan Bescheid gewusst. Aber den Mädchen hatten wir es noch nicht erzählt.

»Carter und ich werden heiraten.«

Peyton quietschte vor Freude. April lächelte selbstgefällig, als sie uns ansah und sagte: »Ich weiß. Hailey hat es mir erzählt.«

»Du hast mein Lieblingsessen gekocht«, rief Jace, sobald wir etwas später alle um den Tisch saßen. »Du weißt einfach, wie man meine Laune hebt.«

»Vielleicht versuche ich einfach nur, dich zu bestechen.« Ich zog die Augenbrauen hoch, lehnte mich zur Seite und stieß ihn spielerisch mit der Schulter an.

»Oh, Val. Du weißt, dass ich dir immer zur Verfügung stehe ... pflichtbewusster Bruder, der ich nun einmal bin.« Er salutierte neckend. »Auch wenn ich niemals ein Brathähnchen ablehnen werde.«

In Wahrheit hatte ich ihn einfach nur glücklich machen

wollen, aber da er mir seine bedingungslose Unterstützung angeboten hatte, konnte ich mir die Chance nicht entgehen lassen.

»Wärst du bereit, in einer weiteren unserer Werbekampagnen aufzutreten? Die aktuelle läuft toll.«

Jace grinste wie ein Honigkuchenpferd. »Ich weiß. Unsere PR-Abteilung hat mir erklärt, ich würde ›das Gesicht des Erfolges‹ genannt.«

»Großer Gott!« Hailey schüttelte spöttisch den Kopf. »Es besteht die echte Gefahr, dass dir das alles zu Kopf steigt. Als deine Schwester empfinde ich es als meine Pflicht, dich wieder auf den Boden der Tatsachen zurückzuholen.«

»Nicht, bevor er einer weiteren Kampagne zugestimmt hat«, mahnte ich.

»Val, natürlich mache ich das. Stimmt es, dass ich auch ein Mädchenschwarm bin?«

»Ja. Was nur ein netterer Ausdruck für Herzensbrecher ist«, zog ich ihn auf.

Jace hob mahnend den Zeigefinger. »Nein, nein. Großer Unterschied. Mädchenschwarm gefällt mir viel besser. In dem Wort schwingt keine Verurteilung mit.«

Sobald Jace und ich die Details besprochen hatten, räusperte sich Lori. »Also … ich will ja keine Nervensäge sein, aber hat irgendwer von euch Neuigkeiten?«

Sie sah von Carter und mir zu Will und Paige.

»Nein, Lori, wir haben immer noch keinen Termin festgelegt«, sagte ich, wobei ich gegen ein Lächeln ankämpfen musste.

»Wisst ihr, wir vier sollten einfach durchbrennen«, schlug Will beiläufig vor. Lori keuchte.

Alle am Tisch lachten.

»Bruder, nicht mal ich würde es wagen, durchzubrennen«, sagte Jace. »Allein der Familie willen musst du zulassen, dass Lori euch eine riesige Hochzeit ausrichtet.«

Ah… er hatte keine Ahnung, was er sich da gerade eingebrockt hatte. Lori hatte mir einmal gestanden, dass sie davon ausging, dass Jace immer Junggeselle bleiben würde. Doch jetzt konnte ich förmlich sehen, wie sich die Zahnräder in ihrem Kopf drehten. Ich musste meinen kleinen Bruder warnen.

»Vorsicht, Jace, oder Lori wird anfangen, deine Hochzeit zu planen, bevor du auch nur eine potenzielle Braut gefunden hast.«

Jace warf einen Blick auf Lori und stöhnte. Genau in diesem Moment sagte Milo, den die Erwachsenengespräche wahrscheinlich langweilten: »Onkel Jace, kannst du mit mir trainieren?«

»Sicher, Kumpel. Lass uns gehen. Ich habe sowieso das Gefühl, dass ein Hinterhalt in der Luft liegt. Ich verbringe meine Zeit dieser Tage lieber mit der jüngeren Generation. Ihr nennt mich nicht Herzensbrecher und plant keine Hochzeiten.«

»Noch nicht. Aber ich lerne schnell«, meinte April verschmitzt und richtete sich höher auf ihrem Stuhl auf. Ich war so stolz auf dieses Mädchen. Sie trat bereits in meine Fußstapfen. Mit einem zufriedenen Seufzen sah ich mich am Tisch um. Die Menschen, die ich am meisten liebte, saßen alle um mich versammelt. Was konnte ich mir mehr wünschen?

»Carter, so wie es aussieht, wirst du alle Hände voll zu tun haben«, kommentierte Landon.

Carter zwinkerte mir zu. »Ich komme mit meinen Damen schon klar.«

Stunden später, nachdem alle verschwunden waren, war das Haus wieder ruhig. Die Mädchen waren ins Bett gegangen. Carter ging nach Peyton schauen, also nutzte ich den Moment allein im Wohnzimmer, zog mein Handy heraus und bestellte die Stiefel, die ich April versprochen hatte. Die Webseite war eine Zumutung. Es dauerte ewig, den Kauf abzuschließen. Ich wechselte gerade vom Einkaufswagen zur Bezahlseite, als ein muskulöser Arm sich um meine Taille schlang. Ich warf das Handy auf die Couch, doch ich war mir ziemlich sicher, dass Carter einen Blick auf den Bildschirm erhascht hatte.

Ich drehte mich um und schlang die Arme um seinen Hals. Er ließ seine Lippen sanft über meinen Kiefer gleiten, während er mich eng an sich gedrückt hielt.

»Warte, bis wir oben sind, um deinen verführerischen Charme zu entfesseln, Mister.«

»Warum? Damit du mir noch ein wenig länger in den Rücken fallen kannst?«

Mist.

»Ich habe nichts in der Art getan.«

»Val.« Seine Stimme klang warnend, doch gleichzeitig fühlte ich, wie er an meiner Wange lächelte. »Ich werde so tun, als hätte ich die Webseite nicht gesehen.«

»Ich mag dich mit jedem Tag ein wenig mehr.«

»Verbündest du dich deswegen mit April?«

»Nein. Die Mädchen brauchen jemanden, der auf ihrer Seite steht.« Ich lehnte mich ein wenig nach hinten und schaute ihm in die Augen.

»Du weißt wirklich, wie man mich auf Trab hält. Und du hast recht, sie brauchen jemanden auf ihrer Seite. Danke, dass sie dir so am Herzen liegen. Das bedeutet mir viel.«

Ich zog meine Hände an seine Brust, sodass ich spüren konnte, wie schnell sein Herz schlug. »Ich liebe dich so sehr.«

»Ich kann nicht glauben, wie viel Glück ich habe.« Carter biss mir leicht in die Unterlippe, bevor er seinen Mund auf meinen drückte und meine volle Hingabe forderte. Eine seiner Hände packte besitzergreifend meine Hüfte, um mich fester gegen seine Erektion zu drücken. Wir bewegten uns rückwärts, bis meine Kniekehlen eine weiche Oberfläche berührten, dann fielen wir lachend auf die Couch.

»Wir werden miteinander glücklich sein, Val.«

Ich wand mich unter ihm, fast überwältigt von der Gefühlstiefe in seiner Stimme.

»Ja, das werden wir. Ich verspreche es.«

Er lächelte, dann senkte er den Kopf und ließ seine Nasenspitze über meinen Hals gleiten. »Beinhaltet dieses Versprechen auch, dass du mich jeden Tag auf Trab hältst?«

»Ähm … die Antwort auf diese Frage wird immer Ja lauten.«

»Und du bereust das nicht einmal, oder?«

»Kein bisschen.«

»Wenn du dich mir jeden Abend so wunderbar ergibst, werde ich mich nicht beschweren.«

Ich grinste, bevor ich ihm sanft ins Ohrläppchen biss. »Ich denke, damit haben wir eine Abmachung.«